이형기 시 이미지와 표상공간

배옥주 지음

지식과교양

머리말

콜라주를 본다. 질감이나 색깔이 다른 재료들이 덕지덕지 붙어있는 예술품에서 '무엇을 채울까'에 급급했던 내 불투명한 욕심들이 보인다. '무엇을 비울까'를 생각하는 게 나는 왜 그토록 어려웠던 걸까? 불필요한 돌을 제거하고 돌 속에서 다비드상을 캐낸 미켈란젤로처럼 이형기는 '무엇을 비울까'를 먼저 고민한 시인이다. 그는 17세의 어린 나이에 시에 입문한 후 작고하기까지 끊임없는 실험과 이미지의 변화를 추구한다. 한 시인에게는 스스로 깨기 힘든 완고한 시세계가 만들어진다. 어떤 시인이든 한번 구축한 세계관은 쉽게 무너뜨릴 수 없고 잘 무너지지도 않는다. 이형기는 자신이 안일하게 생산했던 '시 이전의 것'을 버리는 실험을 이어간다. 이형기의 시세계에서 가장 획기적인 작업은 자신의 세계관에 정체되지 않고 버리고 비우기를 끝없이 시도하는 '변화'이다.

이형기는 현실과 타협하지 않는 독특한 시세계를 구축한다. 이런 시세계의 구축은 제3시집인 『꿈꾸는 한발〈1975, 창원사〉』에서부터 시작된다. 이형기는 등단 후 14년 만에 출간한 첫 시집 『적막강산〈1963, 모음출판사〉』 이후 통념적 미의식으로 서정에 갇혔던 자신을 돌아보게 된다. 그는 비평 의식을 갖지 못하고 막연한 서정시를 생산해낸 자신의 시창작 태도를 성찰한다. 그 후 이형기는 과도기의 두 번째 시집 『돌베개의 시〈1971〉』를 거쳐 제3시집인 『꿈꾸는 한발〈1975〉』로 나아 간다. 이형기는 세 번째 시집에서 미적 모더니티를 추구하는 '악의의 덩어리'를 꺼냈다고 술회한다. 그는 『꿈꾸는 한발』부터 자신이 지향하 는 방향성을 정립하고 '시 이전의 것'이라고 생각되는 것들을 깎아내 기 시작한 것이다. 이형기에게 『꿈꾸는 한발』 이후의 세계는 '전율과 충격의 창조'라 할 수 있다.

이형기는 '시인은 꿈꾸는 사람'이라는 자각에 이른다. 그는 시세계 를 새롭게 해석하기 위해 실험적 이미지의 확연한 변모를 시도한다. 이형기 시의 실험적 이미지는 강렬한 힘의 시학과 역동적 내면 인식 의 형상화를 추구한다. 이형기가 밝히는 '악의의 덩어리'는 안일주의 를 초월하려는 전복적 가치관이다. 이미 구축된 세계의 아성을 깨부 수기 위해서 그가 꺼내 든 '악의의 덩어리'는 상상 이상의 힘을 발휘해 야 했을 것이다. 이형기는 『꿈꾸는 한발』 이후 실존에 대한 허무나 미 적 모더니티를 추구하며 상상력의 확장과 탐구에 심취하게 된다. 이 처럼 새로운 모더니티의 변화를 추구한 이형기 시에서 실험적 이미지 는 중요한 요소가 될 수밖에 없다.

이미지는 시의 본질이다. 관념의 이미지화를 추구하는 이형기의 시 창작 태도는 초월적 세계관과 상통한다. 이형기는 기존 세계에 대한 왜곡된 시각을 부정의 상상력으로 전환하고, 기존 세계관에 대한 전 도된 가치관으로 새로운 이미지를 창조해내고자 끝없이 변화를 시도 한 것이다. 시가 상상력의 결정체라고 한다면, 이형기 시에서 이미지 는 상상력의 결정체를 추구하는 귀중한 자산이 된다. 이형기는 상상 력을 통해 시적 이미지의 세계를 새롭게 바꾸려는 시도를 멈추지 않는다. 세계를 인식하는 방법이 상상력이라고 믿었기 때문이다. 이형기 시에 나타나는 실험적 이미지의 방향은 상상력을 통한 체험적 특성을 추구하는 것이다. 이형기는 상상력에서 도출한 다양한 이미지 유형을 통해 자신만의 시적 세계관을 확장해 나간다.

이형기는 난해성이 시의 본질적 숙명이라고 생각한 시인이다. 그는 파격적 실험과 상상력을 통한 다양한 시적 이미지의 변모로 탐미적 경지를 개척한다. 이형기에게는 정형화된 세계에 안주하지 않고 변화하는 것이 시인의 소임이었기 때문에 자신이 구축한 새로운 시세계의 문을 기탄없이 열어놓는다. 어쩌면 그건, 언제든 자신의 시세계를 깨고 버리고 비우며 탈바꿈해나가기 위한 그만의 방편이 아니었을까?

이제야 책을 엮는다. 박사학위 논문과 소논문 한 편을 묶었다. 박사학위 논문의 각 장을 분리해서 독립된 장으로 배치했다. 책을 엮어야하겠다고 결심하기까지 지난한 용기가 필요했다. 의지박약인 내게 힘을 북돋아 준 오직 한 분께 진심을 담아 감사드린다. 늘 나를 믿고 지지해준 몇몇 마음들이 떠오른다. 언제 어디서든 내민 손을 잡아줄 그들에게 모든 사랑을 바칠 것을 약속한다. 마지막으로 오랜 시간 물어뜯고 파헤치도록 자신의 모든 것을 오롯이 내준 '이형기'라는 텍스트에게 특별한 인사를 전한다. 부족한 학문을 풀어내느라 오래 머물렀던 그와 미운 정, 고운 정이 다 들어버렸다. 이젠 어쩔 수 없다. 같이 가야 한다.

2018년 시월
수영만에서 배옥주 쓰다

차례

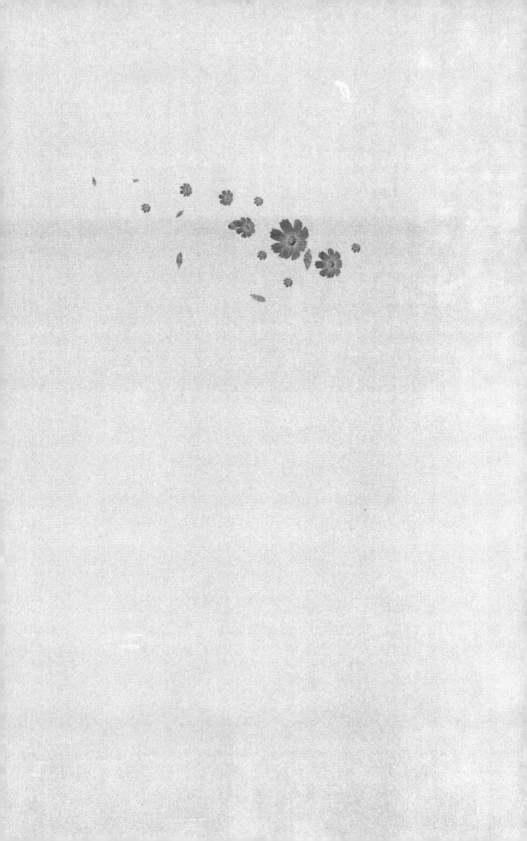

이형기 시 이미지와 표상공간

서론

1. 이형기를 새롭게 읽다

이형기는『꿈꾸는 한발』이후 마지막 시집『절벽』에 이르기까지 획기적인 변모 과정을 보여준다. 이런 변화는 실험적 이미지의 창조에서 비롯된다. 그는 첫 번째 시집『적막강산』에서 이십 대의 자연발생적 서정을 그렸다. 그러나 이형기는 첫 번째 시집『적막강산』에 회의를 품고 새로운 시를 찾아 방황한다. 이형기는 두 번째 시집『돌베개의 시』가 산만하고 타성적인 메모라고 고백하며 세 번째 시집『꿈꾸는 한발』이 방황 끝에 찾아낸 새로운 시의 지평임을 밝히고 있다. 이형기는 세 번째 시집『꿈꾸는 한발』에 이르러 비로소 '시인'이란 자각을 갖게 된 것이다. 이형기는 세 번째 시집『꿈꾸는 한발』 자서[1]에서 '시인은 꿈꾸는 사람'이라는 자각을 통해 그로테스크하고 독기어린 절망을

---

1) 이형기, 「자서」, 『꿈꾸는 한발』, 창원사, 1975.

확인했으며, '시인은 세계와의 화해를 거부하고 참다운 꿈을 실현하기 위해 시를 쓰는 사람'이라고 말하고 있다.

이형기는 첫 시집 『적막강산』에서 자아와 세계의 친화를 보여주며 대상과의 합일을 드러낸다. 첫 시집에 드러나는 이형기의 시에 대한 인식은 낭만적 서정주의와 자기 발견 등의 관조와 정관, 달관을 통한 배타적 세계관이다. 이형기는 두 번째 시집 『돌베개의 시』에서 첫 시집의 서정과 달관을 탈피하고 부정과 절망의 이미지 특성을 실험하는 과도기를 거치게 된다. 그리고 세 번째 시집 『꿈꾸는 한발』에서 파괴의 전율적 상상력과 포용력을 구축하고 불화와 적대의 부정적 세계관과 독의 미학으로 변화를 일으킨다. 이형기는 『돌베개의 시』에서 단초를 보였던 부정의 상상력을 확장시켜, 『꿈꾸는 한발』부터는 모더니즘에 대한 시적 모색을 대담하게 펼쳐나간다. 그는 보들레르를 통해 시인은 '꿈꾸는 사람'이라는 인식을 갖게 되었다고 고백하며, 『꿈꾸는 한발』 이후의 세계를 '전율과 충격의 창조'라 말하는 것이다. 이형기는 스스로 영구혁명자[2]임을 인식하고 허무를 추구하며 통념적 미의식과 작별하기 위해 세계를 새롭게 해석하고 미의식의 질서를 변혁시키는 방향으로 시적 변화를 도모한다.

이형기는 『풍선 심장』, 『보물섬의 지도』, 『심야의 일기예보』에서 세계와 자아의 극단적 대립으로 기존의 세계를 파괴하고 부정하면서 초월과 생성의 상상력이 변모하는 과정을 보여주고 있다. 이형기는 『풍

---

2) 이형기, 「불꽃 속의 싸락눈 63」, 『절벽』, 108면
    이형기는 불꽃 속의 싸락눈 아포리즘 63에서 '시인은 영구혁명주의자로 자신이 이룩한 혁명을 뒤엎고 새로운 혁명을 꿈꾼다'고 했으며, 그 혁명의 다른 이름은 '허무를 향한 정열'이라고 말한다.

선심장〈문학예술사, 1981〉과 『보물섬의 지도〈서문당, 1985〉』에서는 『꿈꾸는 한발』에서 크게 벗어나지 않는 주제로 실존에 대한 허무나 도로를 표출하고 있으며 상상력의 탐구와 확장에 심취한다. 이형기는 시인이라는 자각에 대한 의지를 『풍선심장』과 『보물섬의 지도』에서도 허무에 대한 집착으로 이어 나간다. 『풍선심장』에서는 권태와 어조의 이중성을 중심으로 형상화하고 있고, 『보물섬의 지도』에서는 자신이 유파가 되는 의식을 바탕으로 시적 특성을 보여주고 있다. 이형기는 『풍선심장』과 『보물섬의 지도』 이후 세계에 대한 복수와 살의에서 조금씩 벗어나면서 자아 해체와 분열의 모습을 드러낸다. 이는 세계의 허망함과 절망감을 한 발 비켜선 자리에서 바라보는 여유를 갖게 되었기 때문이다.[3]

1986년부터 1994년 사이에 이형기는 『심야의 일기예보〈문학아카데미, 1990〉』와 『죽지 않는 도시〈고려원, 1994〉』에서 문명 폐해에 대해 자각하고 문명 비판의 경향을 보여주고 있다. 또한 이형기는 『심야의 일기예보』에서 허무한 결과를 끝내 포기하지 않는 존재 인식을 드러내며, 『죽지 않는 도시』에서는 종말론적 상상력을 보여주고 있다. 『죽지 않는 도시』는 생태시로 분류되기도 하는데, 오세영[4]은 『죽지 않는 도시』 전체를 생태 환경을 고발하는 시집으로 보고 있다. 이건청[5]도 생명의 존귀함으로 생명 보존의 필요성을 노래하는 대표작으로 이형기의 『죽지 않는 도시』를 들고 있다. 이를 통해 이형기는 현대자본주의가 불러온 물질주의적 도시 문명과 환경 파괴에 대한 냉소적 비

---

3) 조창환, 「불꽃 속의 싸락눈」, 이형기, 『별이 물되어 흐르고』, 미래사, 1991, 144면.
4) 오세영, 「한국 생태시의 양상」, 『우상의 눈물』, 문학동네, 2005, 196면.
5) 이건청, 「시적 현실로서의 환경오염과 생태 파괴」, 『현대시학』, 1992, 8, 194-201면.

판을 주제로 시를 창작한다는 것을 알 수 있다.

　이후 병상에서 부인의 도움으로 엮은『절벽〈문학세계사, 1998〉』
은 기존의 위악적인 시세계와는 다른 변화를 보여주는 마지막 시집이
다. 이형기는『절벽』에서 초기의 낭만적 서정과는 차별화된 심화된 죽
음 의식과 허무 인식을 표출하고 있다. 그는『절벽』에서 초기 서정으
로 돌아가는 것처럼 보이지만, 이 시기의 서정은 초기의 전통 서정과
는 다르다. 죽음을 목전에 둔 시인의 후기 서정은 살아온 생과 남은 생
에 대한 관조의 시선에서 비롯된다고 할 수 있다. 이형기는 내외적 환
경을 중심으로 시세계의 변화 과정을 보여준다. 또한 그는『죽지 않는
도시』와『절벽』에서 환경과 생태에 대한 문명 위기의식과 초월의식을
드러낸다.『절벽』을 통해 보여주는 시적 특성은 육체적 고통 속에서도
표출되는 시인의 고고한 정신적 의지이다.[6] 이형기는 죽음조차 객관
화하여 존재를 초월한 불멸의 의지를 드러낸다. 이형기는『절벽』에서
죽음을 통해 삶의 뒷자리를 매만지는 시인의 깨달음을 보여준다.

　이형기 시의 흐름을 살펴보면 낭만적 서정에서 모더니즘으로, 모더
니즘에서 다시 서정으로 회귀하는 순환 구조를 보인다는 것을 알 수
있다.[7] 그는 현실 문제와 거리를 두면서도 실존의 삶과 가치에 대한
끊임없는 질문을 자신에게 퍼붓고 있는 것이다. 이형기의 시적 세계
변화 모색은 이미지의 변화를 통해 시도하고 있다는 것을 알 수 있다.
이렇게 시인의 부단한 자기 모색은 새로운 이미지의 탐색을 통해 이
루어진다.

---

6) 김동중,『이형기 시 연구』, 한양대학교 박사논문, 2012, 2, 343-346면.
7) 문혜원, 「이형기 시의 창작 방식에 대한 연구-중기 시를 중심으로」,『우리말글』27,
　우리말글학회, 2003, 4, 237-254면.

2. 선행연구

이형기 시에 대한 연구는 활발하지 않다가 2004년 작고 후 증가하는 추세다. 그 이유는 그가 생존 시인이며 난해한 시를 쓴다는 인식 때문으로 보인다. 이형기 시에 관한 학위 논문은 강유환, 김동중, 최옥선, 이재훈의 박사 논문 4편과 석사 논문 20편과 고명수, 김지연, 문혜원, 박재원, 이건청, 하현식, 허혜정 외 다수의 평론과 학술지 논문이 있다. 이형기 시에 대한 연구는 시적 세계관 연구, 시론 및 비평에 관한 논의, 시적 방법의 특성을 다룬 연구로 나누어져 있다.

그의 시적 세계관 연구는 각 시기별 시적 변모에 초점을 맞추고 시세계의 특성을 분석한 연구와, 시세계 전반에 수용된 사상적 토대나 시정신에 비중을 둔 연구가[8] 있다. 강유환[9]은 이형기 시의 세계 인식

---

8) 이광호, 「소실점의 시적 풍경-이형기의 시 세계」, 『시와 시학』 5, 시와 시학사, 1992 봄, 115-130면.
　　손진은, 「우리 시의 한 경지-최하림과 이형기의 근간 시집을 중심으로」, 『오늘의 문예비평』 32, 1993, 3, 281-297면.
　　김선학, 「허무와 소멸에 관한 체험적 사색」, 『문학사상』, 문학사상사, 1998, 12, 278-281면.
　　김경미, 「이형기 시 연구」, 동아대학교 석사논문, 2001.
　　윤재웅, 「허무에 이르는 길」, 『낙화』, 연기사, 2002, 257-287면.
　　고명수, 「절대 허무를 향한 역설의 언어-이형기론」, 『불교문예』 제9권 2호 통권23호, 2003, 여름, 101-117면.
　　김혜영, 「존재의 거울-이형기 시의 허무 들여다보기」, 『열린시학』 10(1), 고요아침, 2005, 3, 310-327면.
　　유임하, 「한국문학과 불교문학-생성과 소멸의 시학, 혹은 시의 모더니즘」, 『역락』, 2006, 83-101면.
　　강유환, 「이형기 시의 세계 인식 방법」, 고려대학교 박사논문, 2008.
　　유재천, 「이형기 시 연구-비극적 존재와 역설적 세계인식」, 『배달말』 45호, 배달말학회, 2009, 12, 257-274면.

은 세계와 자아의 동일성에서 비롯되는 점, 자신과 세계와의 불화를 통해 숙명적인 허무를 형상화한다는 점, 부정적 이미지를 긍정적 에너지로 전환시켜 소멸에서 생성을 낳는다는 논리를 주장하고 있다. 김동중[10]은 이형기 시의 사상적 변모와 시, 시론에 대해 새롭게 조명하고 있다. 이형기가 시적 세계를 확보해나간 원동력은 실험 정신과 다양한 시적 변모임을 밝혀낸다. 김동중은 이형기의 불교 사상과 우로보로스 시학을 통해 절망과 죽음을 초월하는 시적 세계관을 발견한다. 김동중의 논문은, 중기 이후의 시에서 보이는 절망, 허무, 비극이 종말론적 인식을 극복하는 것으로 보는 연구이며 이형기의 시적 세계를 심도 깊게 밝혀내고 있다.

시기별 변모 과정은 이분법적 논의[11]와 삼분법적 논의[12] 그리고 사

김지연, 「이형기 시의 허무 의식 연구」, 『시학과 언어학』 제20호, 시학과 언어학회, 2011, 2, 55-79면.
김동중, 「이형기 시 연구」, 한양대학교 박사논문, 2012.
최옥선, 「이형기 시 연구-시정신의 변화 과정을 중심으로」, 동국대학교 박사논문, 2013.
9) 강유환, 「이형기 시의 세계 인식 방법」, 고려대학교 박사논문, 2008.
10) 김동중, 앞의 박사논문.
11) 오규원, 「모래의 바다, 바다의 모래-이형기의 시세계」, 『현대시』, 1993, 6, 67-81면.
최규형, 「이형기 시의 '물'의 이미지 분석」, 단국대학교 석사논문, 2002.
나민애, 「이형기 시에 나타난 몸의 변이와 생성 양상 연구」, 서울대학교 석사논문, 2004.
12) 김준오, 「입사적 상상력과 꿈의 세계-이형기의 세계」, 『그해 겨울의 눈』, 고려원, 1985, 233-249면.
최동호, 「세련된 감각과 단단한 정신」, 『오늘의 내 몫은 우수 한 짐』, 문학사상사, 1986, 83-88면.
하현식, 「절망과 전율의 창조」, 『한국시인론』, 백산출판사, 1990, 254-271면.
윤호병, 「엄숙주의 시학」, 『현대시의 아포리아』. 청예원, 1999, 25-39면.
이건청, 「세계와의 불화 혹은 파멸의 미학-이형기의 시세계」, 『현대시학』 제33권 11호, 392호, 2001, 202-219면.
최윤정, 「서정과 반서정의 변주」, 『한국전후 문제시인 연구』, 예림기획, 2005,

분법적 논의[13]가 있다. 이형기 시세계의 이분법적 논의는 자연의 섭리를 수용한 초기 서정성의 시세계와, 부조리한 악의의 세계에 대항하기 위해 그로테스크한 언어로 확장되는 불화와 단절의 악마주의[14]를 드러내는 후기 시세계로 나눈다. 삼분법적 논의는 자연과의 화해를 주도한 서정성의 초기 시세계와 과도기적 반서정의 중기 시세계와 다시 세계와 화해하는 후기 서정성의 시세계로 나누고 있으며, 일부분 이형기의 시를 4기로 나누어 분석한 사분법적 논의가 있다. 『돌베개의 시』는 서정성의 세계에서 모더니즘의 세계로 나아가는 중기시의 과도기적 기점으로 보는 논의[15]가 있다. 이는 이형기의 시적 세계관에 대한 자각을 살펴보는 연구가 된다.

시세계 전반에 수용된 사상적 토대나 시정신에 비중을 둔 연구는 불교의 가장 근본적인 사상적 토대가 되는 절대허무[16], 제행무상, 소

457-498면.

손남훈, 「이형기 시의 소멸 의식 연구」, 부산대학교 석사논문, 2007.

맹승렬, 「이형기 시 연구: 생태시를 중심으로」, 인하대학교 석사논문, 2008.

채제준, 「이형기의 시세계」, 『문예운동』 98, 문예운동사, 2008. 6, 69-89면.

박철희, 「허무, 어느 영구혁명자의 꿈-다시 읽는 이형기 시편들(현상과 사람)」, 『본질과 현상』 15호, 2009. 3, 249-264면.

김동중, 「이형기 시에 나타난 우로보로스 시학」, 『한국언어문화』 42, 한국언어문화학회, 2010. 8, 59-78면.

김동중, 「이형기 시의 사상적 축과 기반으로서의 윤회 사상」, 『한국언어문화』 45호, 한국언어문화학회, 2011. 8, 5-34면.

13) 목필균, 「이형기 시 연구-시 세계의 변화를 중심으로」, 성신여대 석사논문, 1997.

김경미, 「이형기 시 연구」, 동아대학교 석사논문, 2001.

양우진, 「이형기 시 세계의 변화과정 연구」, 강원대학교 석사논문, 2002.

14) 김영철, 「서정주의와 악마주의의 변증법」, 『한국현대시 연구』, 민음사, 1989, 130-151면.

15) 김수복, 『현실에 대한 역설적 화법-정신의 부드러운 힘』, 단국대 출판부, 1994.

16) 정광수, 「허무와 상상력의 극치-이형기 시집 〈심야의 일기예보〉에 부쳐」, 『동양문

멸과 생성의 우로보로스 시학, 절망과 우울과 퇴폐와 염세의 데카당
스와 페시미즘[17], 리리시즘 그리고 생태환경[18]에 대한 논의로 나누어

학』, 동양문학사, 31호, 1991, 1, 280-284면.

정효구, 「초월과 맞섬」, 『시와 시학』, 1992, 봄, 131-143면.

김선학, 「허무와 소멸에 관한 체험적 사색」, 『문학사상』, 1998, 12, 278-281면.

박재원, 「존재의 허무와 존재의 미의식-이형기의 초기 시를 중심으로」, 『새국어교
육』 통권 63호, 2002, 1, 245-260면.

박미정, 「한국현대시에 나타난 자연관 연구- 박남수, 이형기, 박재삼을 중심으로」,
신라대학교 석사논문, 2005.

김혜영, 「존재의 거울-이형기 시의 허무 들여다보기」, 『열린시학』 10권, 열린시학
사, 2005, 3, 250-267면.

손남훈, 「이형기 초기시의 소멸의식 고찰」, 『문창어문논집』 44, 문창어문학회,
2007, 217-244면.

이재훈, 「한국현대시의 허무 의식 연구-유치환, 박인환, 이형기, 강은교를 중심으
로」, 중앙대학교 박사논문, 2007.

유혜란, 「이형기 시의 공간 인식-허무 의식을 중심으로」, 고려대학교 석사논문,
2010.

김지연, 「이형기 시의 허무 의식 연구」, 『시학과 언어학』 제 20호, 2011, 2, 55-59면.

이자영, 「이형기 시에 나타난 연금술적 상상력 연구」, 한국교원대학교 석사논문,
2013.

17) 고명수, 「견자의 시학」, 『시로 여는 세상』, 2002, 여름, 289-309면.

_____, 「존재 패러독스를 투시한 견자」, 『문학과 창작』 제9권 1호 통권 89호,
2003, 1, 124-143면.

_____, 「절대 허무를 향한 역설의 언어-이형기론」, 『불교문예』 제9권 2호 통권23
호, 2003, 여름, 101-117면.

장영우, 「부정과 역설의 시학」, 『한국현대시인론』, 새미, 2003, 527-554면.

김혜련, 「비극적 모더니스트 우로보로스의 운명」, 『시와사상』 45호, 2005, 여름,
55-83면.

김동중, 「이형기 시에 나타난 우로보로스 시학」, 『한국언어문화』 42, 한국 언어문
화학회, 2010, 8, 5-34면.

_____, 「이형기 시의 사상적 축과 기반으로서의 윤회 사상」, 『한국언어문화』 45호,
한국언어문화학회, 2011, 8, 54-65면.

18) 남진숙, 「한국환경생태시 연구-이형기, 정현종, 이하석, 최승호 시를 중심으로」,
동국대학교, 석사논문, 1997.

최춘희, 「이형기 시에 나타난 생태학적 상상력 연구」, 동국대학교 석사논문, 2002.

볼 수 있다. 이들 연구는 주제나 사상을 중심으로 이형기 시세계 전반을 분석하고 있다. 특히 이들 논의는 초기나 후기〈『적막강산』과 『돌베개의 시』를 초기로, 『꿈꾸는 한발』 이후를 후기〉로 이분하거나, 초기와 중기 그리고 후기로 삼분하여 이형기 시가 어떤 변모 과정을 거쳐서 시적 세계관이 확립되는지 내재된 의식을 밝혀내고 있다. 다른 논의에는 『적막강산』과 『돌베개의 시』를 초기로 하고 『꿈꾸는 한발』부터 『죽지 않는 도시』까지를 중기로 하며 『절벽』을 후기로 삼분하거나, 『적막강산』을 초기로 하고 『돌베개의 시』를 중기로 하며 『꿈꾸는 한발』 이후 『절벽』까지를 후기로 삼분한다. 시기별 변모 과정을 살펴보는 연구는 3기로 나누는 연구가 가장 많은데 특히 『꿈꾸는 한발』을 변화의 기점으로 집중하는 연구가 대부분이다.

　이형기 시에 대한 논의 중 초기시[19]에 집중하거나 중기시[20], 후기시[21]

　한혜선, 「한국 현대시의 생태의식 연구」, 동덕여자대학교 석사논문, 2006.
　박미정, 「한국현대시에 나타난 자연관 연구-박남수, 이형기, 박재삼을 중심으로」, 신라대학교 석사논문. 2006.
　맹승렬, 「이형기 시 연구-생태시를 중심으로」, 인하대학교 석사논문, 2008.
19) 박영수, 「이형기 시 연구」, 고려대학교 석사논문, 1997.
　곽용석, 「이형기 초기시의 이미지 연구-〈적막강산〉과 〈돌베개의 시〉를 중심으로」, 동국대학교 석사논문, 2001.
　이재훈, 「이형기 시 연구-초기시를 중심으로」, 중앙대학교 석사논문, 2001.
　박재원, 「존재의 허무와 존재의 미의식-이형기의 초기시를 중심으로」, 『새 국어교육』 제63호, 한국국어교육학회, 2002, 246-260면.
　손남훈, 「이형기 초기시의 소멸 의식 고찰」, 『문창어문논집』 44집, 문창어문학회, 2007, 12, 217-244면.
　김혜숙, 「이형기 시의 세계 인식 연구-이미지 분석을 중심으로」, 중앙대학교 석사논문, 2008.
　문혜원, 「이형기 초기 비평의 인상비평적 성격에 관한 연구」, 『한중인문학 연구』 제30호, 2010, 75-96면.
　최옥선, 「이형기의 시집 〈적막강산〉에 나타난 허무인식 과정」, 『국제언어 문학』

등 한 시기에 집중한 연구에서는 초기의 정관적 서정성과 중기의 과
도기적 실험기, 후기의 실존에 대한 허무나, 상상력의 확장과 탐구, 문
명비판의 악마주의 등 이형기의 내외적 환경을 중심으로 시세계의 변
화 과정을 살펴보고 있다. 그런데 초기와 후기로 나누어 연구한 논의
는 분명한 한계를 드러낸다. 이 논의들은 이형기 시인의 시집이 모두
발간되기 이전의 논의이기 때문에 초기의 시가 허무와 밀착되어 나타
나고 시력이 축적된 후 허무 의식을 바탕으로 시적 인식의 변화를 구
축한다는 점에서 오류를 범할 수 있기 때문이다. 한 시기에 집중한 연
구도 이형기의 심도 깊은 시세계를 알아보는 데는 무리가 따른다는
것을 알 수 있다. 이형기 시에 자주 등장하는 허무, 소멸, 죽음, 절망 등
의 어휘는 절대적인 비중을 차지하지만 특정 시집에서만 강렬한 인상

23, 국제언어문학회, 2011, 4.
최옥선, 「자각적 세계인식 방법, 이형기의 시집 〈돌베개의 시〉를 중심으로」, 『국제
언어문학』 26, 국제언어문학회, 2012, 10.
20) 문혜원, 「이형기 시의 창작방식에 대한 연구-중기 시를 중심으로」, 『우리말글』 27
집, 우리말글학회, 2003, 4, 237-254면.
조별, 「이형기 시에 나타난 자기인식적 언술의 특징-중기 시를 중심으로」, 『돈암
어문학』 25, 돈암어문학회, 2012, 12, 161-185면.
21) 윤재근, 「언어의 심장」, 『풍선심장』, 문학예술사, 1981.
이상호, 「시지프스의 굴레를 쓴 시인의 운명」, 『현대시학』 259호, 현대시학사,
1990, 10, 225-230면.
이윤경, 「이형기 도시시 연구」, 동국대학교 석사논문, 1999.
최춘희, 「이형기 시에 나타난 생태학적 상상력 연구-〈심야의 일기예보〉와 〈죽지
않는 도시〉를 중심으로」, 동국대학교 석사논문, 2002.
조효주, 「이형기 시에 나타나는 순환성 연구-〈심야의 일기예보〉와 〈죽지않는 도
시〉를 중심으로」, 『중앙어문학회』 57, 중앙어문론집, 2014, 3.
남진숙, 앞의 논문.
맹승렬, 앞의 논문.

을 주는 것은 아니기 때문이다.[22]

이상의 연구들은 주제 의식이나 사상에 입각한 시세계나 시정신을 허무 의식이나 실존 의식으로 분석한다. 이들 논의는 시기별 변모 과정이나 다양한 형식적 기법으로 소멸이나 죽음에 관한 허무 의식을 분석하고 있다. 논자들은 허무, 소멸, 부정의 시학, 초월 등의 주제로 이형기의 시적 변모 과정을 고찰한다. 이런 변모 과정을 통해 이형기의 시정신과 시세계의 본질을 찾아내는 것이다. 그러나 이 연구들도 기존 논자들의 논의에서 크게 벗어나지 못하고 있다.

시론 및 비평에 관한 논의[23]를 살펴보면 시론집[24]을 대상으로 논의한 연구와 한 작품이나 한 시집을 집중 연구한 개별 연구[25]가 있다. 이

22) 김동중, 앞의 박사논문, 15면.
23) 허혜정, 「이형기 詩論에 대한 몇 가지 이해」, 『시와사상』 제45호, 시와사상사, 2005, 31-54면.
    문혜원, 「이형기 초기 비평의 인상 비평적 성격에 관한 연구」, 『한중인문학 연구』 30, 한중인문학회, 2010, 75-96면.
    손남훈, 「들뢰즈와 현대시」, 『시와사상』 70호, 시와사상사, 2011, 가을.
24) 『감성의 논리』, 『한국 문학의 반성』, 『시와 언어』를 대상으로 논의된 연구는 초기 비평의 인상 비평적 성격에 관한 연구나 문학론, 시정신, 시론의 특징에 관한 것들이 대부분이다.
25) 정광수, 「허무와 상상력의 극치-이형기 시집 〈심야의 일기예보〉에 부쳐」, 『동양문학』 31호, 동양문학사, 1991, 369-374면.
    최순열, 「이형기의 〈낙화〉-통과제의로서의 성숙의 고통과 축복/문학 교육 특집-교과서 수록시 이렇게 본다」, 『시와시학』 13, 시와시학사, 1994, 3, 345-348면.
    이숭원, 「이형기의 낙화-문학 교육 특집/새교과서에 이 시를 추천한다」, 『시와시학』 15, 시와시학사, 1994, 9, 177-180면.
    김명수, 「원로시인들의 어제와 오늘-이형기 시집, 〈죽지 않는 도시, 고려원, 1994〉」, 『창작과 비평』 22(3), 1994, 9, 369-374면.
    이영걸, 「변화하는 사회 속의 한국시-기술, 분단, 환경」, 『시문학』 322, 국제 펜클럽 한국본부 세미나, 1997, 126-129면.
    김선학, 「극복, 달관, 시의 수사학-이달의 시」, 『현대문학』 509, 현대문학사, 1997,

형기의 시론에 관한 연구는 새로운 시적 방법에 대한 자각으로 시도
한 방법론적 논의라 할 수 있다. 논자들은 이형기의 비평을 연구하면
서 비관주의는 정신적 치열성에서 나타나는 것을 강조하고, 인상 비
평적 성격이 강하다거나 텍스트에 관한 객관적인 이해와 분석보다 비
평가의 주관적인 인상과 감정을 중시한다고 본다. 그리고 이형기와
시 그리고 시론이 혼융일체가 되어있다는 사실을 밝혀낸다. 이형기의
시론 연구는 니체의 능동적 허무주의에 기대거나 보들레르, 에밀 시
오랑, 셰스토프를 거론하여 시 창작의 토대와 일치하는 시론을 통해
그의 시적 배경이나 시세계를 분석하는 바람직한 논의가 있다.

이형기의 시를 환경생태시로 논의한 연구들은 이형기를 단독으로
연구한 논의보다는 여러 명의 시인 군에 묶여서 논의한 연구들이 많
아 지엽적인 논의가 되고 있다. 그의 시를 환경생태시로 보는 논자들
은 부정적 관점과 긍정적 관점으로 나누어 생명 가치의 하락과 생명

4, 4-501면.

_____, 「허무와 소멸에 관한 체험적 사색」, 『문학사상』, 문학사상사, 1998, 12, 18-425면.

오세영, 「돌의 환타지아」, 『한국현대시 분석적 읽기』, 고려대학교 출판부, 1998, 481.

이상호, 「시지프스의 굴레를 쓴 시인의 운명-심야의 일기예보」, 『자아추구의 시학』, 모아드림, 1999, 327-334면.

유종호 외, 『20세기 한국문학 어떻게 볼 것인가-「현대시와 자연 그리고 문화」』, 민음사, 1999, 331-332면.

박재원, 「이형기 시인의 『꿈꾸는 罔魎』시 분석」, 『한국문예창작』 제2권 제2호(통권 제4호), 한국문예창작학회, 2003. 1, 49-63면.

문혜원, 「이형기 시의 창작 방식에 대한 연구-중기 시를 중심으로」, 『우리 말글』 27, 우리말글학회, 2003, 4, 237-254면.

윤호병, 『한국현대시인의 시세계-리리시즘에서 모더니즘까지-이형기의 시세계, '절벽'(1998)에 반영된 '엄숙주의'의 시학』, 국학자료원, 2007, 25-39면.

김지연, 「이형기 시에 나타난 허무의 판타지-〈돌의 환타지아〉 분석을 중심으로」, 『한국문학논총』 제50집, 한국문학회, 2008, 12, 361-378면.

가치의 회복을 다룬다. 이 논의를 통해 생태학적 상상력을 밝혀내고 있으며, 리리시즘의 세계에서 존재 탐구의 모더니즘으로 나아가 현대 문명 비판의 생태시로 변화한다는 것을 밝혀내고 있다.

개별 작품 연구로는 「낙화」 연구가 있다. 「낙화」는 이형기의 대표시로 기억될 만큼 많이 회자되는 시다. 「낙화」는 단편적이긴 하지만 대중적 인기에 힘입어서 논자들에 의해 많이 논의되는 작품이다. 이숭원[26], 최순열[27]은 「낙화」를 중등학교의 새 교과서에 추천하고 전후의 절망과 허무가 가시지 않은 상황에서 서정시의 전형을 보여주었다는 점에서 문학사적 가치와 작품 내재적 가치를 아울러 확보한다고 보고 「낙화」를 통과 제의의 성숙 · 고통 · 축복으로 풀이하고 있다.

시적 방법의 특성을 다룬 연구는 시어 분석[28], 개별 작품 분석, 그리고 단편적인 이미지 연구[29]로 논의된다. 이들 논의는 초기 시집이나 전체 시집을 통해 내재적 방법론을 통한 시어의 변모 양상과 이미지 유형을 분석하거나 개별 작품을 분석하는 데 치중한다. 이형기 시의 이미지를 분석한 연구는 물이나 바다, 빛과 어둠, 죽음과 독, 몸과 노

---

26) 이숭원, 「이형기의 낙화-문학교육 특집/새교과서에 이 시를 추천한다」, 『시와시학』 15, 시와시학사, 1994, 9, 177-180면.
27) 최순열, 「이형기의 〈낙화〉-통과 제의로서의 성숙의 고통과 축복/문학 교육 특집-교과서 수록시 이렇게 본다」, 『시와시학』 13, 시와시학사, 1994, 3, 345-348면.
28) 이재훈, 「이형기 시 연구-초기시를 중심으로」, 중앙대학교 석사논문, 2000.
29) 오규원, 「모래의 바다, 바다의 모래-이형기의 시세계」, 현대시, 1993, 6, 67-81면.
   곽용석, 「이형기 초기시의 이미지 연구 - 시집〈적막강산〉과 〈돌베개의 시〉를 중심으로」, 동국대학교 석사논문, 2001.
   최규형, 「이형기 시의 '물'의 이미지 분석」, 단국대학교 석사논문, 2002.
   나민애, 「이형기 시에 나타난 몸의 변이와 생성 양상 연구」, 서울대학교 석사논문, 2004.
   김혜숙, 「이형기 시의 세계 인식 연구-이미지 분석을 중심으로」, 중앙대학교 석사논문, 2008.

년, 칼과 상승 등의 시어를 중심으로 하강이나 상승 이미지 또는 감각적 이미지와 상징적 이미지로 논의하고 있다. 또는 화자의 내면 지향이나 존재의 성찰, 소멸 의식으로 표출되는 그의 시세계를 평면적으로 도출하여 세계 인식을 분석하고 있는 연구가 대부분이라고 할 수 있다.

이들 연구에서는 한 시인의 시어가 어떤 국면을 띠는가에 따라 시인의 세계관을 이해하는 관건이 되기도 한다. 이재훈[30]의 연구는 시어의 변모 양상을 살피고 그 시어를 바탕으로 감각적 이미지와 상징적 이미지의 유형을 분석하고 있다. 하지만 이 연구 또한 초기 세 권의 시집에 그친 연구라 더 보완된 연구가 필요하다. 곽용석의 이미지 연구는 내면 지향과 인식의 확장, 달관과 미래 지향, 자아의 각성과 존재의 성찰이라는 면에서 물 · 나무 · 가을 · 창 · 노년 등의 이미지를 살펴보는 의미 있는 연구이다. 그러나 이 연구 또한 『적막강산』과 『돌베개의 시』 초기 두 시집에 그친다는 한계를 안고 있다.

최규형은 '물'의 이미지 분석을 통해 시세계를 조명하는 데 목적을 두고 있다. 그러나 최규형의 연구는 여러 가지 형태의 '물'이 빈번하게 나온다는 사실이 이형기 시인의 시 세계를 밝히는 데 중요한 이미지라는 것에 대한 구체적인 근거가 도출되지 않는다. 또한 그의 연구는 여섯 번째 시집 『심야의 일기예보』까지 국한되어 있어서 총체적인 연구가 되지 않고 있다. 김혜숙의 물, 빛, 어둠, 죽음, 독 등의 이미지 연구도 이미지 연구의 디딤돌 역할을 하고 있지만, 『적막강산』, 『돌베개의 시』, 『꿈꾸는 한발』, 『풍선심장』 등 네 권의 시집에 국한된 연구라

---

30) 이재훈, 「이형기 시 연구-초기시를 중심으로」, 중앙대학교 석사논문, 2000.

는 한계를 안고 있다.

　나민애[31]의 연구에서는 초기 시와 후기 시의 대립적 차이로 발생하는 허무나 절망과 죽음을 보는 것이 아니라, 초기 시에서 후기 시로의 점진적 변화를 통해 생성되는 정신세계를 분석한다. 여기서 나민애는 주요 시어 가운데 '몸'이 자리하고 있음을 확인하고 '몸'은 실존의 중심이며 몸의 변이와 생성의 문제는 인간의 근원적 문제라 보고 있다. 나민애의 '몸' 이미지 연구는 '몸'이 서구 사상에 좌우되지 않고 몸에 관한 상상력의 흐름 사이에 이형기 시가 갖는 의미를 찾고 변화를 확인하는 연구라 하겠다.

　기존의 연구사에서 세계관 연구나 시론 및 비평에 관한 연구에 비해 시적 방법의 특성을 연구한 부분이 취약함을 알 수 있다. 특히 이형기 시에 나타나는 이미지 연구는 아직 총체적으로 이루어지지 못하고 있다. 기존 이형기 시에 나타난 이미지를 논의한 논자들 중 플레밍거의 이미지 유형에서 분류된 감각적 이미지와 상징적 이미지의 유형을 분석하는 연구들도 있다. 그러나 이형기 시에 대한 세계 인식을 분석하고 있는 이미지 연구들은 거의가 초기 시집에 국한되어 있거나 하나의 시집에 머물러 있어 전체 시집을 총괄하는 이미지 연구는 전무하다는 것을 알 수 있다.

　이형기 시 연구에서는 미진한 이미지 연구를 견고하게 보완해야 할 필요성이 절실하다. 그의 시에 나타난 이미지 연구에서 구체적인 근거가 도출되지 않은 연구나 일부 시집에 국한된 단편적인 연구를 볼 때, 그의 전 시집을 대상으로 하는 총체적 이미지 연구는 반드시 필요

---

31) 나민애, 앞의 석사논문.

하다. 시인은 이미지를 통해 자신의 시세계를 구현할 수 있다고 본다면, 이형기 시에 나타난 다양한 이미지 고찰을 통해 작품 세계에서 드러나는 시적 특성과 그 의의를 규명할 수 있을 것이다.

이형기 시에 나타난 다양한 이미지 연구를 통해 그의 시가 표출하는 심층적 의미와, 정체되지 않고 변화를 추구해온 역동적 힘의 시학을 발견할 수 있다. 이형기 시에 대한 연구는 독자적인 활동 영역이나 우주적 세계관에 비해 미비한 실정이다. 이는 반세기에 걸친 왕성한 문학 활동을 해온 이형기 시에 대한 다각적인 연구가 이루어지지 않았다는 사실로 확인된다. 이형기 시 연구는 주제 및 사상을 중심으로 시정신이나 시세계의 시기별 특성과 변화 연구에 머물러 있다. 특히 이형기 시의 이미지에 대한 연구는 일부 논의들만 단편적으로 진행되어 미흡한 실정이다. 이형기 연구는 단편적인 테마를 위주로 한 시적 기법 관련 연구가 시도되고 있지만, 체계적인 이미지 연구가 이루어지지 않고 있기 때문이다. 특히 이미지의 특성에 대한 총체적 규명이 이루어진다면 이형기 시에 나타난 시적 특성과 미진한 이미지 연구의 토대가 마련될 것이다. 따라서 이형기 시의 체계적인 이미지 연구는 외재적 연구와 부분적으로 언급된 이형기 시의 단편적인 이미지 연구에서 한발 나아갈 기회를 갖게 해준다.

이형기 시를 읽는 방법 - 이미지 이론

이형기(1933-2005)는 1948년 17세에 시에 입문한 이후부터 작고 하기까지 시에 대한 자각과 열정으로 자신만의 독특한 시세계를 확장 해나갔다. 이건청은 이형기가 감정주의를 극복하고 예리한 통찰력으로 실험적인 문학관을 가진 시인이라고 평가했으며, 김용직은 이형기가 충격적인 입장에서 동적인 상징의 시를 쓰는 시인이며 그가 시도 했던 상징의 실험은 성공적이라고 평가한다. 또한 이숭원은 이형기가 허무와 폐허 의식의 힘든 응전을 잘 보여주는 시인이라고 말하고 있다.[1] 이형기는 셰스토프, 에밀 시오랑, 보들레르에게 경도되어[2] 아포

---

1) 이건청, 「객관의 문학과 개별성」, 『국어국문학』 86, 국어국문학회, 1981.
　김용직, 「시와 탄력성」, 『정명의 미학』, 지학사, 1986.
　이숭원, 「폐허 의식과 도저한 허무주의」, 『초록의 시학을 위하여』, 청동거울, 2000.
　허만하, 「칼의 구조」, 『꿈꾸는 한발』, 창조사, 1975.
　조창환, 「불꽃 속의 싸락눈」, 『별이 물 되어 흐르고』, 미래사, 1991.
　최동호, 「세련된 감각과 단단한 정신」, 『내가 뽑은 나의 시 33선-오늘의 내 몫은 우수한 짐』, 문학사상사, 1986.
　오세영, 「상황과 존재」, 『죽지 않는 도시』, 고려원, 1994.

리즘을 즐겨 썼으며 현실과 타협하지 않는 실험 정신으로 시뿐만 아
니라, 비중 있는 시론도 연구하였다.[3] 이형기는 견문 좁은 요동 땅의
돼지가 된다는 '요동지시'의 어리석음을 범하지 않기 위해 황하 이남
의 사정을 알아야 하듯이 세계적인 규모의 시를 읽어야 한다고 말한
다. 이형기는 소년 시절부터 셰스토프에 빠져 병적으로 독서에 몰입
했다. 이와나미 서점의 번역본으로 나온 『셰스토프전집』을 읽으며 일
탈과 허무의 금언적 명구들을 배웠다. 이형기는 국제신문사에서 일할
때 독서와 시작에 많은 시간을 할애했다. 그때 가장 인상 깊은 만남은
에밀 시오랑과 보들레르라 할 수 있다. 그 중 에밀 시오랑의 『고뇌의
삼단논법』은 20대 때 읽은 셰스토프만큼이나 충격적이고 감동적인
것이었다고 고백한다. 이후 이형기는 자신의 문학적 양식에 아포리즘
을 즐겨 사용하게 된다.

　그는 50년을 상회하는 꾸준한 문단 활동으로 시인, 문학 비평가, 학
자로서 큰 족적을 남겼다. 이형기의 시학은 끊임없는 실험과 이미지
의 변화를 추구해왔으며 다른 시인에게서 쉽게 찾아볼 수 없는 시적
역동성을 형성하여 한국현대시사에 한 장을 마련하고 있다. 따라서
이형기 시가 추구하는 실험적 이미지는 끝없는 변화로 생성되는 강
렬한 힘의 시학과 역동적 내면 인식의 시세계를 펼쳐나가는 원동력이
된다.

　이형기는 1949년 『문예』 12월 호에서 「비오는 날」로 미당에게 초
회 추천을 받은 지 14년이 지난 1963년에 이르기까지 다소 늦은 시기

　다수 논자들이 이형기의 실험적 시세계를 높이 평가한다.
2) 윤재웅, 「허무에 이르는 길」, 『낙화 : 이형기 고희 시선집』, 연기사, 2002, 269면.
3) 이형기, 『심야의 일기예보』, 124면.

에 첫 시집『적막강산』을 상재한 후, 1998년 마지막 시집『절벽』까지
모두 여덟 권의 시집을 발간했다. 그리고 시선집과 시론집, 수상집에
서 다방면의 사상적 토대와 시학적 논리를 피력하고 있다. 이형기는
1975년『꿈꾸는 한발』이후 1998년 마지막 시집『절벽』에 이르기까지
이미지의 확연한 변모 과정을 보여준다. 이형기는 기획대담[4] 에서 첫
시집『적막강산〈1963, 모음출판사〉』에서는 비평 의식을 갖지 못한 막
연한 서정시를 보여줬다고 술회하면서 앞서간 세대를 뒤따르기만 하
는 것으로는 제대로 된 시인이 될 수 없다고 자신을 담금질한다. 그는
시인의 개별적 특성을 중심으로 전 시대의 시적 전통에서 벗어나고자
했으며, 섬약하고 단일한 이미지에 의존한 시적 가치관을 부정하는
모색 과정의 세계관을 밝히고 있다.

　이형기는「허무의 창조-시인은 말한다」[5]에서 가슴 속에 들어앉은
악의의 덩어리가 서정에 잠겼던 자신을 충동질했음을 밝히며 한국시
가 지닌 기존 관념을 벗어나 새로운 시학을 이루려고 했다는 것을 고
백하고 있다. 이형기는 일정한 범주 안에 안주하는 시학의 안일주의
로부터 초월하고자 하였다. 그는 시가 '시 이전의 것'이 되기 전에 '시
이상의 것'이 되기를 몸부림치며 시로부터 존재를 완전히 해방시키려
는 의도를 드러낸다.[6] 이형기는 실험적 시선을 통하여 역동적 시세
계를 획득하려 했고 기존 세계관에 도전하는 전복적 가치관을 통하여
새로운 이미지를 창조해내기 위해 노력했다는 것을 알 수 있다. 그는
전통 서정에 대한 비평의 역할과 실험적 상상력으로 우리 시의 천편

4) 이형기,「기획대담」,『현대문학』341, 현대문학사, 1983, 5, 284-293면.
5) 이형기,「허무의 창조-시인은 말한다」,『풍선심장』, 문학예술사, 1981, 4면.
6) 하현식,『절망의 구조』, 연문출판사. 1982, 28-30면.

일률적인 매너리즘을 벗어나는 시를 써온 것이다.

이형기 시에 나타난 시적 변화는 다양한 시적 이미지를 통해 실현된다. 그는 실험적이고 역동적인 이미지를 통해 미적 모더니티를 견지해왔다. 그의 시적 이미지가 추구하는 역설적 수사, 대상에 대한 부정적 요소, 사물에 대한 굴절된 해석 등은 실험적 세계관을 발판으로 하고 있다. 이처럼 이형기 시에서 이미지는 실험시 창작을 목표로 실험적 이미지 창작에 몰두해온 시인에게 필수적인 요소라 할 것이다.

이미지는 구체적이고 정확한 표현을 위해 시 창작에 꼭 필요한 요소다. 시의 핵심이 되는 이미지는 시적 사고와 인식의 기본 수단이므로 모든 시는 그 자체가 하나의 이미지가 된다. 또한 이미지는 관념의 의미를 갖게 될 때 시인의 의도와는 상관없는 알레고리칼한 성격이 드러난다. 시에서 관념의 이미지화는 시가 가지는 감각적 등가물이 된다. 엘리엇(T.S. Eliot, 1888-1965)의 '사상을 장미의 향기처럼 느끼게 하는 시'에서도 관념의 감각화, 즉 관념적인 것의 이미지화에 대한 중요성을 알 수 있다.[7] 관념의 이미지화를 추구하는 이형기의 시 창작 태도는 초월적 세계관과 상통한다.

시에서 이미지가 그 자체 외의 어떠한 목적도 염두에 두지 않고 쓰는 것이라면,[8] 시적 이미지에서 순수한 미적 경험은 공리성이나 도덕성 같은 외적 목적에 관계없이 오직 대상에 대한 사심 없는 서정에서만 비롯된다고 볼 수 있다. 따라서 시적 이미지에서 얻은 미적 쾌락은

---

7) 김재홍, 『한국 현대시 형성론』, 인하대출판부, 1985, 18면.
8) Edgar Allan Poe, 송경원 역, 「시의 원리:*The Poetic Principle*」, 『생각의 즐거움』, 하늘연못, 2004, 75-78면.

목적이 없는 목적성의 아름다움과 즐거움이 된다.[9] 이처럼 이형기는 목적에 관계없이 오직 대상에 대한 사심 없는 고유한 특성을 부여하며[10] 예술적 승화를 옹호한 시인으로 생각할 수 있다.[11]

이형기는 무엇보다도 현대시를 구성하는 이미지를 중시하였다. 그의 시에 나타난 이미지는 전통 정서를 현대적으로 해석함으로써 전율적 승화를 경험하게 하고 시적 레토릭(rhetoric)의 탄력적 확대를 주도한다.[12] 이형기는 기존 세계에 대한 왜곡된 시각을 부정의 상상력으로 전환하면서[13] 한국시가 지닌 기존 관념을 새로이 확장하고자 하였다. 그는 다양한 시선을 통한 폭넓은 시적 세계를 획득하고 기존 세계관에 대한 전도된 가치관을 통하여 새로운 이미지를 창조해낸 것이다.[14] 흄이 주장하는 모더니즘은 반낭만주의적 특성을 해명하는 것이고, 아도르노가 주장하는 모더니즘은 현실에 대해 일정한 거리를 두면서 현실과의 불화를 표현한다. 결국 이형기가 추구하는 모더니즘의 새로움은 현실의 복사를 회피하면서 당대 현실을 부정하고 역설적으로 보여주는 것이라고 할 수 있다.[15]

---

9) Immanuel Kant, 백종현 역, 『판단력 비판(1790):*Kritik der Urteilskraft*』, 아카넷, 2009, 273-278면.

10) 이형기, 「문학의 기능에 대한 반성 - 순수옹호 노트」, 『현대문학』, 1964, 2. (이형기는 이 글에서 순수문학 비판론자들을 겨냥한 자신의 논지를 주장한다.)

11) 이형기, 「시인은 말한다」, 『보물섬의 지도』, 서문당, 1985, 290-291면.

12) 하현식, 『한국시인론』, 백산출판사, 1990, 258면.

13) 이숭원, 「폐허의식과 도저한 허무주의」, 『초록의 시학을 위하여』, 청동거울, 2000, 173면.

14) 조영복, 「이미지의 본질과 감각 이미지 논의의 제문제」, 『어문연구』 제38권 4호, 한국어문교육연구회, 2010년 겨울, 255면.

15) 이숭훈, 「한국 현대시와 모더니즘 - 아도르노의 개념을 중심으로」, 『한양어문연구』 12집, 한양어문학회, 1994, 11-28면. (재인용) T. Adorno, 『*Aesthetic Theory*』, tran by C. Lenhardt, Routledg e &Kegan Paul, London, New York, 1970, 28-30면.

인간의 사유는 과학적 사유인 개념 사유와 예술적 사유인 형상 사유의 두 영역이 있다. 여기서 형상 사유의 중요한 요소는 이미지와 상상력이다.[16] 이형기에게 시적 이미지는 상상력이 바탕이며 그의 실험적 상상력은 새롭게 탄생하는 이미지의 인식이 된다. 즉 시인의 기억은 이미지의 내용을 이루고 이미지의 탄생에 기여하므로[17] 이미지는 형상 사유를 통해 물상과 자아의 대응 방식으로 재생된다는 것을 알 수 있다.

1. 이미지의 감각 지각

플레밍거(Preminger)[18]가 주장하는 이미지의 특성에 따른 유형 분류는 감각적 경험만을 목표로 하는 정신적 심리적 이미지에 속하는 지각이미지(mental image), 관념을 전달하기 위한 비유적 이미지(figurative image), 이미지의 반복에 의한 상징적 이미지(symbolic image)로 나뉜다. 정신적 이미지는 감각적 체험과 인상을 중시하는 시각 · 청각 · 미각 · 후각 · 근육감각 · 촉각 · 색채 · 역동적, 정태적 이미지들이 있다. 이들 이미지가 둘 이상 결합될 때 공감각적 이미지라고 부른다. 플레밍거의 이미지 특성에 대한 논의는 국내 이미지 연구 논자들

---

16) 장공양, 김일평 역, 『형상과 전형』, 사계절, 1987, 21-60면.
17) 허만욱, 「백석의 시세계와 이미지 고찰」, 『어문론집』 29, 중앙어문학회, 2001, 12, 247면.
18) Alex Preminger, 『시학사전:*Princeton Encyclopedia of Poetry&Poetics*』, Princeton University Press, 1965, 364면.

이 대부분 수용할 정도로 체계적이며 인정받는 논의라고 할 수 있다.

플레밍거의 이미지 특성에 따른 유형을 자세히 살펴보면, 정신적 이미지는 독자의 마음속에서 일어나는 효과에 초점을 두고 있고 감각을 강조한다. 지각 이미지는 감각적 경험을 수반시키면서 빚어지는 이미지이기 때문이다. 상징적 이미지는 언어가 만들어내는 이미지 자체와 그 의의에 초점을 맞춘다는 것을 알 수 있다. 상징적 이미지는 반복적으로 등장하여 시인의 전반적인 이미지 패턴과 신화와 의식 사이의 원형적 관계를 짚어본다. 비유적 이미지는 대상과 전체 관계를 일컫는 데에 쓰인다. 언어는 정확성을 추구하는 과정에서 비유를 통해 자라나는데, 비유적 이미지는 대상과 비유 즉 은유 사이의 관계의 본질에 초점을 맞춘다는 것을 알 수 있다. 비유는 함축성이 강해도 유추가 가능한 상상력의 뿌리를 가지고 있으며 구체적인 언어로 이루어지고 정서의 함량이 크다. 살펴본 플레밍거의 이미지 특성은 이형기 시에 드러나는 이미지와 깊은 연관이 있다.

에이브럼스(M.H. Abrams)[19]가 주장하는 이미지 특성에 따른 분류는 다음과 같다. 이미지는 문학 작품에 언급되는 감각 지각의 모든 대상과 특질이며, 시각적 대상과 장면의 요소이며, 경험이나 상상으로 만들어지는 비유적 언어라는 것이다. 리차즈(I.A. Richards)[20]는 이미지를 묶인 이미지(음성, 분절 이미지)와 자유이미지(감각에 기반을 둔 이미지)로 구분한다. 리차즈는 이미지를 감각적이며 미학적 연속

---

19) M.H. Abrams, 『문학용어의 해설:*A Glossary of Literary Terms*』, Holt Rinehart and Winston, 1971, 76-77면.
20) I.A. Richards, 앞의 책, 145-148면.

체라고 생각하는 것이다. 파운드(Ezra Pound)[21]는 이미지를 주관적 이미지와 객관적 이미지로 구분하여 주관적이든 객관적이든 구체적인 언어로 말과 사물을 합치시켜야 한다고 주장한다. 주관적인 이미지는 공통으로 소통되는 객관적 이미지에 비해 개인의 고유한 특성이나 상상력의 내용물이 될 것으로 보는 것이다. 그러므로 시에서 주관적 이미지는 창조성을 높이기 위해 최대한 활용도가 높은 개성적 이미지라고 할 수 있다. 하지만 엠프슨(Empson)처럼 이미지가 언어 분석에 아무런 구실을 못한다고 생각해 이미지를 사용하지 않기도 한다.[22]

웰렉(Wellek)과 워렌(Warren)[23]은 이미지는 반드시 시각적일 필요는 없으며 감각상의 혹은 지각상의 체험을 지적으로 재생한 것이라고 주장한다. 이미지는 미각 · 후각 · 열에 의한 압력에 의한 심상이 있으며, 정적인 이미지와 동적인 이미지도 중요한 차이가 있는데, 색채적 이미지의 용법은 상징적일 수도 있고 아닐 수도 있다는 것이다. 이미지는 구속된 이미지와 자유로운 이미지가 있으며, 이들 이미지 사이에는 독자에게 도움이 되는 상위점이 있다고 본다. 즉 전자가 청각적이며 근육적이며 필연적인 변화가 없는 것이라면, 후자는 시각적인 것 이외의 것으로 개개인에 따라 혹은 하나하나의 형태에 따라 큰 변화가 있기 때문이다.

시의 이미지는 관점에 따라 여러 가지 특성에 따른 유형을 발견할 수 있다. 김준오는 감각적 대상과 특질을 가리키는 것은 이미지라고

---

21) 김영민, 『에즈라 파운드』, 건국대출판부, 2006, 47면.
22) 김윤식 편, 『문학비평용어사전』, 일지사, 1976, 232-233면.
23) R. Wellek & Warren, 김병길 역, 『문학의 이론』, 을유문화사, 1988, 290-305면.

주장한다. 이미지는 대상과의 관계에 따라 상대적 이미지와 절대적 이미지가 되고, 상대적 이미지는 객관적 대상을 재현한 모방론적 이미지로 보는 것이다. 이에 비해 김춘수는 김준오가 주장한 상대적 이미지를 불순한 비유적 이미지로, 절대적 이미지를 순수한 서술적 이미지로 보고 무의미시론을 주장한다. 김준오는 언어에 의해 마음속에 떠오른 감각적 이미지는 정신적 이미지라고 본다.[24] 그리고 시의 이미지는 축어적 비유적 상징적인 것 등 다양하지만, 시인의 상상력을 이해하는 데 도움을 주는 것은 정신적 이미지의 분석이라고 주장한다. 정신적 이미지의 한계는 시를 올바로 이해하지 못하게 하는 데 있다는 것이다.

정한모[25]는 이미지의 실체화에는 비유적 방법과 상징적 방법이 사용된다고 보고 시적 인식에서 형성된 유기적 생명의 심상 회화라는 종합적 결론에 도달하게 된다. 이러한 시적 이미지는 시각적 · 청각적 · 후각적 · 미각적 · 육체감각적 · 색채적 · 역동적 · 공감각적 이미지로 구분한다. 김종길[26]은 문학 용어로서의 이미지 개념은 직유와 은유 그리고 묘사적인 어구나 구절을 그 내용으로 보는 것이 타당하다고 주장한다. 문학에 있어서의 이미지는 비유적 이미지와 묘사적 이미지로 대별된다고 보는 것이다. 정한모와 김종길이 밝히는 이미지 특성은 플레밍거의 지각 이미지나 비유적 이미지와 맥을 같이 한다.

정한모와 김종길의 이미지 특성에 따른 유형 논의에 비해, 김용직의 이미지 유형 논의는 플레밍거의 이미지 유형 논의와 동일한 기준

---

24) 김준오 『시론』, 삼지원 제4판, 2005, 164-173면.
25) 정한모, 『현대시론』, 민중서관, 1973, 45-48면.
26) 김종길, 『시에 대하여』, 민음사, 1980, 68면.

의 논의로 볼 수 있다. 김용직[27]은 상상력이 개입하는 성향에 따라 지각 이미지 · 비유적 이미지 · 상징적 이미지의 특성을 밝히고 있다. 지각 이미지는 감각적 경험을 수반시키면서 빚어지는 이미지이다. 지각 이미지의 기준은 감각적 파악에서 비롯된 여러 감각 기관이 되는 것이다. 비유적 이미지는 비유에 의한 이미지로, 비유는 주지와 매체로 나눈다. 비유적 이미지는 대체적으로 주지와의 상관관계를 통해서 성립되는데, 성립시키는 기준이 되는 비유는 직유 · 은유 · 의인 · 제유 · 환유 · 우화 등 여러 하위 개념이 있다. 비유의 본질이 유추라고 본다면, 주지와 매체라는 두 이질적 요소는 관계 설정이 이루어지면 한 문맥 속에 수용된다. 그 문맥화가 바로 유추인 것이다. 이질적인 두 요소는 유추를 통해 동일화를 이루게 되는 것으로 볼 수 있다. 비유적 이미지는 구체적인 언어로 이루어져야 하고 정서의 함량이 커야 한다면, 그에 비해 상징적 이미지는 반복적인 것이 외형적 특징이며 원초적이며 집단적이라고 풀이할 수 있다. 비유는 함축성이 강해도 유추가 가능한 상상력의 뿌리를 가지고 있지만, 상징은 대체로 실체가 잡히지 않기 때문에 비유에 비해 더 깊은 이미지가 되는 것이다.

정한모나 김종길이 플레밍거의 지각 이미지나 비유적 이미지와 맥을 같이 한다면, 오세영의 이미지 특성에 따른 유형 논의는 플레밍거의 지각 이미지와 상징적 이미지에 바탕을 둔 논의로 볼 수 있다. 오세영[28]은 이미지를 감각에 따른 이미지, 대상의 인지 과정에 따른 이미지, 통사 구문에 따른 이미지, 비유어와의 관계에 따른 이미지로 나

---

27) 김용직, 『현대시원론』, 학연사, 1988, 182-194면.
28) 오세영, 『시론』, 서정시학, 2013, 208-222면.

눈다. 감각에 따른 이미지는 감각에 기준을 둔 시각 · 청각 · 후각 · 미각 · 촉각 · 형태 · 윤곽 · 정적, 동적 이미지가 있다. 대상의 인지 과정에 따른 이미지는 시적 진술에 구속되는 속박된 이미지 · 청각 이미지 · 분절적 이미지 · 독자의 상상력과 결합되는 자유로운 이미지가 있다. 또한 자유로운 이미지는 시각적 이미지가 대표적이라고 할 것이다. 통사 구문에 따른 이미지는 단순 · 직접 · 간접 · 추상 · 병합 · 복합 · 추상병합 · 추상복합 이미지가 있다. 비유어와의 관계에 따른 이미지는 본의와 매재(원관념)를 결합시키는 비유적 이미지와 객관적 상관물에 해당하는 묘사적 이미지가 있다.

　이승훈 또한 김용직처럼 플레밍거의 이미지 특성에 따른 유형과 동일하게 논의하고 있다. 단 이승훈은 김용직이 주장하는 지각적 이미지를 정신적 이미지로 보고 있으나 이는 동일한 이미지 특성으로 볼 수 있다. 이승훈[29]은 이미지를 정신적 · 비유적 · 상징적 이미지로 본다. 정신적 이미지는 작품을 대할 때 독자의 정신에 야기되는 감각적 경험만을 강조한다. 비유적 이미지는 취의(tener)와 매재(vehicle)를 논의의 핵으로 한다. 일반적으로 매재가 이미지로 나타나지만 취의와 매재가 동시에 이미지로 나타나기도 한다. 비유적 이미지의 핵심은 은유라고 할 수 있다. 은유는 과학적으로 통찰할 수 없는 것들을 통찰하게 하고 정신적 이미지가 아닌 다른 어떤 것을 기초로 구축되기 때문이다.

　최동호는 이미지 특성에 따른 유형에 대해 김용직과 같은 논의를

---

29) 이승훈, 『시론』, 고려원, 1979, 114-116면.

하고 있다. 최동호[30]는 김용직처럼 이미지를 지각적 · 비유적 · 상징적 이미지로 보는데, 이는 플레밍거의 이미지 유형에 대한 논의와 동일한 주장으로 볼 수 있다. 지각적 이미지는 특정한 신체 감각을 이용한 이미지이다. 복합적 감각의 사용은 복잡한 현대인의 감각을 적절히 드러내는 데 유용하다. 그러나 감각적 이미지가 상투화되는 시는 독자에게 공감을 주기 어렵다고 본다. 지각적 이미지의 구사는 내적 논리와 조화되어야 성공할 수 있기 때문이다. 비유적 이미지는 제유 · 환유 · 직유 · 은유 · 의인화 · 풍유 등으로 대별되며, 이들 비유들은 비유물과 실체를 담게 된다. 시인의 통찰력은 다른 것처럼 느껴지는 사물 사이에서 유사성을 발견하는 것이다. 상징적 이미지는 반복적으로 드러나는 이미지군에 대한 연구를 통해 밝혀지며 원형적 이미지까지 포괄하는 복합적 개념이다.

이승훈의 이미지 유형에 대한 논의처럼 이지엽[31] 또한 이미지를 정신적 · 비유적 · 상징적 이미지로 본다. 하지만 이지엽은 언어 발달 단계에 맞춰서 이미지를 논의하고 있다는 점이 이승훈의 이미지 논의와 차별된다고 볼 수 있다. 정신적 이미지는 우리의 마음속에 떠오른 감각적 이미지를 가리킨다. 감각은 자극이 신체에 수용되면 신체 내의 복잡한 작용에 의해 중추신경에 전해졌을 때 일어나는 대응이기 때문이다. 감각은 신체에 있는 감각 수용기의 종류로 분류되는데 시각 · 청각 · 후각 · 미각 · 피부감각 · 심부감각 · 내장감각 · 평형감각 등이 있다. 정신적 이미지는 감각의 종류에 따라 시각 · 청각 · 미각 · 후각 ·

---

30) 최동호, 『시를 어떻게 만들 것인가』, 유종호 최동호 편저, 작가, 2005, 174-192면.
31) 이지엽, 『현대시 창작 강의』, 고요아침, 2005, 156-172면.

촉각 · 기관 근육 · 감각적 이미지로 세분된다. 또 이미지는 시적 대상이 표상하는 대상과의 관계가 어떠한가에 따라 상대적 · 절대적 이미지가 있다. 상대적 이미지는 보편성에 기댄 대상을 가진 시에서 드러나고, 절대적 이미지는 개별성에 기댄 상상 속에 존재하는 시에서 드러난다. 한 편의 시 안에서 이미지는 어떤 형태로 진행되느냐에 따라 지속적 · 집중적 · 병렬적 · 확산적 이미지로 나타나기도 한다.

이승훈과 최동호 그리고 이지엽의 이미지 논의도 플레밍거의 이미지 특성에 따른 유형 논의를 핵심 근거로 삼고 있다. 최동호는 이미지 유형 논의에 앞서 플레밍거의 이미지 특성에 따른 유형을 그 근거로 하겠다[32]고 밝히고 있으며, 위 논자들이 근거로 하는 플레밍거의 이미지 유형은 보편적인 이미지 논의의 한 방법으로 쓰이고 있다. 플레밍거의 이미지 특성을 바탕으로 한 유형 논의 중 개념의 용어를 바꾼 백운복의 논의도 있다. 백운복[33]은 각각의 이미지들이 감각 자극 기관의 차이에 따라 그리고 조성 방법의 차이에 따라, 이미지 형성의 방법에 따라 나타난다고 말한다. 이미지의 조성은 표현 기법의 다양성에도 불구하고 감각적 인식이나 유추적 전이 그리고 주지적 대치의 세 가지 원리에 의한다.

감각적 인식은 기존의 정신적 이미지로 논의해 온 언어에 의해서 떠오른 감각적 이미지이며 다양한 수사를 통해 이루어진다고 볼 수 있다. 감각적 인식은 추상적 관념이나 대상을 구체화시키고 형상화하기 위해 수사나 감각적 인식을 차용하여 수식하는 형태로 이루어진

---

32) 최동호, 『시를 어떻게 만들 것인가』, 유종호 최동호 편저, 작가, 2005, 174면.
33) 김병택 편저, 「백운복:이미지」, 『현대시론의 새로운 이해』, 새미, 2004, 153 -170면.

이미지이다. 유추적 전이는 비유의 근거가 두 사물 사이의 유사성이나 연속성에 있으며 두 사물의 동질성에 의해 비유가 성립하게 된다. 비유의 근본 원리는 한 대상의 의미를 다른 대상에 전이시켜 표현하는 것이다. 주지적 대치는 기존의 상징적 이미지와 관련이 있는데, 이는 원관념의 의미를 다양하게 헤아릴 수 있도록 하는 열린 이미지이기 때문이다. 상징적 이미지가 반복적으로 드러나는 이미지군에 의해 밝혀진다면, 주지적 대치는 감각적 인식과 유추적 전이에 이은 또 하나의 이미지 조성 원리로 설정할 수 있다.

국내외 논자들에 의해 논의된 이미지의 유형은 결국 감각이나 경험이 바탕이 된다는 것을 알 수 있다. 특히 국내 논자들이 논의하는 이미지 유형 연구는 알렉스 플레밍거가 주장하는 이미지 유형을 수용하는 경우가 많다. 플레밍거가 주장하는 이미지 특성에 따른 유형은 정신적·심리적 이미지, 비유적 이미지, 상징적 이미지로 국내 논자들이 채택한 이미지 유형과 같거나 거의 비슷한 맥락으로 분류되기 때문이다. 이미지 유형을 연구한 국내 논자들은 플레밍거의 이미지 유형 논의에 의거해 조금씩 용어를 바꾸거나 그 바탕을 유지한다.

플레밍거의 이미지 유형은 물리적 지각을 통해 감각이 정신 속에서 재생산된 것을 말한다. 이형기의 시정신은 물리적 지각이 없이도 기억 상상 환영을 통해 이미지를 형성해낸다는 것을 알 수 있다. 이형기 시에 나타나는 상징적 이미지는 단순히 떠오른 감각적 능력을 드러내는 것에 그치지 않고 흥미·취향·성향·가치·시각을 보여준다. 비유적 이미지는 제유·환유·직유·은유·의인·풍유로 압축되는데, 이 표현들은 이형기가 어떤 것을 이야기하면서 다른 것을 의미하는 언어의 도구로 쓰인다. 제유와 환유에서 얻어지는 관계는 인접성에 기초하고 나머지는 차이점 안에서 유사성에 기초한다는 것을 알 수 있다. 비유는 시적 화자가 무엇에 반응하는지 느낄 수 있고 분위기를 내재적으로 드러내는 데 쓰인다. 이형기 시 이미지에서 좋은 비유가 유사성과 차이점에 대한 본능적인 지각을 암시하는 것이라면, 이형기 시에서 드러나는 비유는 의식의 수단이 되므로 정신 작용을 자극하는 것으로도 볼 수 있다.[34]

2. 직관적 언어의 본질

이형기는 「절망의 비전」[35]에서 '시는 세계의 부조리에 대한 복수의 비수'라고 주장한다. 그는 부조리의 세계에 '상상력'이라는 또 하나의 세계를 만들어 복수를 감행한다. 한 편의 시는 실재하지 않는 비전이 실재하는 부조리의 가슴팍을 찌르는 비수가 될 때 비로소 탄생한다는 것이다. 이는 바슐라르의 이미지와 상상력 개념과 상통한다고 볼 수 있다. 이미지의 주체와 객체가 만나게 된다면 이미지를 통해서 상상하는 존재와 상상되는 존재는 가장 근접한다. 바슐라르에게 상상은 현실 초월적이지만 어떤 상상도 현실을 떠나서는 불가능하기 때문이다. 또 그는 자신의 평론 「시를 보는 눈」[36]에서 '사물의 본질은 그것을 몽환적으로 보는 데서만 파악된다'는 바슐라르의 말을 인용하여 실험적 시세계를 펼치고 있으며, 보들레르의 상상력에 심취하여 자신 만

---

34) Alex Preminger, 앞의 책, 363-370면.
35) 이형기, 「절망의 비전」, 『감성의 논리』, 문학과 지성사, 1976, 207-209면.
36) 이형기, 「시를 보는 눈」, 『한국 문학의 반성』, 백미사, 1980, 133면.

의 개성적인 이미지를 구사하고 있다.[37]

이미지의 그리스어 어원인 아이콘, 에이돌론, 판타스마, 라틴어 어원인 이마고(Imago) 같은 용어들은 이미지와 동의어로 쓰인다. 이미지는 가시적인 형태를 지칭하거나 비현실적이고 가상적이며 존재하지 않는 것의 산물을 지칭하는 경우 등 의미 규정이 광범위하다.[38] 이미지의 의미론적 가변성은 단어의 속성에 따라 이미지의 정의와 이해의 방식이 달라진다. 이미지는 '이미지'라는 용어를 개념과 대립시켜 기억에 의해 직관을 고정시키거나 상상력으로 변형시킨다. 또한 이미지는 감각적 표현으로 간주되어 대상에 주관적 인상이 가미된다. 그리고 이미지는 추상적인 관념으로 확장되어 인간의 모든 지적 활동을 포괄하고, 언어에 의한 시각적이거나 회화적인 표현의 이미지스트 기법을 추구한다.[39] 이처럼 이미지는 감각과 지적인 것 사이를 큰 폭으로 움직이므로 용어의 정의조차 쉽지 않다. 하지만 이형기 시에서 이미지의 핵심적 의미는 구체성 안에 있다.

이미지의 본질은 그 무언가를 보게 하는 데 있다. 이미지는 내기에거는 판돈 같은 것이 아니라 보이는 것과 보이지 않는 것이 지속적인 거래를 하도록 하는 물물교환 수단 같은 것이다. 결국 하나의 이미지는 하늘과 땅 사이의 스위치이자 신과 인간의 중개자로서 상반된 것들을 묶어 의미를 전달하므로 진실도, 거짓도, 모순도, 불가능도 아닌 상징적인 중개자가 된다고 할 수 있다.[40] 이미지는 상징적 형태로

---

37) 이형기, 「시의 해석」, 『시와 언어』, 문학과 지성사, 250-253면.
38) 유평근, 진형준, 『이미지』, 살림, 2001, 22-23면.
39) 유평근, 진형준, 위의 책, 24-28면.
40) Regis Debray, 정진국 역, 『이미지의 삶과 죽음』, 글항아리, 2011, 40-67면.

서 구체적 경험들이 의미의 영역으로 들어오게 되고, 그 표현은 상징적 관념화를 통해 매개자로 작용하는 것이다. 이미지는 객관적 탐구의 가능성을 확장하여 과학적 지식이 쉽게 이해될 수 있도록 한다. 또한 이미지가 상상력에 의해 변형되는 것을 볼 때, 이형기 시에서 드러나는 상상력은 선험적으로 존재하는 이미지라는 사실을 알 수 있다.

이미지와 개념은 '상상력'과 '이성'이라는 두 극의 대립으로 볼 수 있다. 이형기는 이미지를 통해 상상하는 존재와 상상되는 존재를 가장 근접하게 만들고 자유분방한 상상력을 통해 독창적인 이미지를 창출해낸다. 이미지는 시인의 상상력을 이해하는 지표가 되고 물상과 자아의 대응 방식이 되어 작품의 미적 가치를 구현하고 언어기호의 보편성을 강화하는 것이다.[41] 상상력은 과거 지각 체험의 정신적 재현을 구체적으로 재생하여 이미지를 포착하고 추적하는 힘이 된다. 이형기가 시에서 시도하는 상상력은 탁월한 시적 이미지의 생산을 통해 낯선 것을 가시적 형태로 포함시킬 수 있다. 따라서 상상력은 이미지에서 중요한 요소다. 이미지를 만들어내는 상상력의 영역은 경험에 앞서 선험적으로 존재하며 형상을 만드는 주체적 구조가 감각적 세계를 결정하기 때문이다.[42]

이형기는 자신의 산문집 『바람으로 만든 조약돌』에서 세계를 상상적으로 이해한다는 것은 자신의 눈으로 세계를 바라보는 것이며, 시인은 상상적 이해를 통해 세계에 감추어진 비밀을 제 것으로 만들고자 하는 사람이라고 말한다. 그때 세계는 시인의 상상력이 먹고 소화

---

41) 이승훈, 『시론』, 고려원, 1979, 158면.
42) 이형기, 『바람으로 만든 조약돌』, 어문각, 1986, 191면.

할 수 있는 먹이가 된다고 말한다. 이미지는 사유 이전에 존재한다. 이형기는 보들레르를 통해 상상력은 문학에서 현실을 재구성하여 해방적 힘을 이끌어낸다는 것을 알게 된다. 이형기의 시에서는 사유하는 자아보다 상상하는 자아가 활발하게 활동할 수 있다. 이형기 시에서 합리적으로 사유하는 주체는 대상과 거리를 두기 때문에 화합하지 않지만, 그에 비해 상상하는 자아는 그 대상과 조화를 이루고 화합하며 대상을 꿈꾼다.

플레밍거는[43] 직접적인 물리적 지각이 없어도 기억·환영·상상을 통해 지각이 가능한 것이 이미지라고 주장한다. C. D. 루이스[44]는 시의 이미지가 시를 시적 실체로 있게 하는 핵심적 요건이라고 본다. 이미지는 지적, 정서적 복합체를 한 순간에 제시하는 인식론과 표현의 문제라고 할 때, 이형기의 시에 드러나는 시적 이미지는 사물과 관념이 만나 시인이 전달하고 싶은 경험이나 상상이나 체험을 미학적으로 형상화 할 수 있는 훌륭한 도구가 되는 것이다. 이미지는 상상력의 구체적 산물로서 단순한 기교가 아니라 시의 본질과 기능에 대한 지(知)와 정(情)의 결합이 된다. 이미지는 상상력의 구체적 산물로 시적 실체의 핵심적 요건이다. 이형기의 시적 이미지는 기억에 의해 직관을 고정시키기보다는 실험적 상상력으로 변형하여 개성적인 시적 세계관을 추적하고 포착한다.

이미지는 감각적 표현으로 간주된다. 이미지는 대상에 주관적 인상을 가미시킨다. 시에서 핵심적인 이미지는 존재에게 직접적으로 영향

---

43) Alex Preminger, 『시학사전:*Princeton Encyclopedia of Poetry&Poetics,*』, Princeton University Press, 1965, 363면.
44) C. Day Lewis, 조병화 역, 『현대시론:*A Hope For Poetry*』, 정음사, 1956, 15면.

을 미치는 감각적 사실이므로 핵심적 이미지의 표현이 해당 시의 핵심적 전언이다.[45] 하지만 리차즈(I.A. Richards)[46]의 말처럼 이미지에 대한 감각적 특질이 지나치게 중요시 되는 것은 잘못이다. 이형기 시에서 이미지 주체의 감각은 세계와 맞닥뜨려 생성한 접면이며 주체의 발화에 영향을 미치는 감각의 생성지로 가장 먼저 모습을 드러낸다.[47] 그의 시에 드러나는 이미지는 사물을 감각적으로 재생시키도록 자극하는 주관적 감각의 객관적 심적 재현이기 때문이다.[48] 그러므로 체험과 관계있는 일체의 낱말은 모두 이미지가 될 수 있다.[49] 브룩스(C. Brooks)[50] 역시 이미지는 단순한 마음의 그림으로 이루어지는 것이 아니라 감각 체험의 재현이므로 감각에 호소한다고 주장한다. 이미지의 효능은 감각의 표상에서 오는 것이기 때문이다.

이미지는 지적이며 감정적인 복합체로 지각이나 기억에 의해 감각적 경험을 재생한다. 이미지는 '심상' 또는 '영상' 이라고도 하고,[51] 지각에 의해 재생되는 경험이 되기도 한다. 따라서 이형기 시에서의 이미지 또한 시인이 경험한 구체적 언어 표현이 되는 것이다. 언어화된 미적 경험은 이미지를 통해 구체화되고 현실화 된다는 데 근거를 둔 발상이다. 그러므로 이형기가 선택한 이미지는 시인이 표현하고 싶은

---

45) Georg Lukacs, 반성완 역, 『영혼과 형식』, 심설당, 1988, 13면.

46) I.A. Richards, 이선주 역, 『문학비평의 원리:*Principles of Literary Criticism*』, 2005, 146-147면.

47) 박성수, 『들뢰즈』, 이룸, 2004, 39면.

48) 김재근, 『이미지즘 연구』, 정음사, 1973, 14면.

49) 이상섭, 『문학비평용어사전』, 민음사, 1988, 185면.

50) C. Brooks & R. P. Warren, 『시의 이해:Understanding Poetry』, New York, 1965, 555면.

51) 곽광수, 「물의 이미지」, 『건축』 36(2), 대한건축학회, 1992, 4, 17면.

주관적 정서가 된다. 시의 이미지는 사물을 지각할 수 있도록 제시된 언어적 표현으로 엘리엇(T.S. Eliot)이 주장한 '객관적 상관물'처럼 추상적이고 관념적인 것을 구체화하여 독자의 정서적 반응을 유발시킨다고 볼 수 있다. 이미지는 시를 구성하는 본질적 요소이며 감각에 호소하고 사물에 대한 경험을 불러일으키기 때문에 구체적이어야 한다. 이형기 시의 의미는 감각적 사실인 이미지를 통해 구현되므로 시적 주체의 발화는 특정 이미지와 결속해 있다. 그의 시에서 이미지는 구체적 관념의 언어이다.

메를로 퐁티는 『지각의 현상학』[52]에서 감각의 주체와 감각하는 대상 사이에서 하나가 다른 하나에 의미를 부여할 수 없다고 말한다. 감각의 발생 지점인 신체는 대상인 동시에 주체가 되기 때문이다. 감각은 감각함과 감각됨으로 나눌 수 없고 주고받을 수 없다.[53] 이형기 시에서 이미지를 통해 표현되는 감각은 신체의 상태에 대한 경험으로 감정과 동일시 될 수 있고 대상을 지향하는 속성을 지닌다.[54] 결국 감각은 한 쪽이 없다면 경험할 수 없는 감각 기관과 대상의 만남이라는 구체적인 매개를 통해 이루어진다.

이미지는 시가 관념을 전달할 때에도 감각을 중심으로 진술해야 하므로 중요하다. 시는 상상과 관념의 직접적인 노출이 아니다. 따라서 관념의 감각화를 위해 이미지가 필요하게 되는 것이다.[55] 이때 이미지는 관념과 사물이 만나 의미를 전달하는 감각과 사상의 중개역을 맡

---

52) M. Merleau-Ponty, 류의근 역, 『지각의 현상학』, 문학과 지성사, 2002, 3, 311-369면.
53) 임곤택, 「이장희 시의 감각 연구」, 『우리문학연구』 37, 우리문학회, 2013, 501면.
54) 한전숙, 『현상학의 이해-감각과 신체』, 민음사, 1984, 37면.
55) 김용직, 『현대시원론』, 학연사, 1988, 175면.

게 되는 것으로 볼 수 있다. 이형기의 시적 이미지는 감각적 특질이 비유적이든 상징적이든 모두 결합된 방식으로 기능한다. 그의 시는 주관적인 미적 경험을 언어화한 것이므로 관념의 육화가 된다. 따라서 감각은 대상을 지각하고 독자는 대상에 대한 2차적 지각을 상상적으로 경험하게 된다.[56] 감각이 지각 이전에 비언어화된 이미지들로 신체에 엄습해도, 관습화된 몸의 감관은 지각으로 환원하여 이미지를 걸러내게 되는 것이다.

이미지는 감각적 표현으로 간주되어 대상에 주관적 인상이 가미된다. 이미지는 감각 체험의 재현이다. 이미지는 주관적 인상이 대상에 가미되어 감각적 표현으로 존재를 드러낸다. 이형기 시에 쓰이는 이미지는 비유적 방식으로 재현되는 체험이기 때문에 환원적이며 비유적으로 읽힌다. 이형기는 이미지를 사용하여 자신의 사상이나 관념을 감각적으로 형상화한다. 이형기의 시적 이미지는 추상적인 관념으로 확장되어 시적 주체의 지적 활동을 포괄한다. 이미지는 창조적 예술가가 내적 흐름 속으로 침투해서 획득하는 미적 정서로 언어에 의한 시정신의 내면화라고 볼 수 있다. 이미지는 분리된 관념을 통합하는 지적 행위로 새로운 전달을 수행하지만 동시에 원형을 전달하기도 한다. 원형의 복원은 정서적 감정과 기억의 재생을 유발하는 환기력이 있어야 하는데, 이형기의 시적 이미지에서 중요한 환기성은 감정과 정서 유발에 기여하는 비유의 추상적인 관념이다.

이미지는 허구를 통해 비유적인 방법으로 실재를 암시한다. 또한 이미지는 상징적인 사용을 통해 이질적인 체험을 단단한 구조로 엮어

---

56) 문덕수, 『시론』, 시문학사, 2002, 238면.

낼 수 있다.[57] 이형기 시 이미지는 정보를 해석하고 행동에 방향을 제시하는 것으로 활용되어 왔고 대상과 개념의 관계에 안정적인 질서를 부여한다. 따라서 이미지는 객관적인 실제를 선택적으로 추상화하며, 그것이 어떤 것인가에 대한 의도적인 해석이 되기도 한다. 이미지는 사물 그 자체에 대한 명료한 묘사나 회화적 영상을 제시하는 것에 그치지 않고, 사물에 대한 자아의 인식과 사고의 과정을 드러내는 시적 방법으로 사용되는 경우가 많다.[58] 이미지는 회화적 표상이 아닌 知와 情의 복합을 표현하는 것이라고 규정할 때, 이형기 시에 나타난 이미지는 상이한 직관의 합일로서 특수한 것을 정확하게 표현하는 데 도움을 준다.[59] 이를 통해 이형기의 시적 이미지는 자아 인식의 변화와 추이에 따라 결정된다는 것을 알 수 있다. 이미지는 추상적인 관념으로 확장되어 인간의 모든 지적 활동을 포괄한다. 또한 이미지는 사물에 대한 자아의 사고를 추상적인 관념으로 표현하는 인간의 지적활동을 포괄한다. 이형기 시에 나타나는 이미지는 시정신의 내면화로 사물에 대한 자아 인식을 드러낸다. 따라서 그의 시에서 이미지는 원형을 전달하는 정서 유발에 기여하고 지(知)와 정(情)의 복합적 산물이 되는 것이다.

이형기 시에서 사용되는 이미지는 언어를 통해 이루어진다. 이미지는 상징과 은유의 심층적인 시적 언어와의 관계성 속에서 이해되어

57) 김용직, 「시와 탄력성」, 『정명의 미학』, 지학사, 309면.
58) 서진영, 「1950~60년대 모더니즘 시의 이미지와 자아 인식」, 『한국현대문학 연구』 33, 한국현대문학회, 2011, 4, 371-372면.
59) 김재근, 『이미지즘 연구』, 정음사, 1973, 15면.
   이순희, 「현대시조의 보편성과 특수성 고찰」, 『시조학논총』 38, 한국시조학회, 2013, 1, 113면.

야 한다.[60] 시의 이미지는 직관적 언어의 본질이다. 이미지는 자율적 의미를 나타내는 언어의 양식이므로 언어 구사에서 차이가 드러난다. 이때 시적 체험은 시각 이미지가 되어 그 이미지는 그림을 그리게 되는 심안 속의 그림에 대한 체험이 되고, 회화적 이미지인 묘사를 통해 사물의 핵심적 본질을 파악할 수 있다.[61] 시적인 언어에서 회화적 이미지는 창조와 상상의 영역을 넓힐 수 있으므로, 이형기 시에서 형상화되는 시각적 이미지는 언어 관념의 한계를 넘어서는 구체성을 획득하게 된다.

이미지를 언어에 의한 감각적 회화라고 정의한다면, 이미지는 감각적 체험에서 얻어지는 모든 언어를 의미한다. 시에서 그림이란 시인의 상상력에 의해서 그려지는 의미의 구체화이다. 따라서 이미지는 단순히 사물을 묘사하거나 반영하는 목적이 아니라 상상력을 통한 지적 사고와 의식의 문제다.[62] 루이스(C. Day-Lewis, 1904-1972.)를 비롯해 레비나스(Emmanuel L vinas, 1905-1995.)나 보울딩(Elise Boulding, 1920-.)은 이미지를 경험 태도 기억이나 직접적 감각의 산물인 심리적 그림으로 정의한다. 특히 논자들은 심리학에서 비롯된 '이미지'의 뜻을 문학에서 가장 넓게 확장시킨 예가 루이스(C. Day Lewis)의 견해라고 주장하기도 한다. 루이스(C. Day Lewis)[63]는 이미

60) 조영복, 「이미지의 본질과 감각 이미지 논의의 제 문제」, 『어문연구』, 한국어문교육연구회, 2010, 253면.
61) 김용희, 「정지용 시에서 은유에 의한 시각적 재현과 미적 현대성」, 『한국문학논총』 35, 한국문학회, 2003, 92면.
62) 김학동, 조용훈, 『현대시론』, 새문사, 1998, 96면.
63) C. Day-Lewis, 『시적 이미지:The Poetic Image』, Publisher: Hesperides Press, 2006, 18면.

지를 말로 만들어진 그림이라고 정의한다. 이는 독자가 시를 읽으며 떠올리는 영상에 초점을 둔 것이다. 이미지를 보는 것과 그림을 보는 것은 같은 것으로 이해할 수 있다. 그렇게 전제한다면 그림은 대상의 재현이 될 것이다.[64] 그림이 '재현'이라는 인식은, 그림이 재현하는 실재가 부재하다는 것을 인식할 때 성립된다. 대상에서 비롯된 이미지는 대상을 흡수하여 결국에는 대상으로부터 자유로운 상태에 돌입하게 된다. 만약 다른 방식으로 세계를 바라본다면 그것은 이전의 자기 자신이 죽었다는 것을 의미한다.[65] 이때 모든 것이 이미지 속으로 소멸하게 되고 오직 이미지만이 남게 되는 것이다. 이형기 시에서 이미지는 언어로 표현하는 시각적 회화로 관념의 한계를 넘어서서 구체성을 획득한다. 회화적 이미지는 언어로 그린 그림이며 창조와 상상의 영역을 넓힐 수 있고, 그림은 재현하는 실재가 부재할 때 대상의 재현이 된다.

이미지는 한 편의 시를 구조 전체로 밝힐 때 중요한 요소이다. 시의 의미를 추적하는 데 중요한 기능으로 활용된다. 이미지가 육체적 지각을 통할 때는 지각과 관계되고, 통하지 않을 때는 상상력이나 환상과 관계된다. 근대에 와서 철학자들은 인간의 가장 순수한 상태가 언어의 상징적 기능인 이미지를 구현하는 언어에 있는 것으로 인식하고 있다.[66] 따라서 이형기가 시를 감각화 하는 기법은 상상력의 도움을 받아 언어에 대한 배려를 극대화하는 것이다. 시의 이미지는 환영 상

---

64) 김정현, 「이미지의 현상학-〈실재와 그림자〉를 중심으로 본 레비나스의 예술론」, 『철학과 현상학 연구』 22, 한국현상학회, 2004, 5, 184-188면.

65) 오문석, 「1950-1960년대 시에서 이미지의 문제」, 『국제어문학회 학술대회 자료집』, 국제어문학회, 2004, 5, 19면.

66) 김용직, 『현대시원론』, 학연사, 1988, 177-180면.

태에서 표현이 가능하기 때문에 구조의 개념으로 접근해야 한다. 이미지가 관념의 구체화로 표상되는 미적 경험이라면,[67] 이형기에게 한 편의 시는 그 자체가 이미지의 단위이며 복합적 체험을 감각적 실체로 제시할 수 있어서 시인의 정체성을 구성한다.

이형기의 시적 태도는 이미지를 통해 드러난다. 시적 이미지는 그 반응을 예상하는 언어 자극을 가리키기 때문에 이형기 시 이미지를 통해 시인의 세계 인식과 변화나 태도 등을 알 수 있다. 한 시인의 시에 나타나는 이미지를 통해 그 시인의 작품에 나타난 시적 특성을 파악할 수 있기 때문이다. 이미지는 지각 · 기억 · 환상 · 공상 · 연상에 의해 태어나고, 감각의 실체를 어떻게 나누느냐에 따라 다양한 특성이 존재한다.[68] 그리고 이미지는 지각에 의해 여러 가지 형태의 심리적 재생으로 이루어진다.[69] 즉 이미지는 청각 · 시각 · 후각 등의 생체 이미지와 움직임을 중심으로 한 동적 · 정적 이미지 그리고 생물적 · 광물적 이미지로 나눌 수 있다. 더 세부적으로 생물적 이미지는 식물 · 동물 이미지로 나누고 부피와 형태에 따라 거시적 · 미시적 이미지, 공간적 · 기하학적 이미지로 나눌 수 있다.[70]

이형기 시에 나타나는 이미지를 표현 형태에 따라 분류해보면 두 범주로 묶을 수 있다. 이미지는 주체와 독립되지 못하거나 객관적 형태화에 이르지 못한 심리적 · 정신적 지각 이미지와, 사람들의 수용이 가능한 객관적 형태의 물질적 이미지로 분류할 수 있다.[71] 이형기의

---

67) 김병택 편저, 『현대시론의 새로운 이해』, 새미, 2004, 153-155면.
68) 이승훈, 『시론』, 고려원, 1979, 48면.
69) Alex Preminger, 앞의 책, 363면.
70) 권기호, 『시론』, 학문사, 1983, 72면.
71) 정신적 이미지와 물질적 이미지로 분류한 김준오와 김춘수, 김용직, 이승훈

시에서 심리적 · 정신적 이미지는 창조적 영역으로 끌어내는 시각적 이미지에 속하기 때문에 비유적이고 은유적인 수사법으로 대상을 파악하는 것을 가능하게 해준다. 또한 그의 시 이미지는 무의식적 심리나 구체적 물질을 통해서 명백한 표현을 얻지 못한 원형적 이미지에 속한다고 볼 수도 있다. 물질적 이미지는 표현 매체 · 표현 형태 · 생산 기술 · 재생 양태에 의해 분류된다. 플라톤의 철학이 절대적 형태의 이미지로 세상을 해석해 낸 것이라고 볼 때, 이형기 시 이미지는 절대 존재와 거리를 둔 타락된 존재이면서 원천에 오를 수 있게 하는 열쇠가 되는 것이다.

시에서 이미지의 심미적 기능은 '상상력'과 밀접한 관련이 있다. 이미지는 감각적 체험을 구체적으로 인식시키기 위한 상상력에 의해 만들어진다. 상상력은 지각을 통하여 대상의 이미지와 그 관계를 형성하는 힘으로 정신의 생산력이다. 영혼의 활동이 작동하는 시에서 심미적 체험은 존재가 전환되는 체험이 된다. 철학과 심리학에서 환영의 대체물 정도로 사용되던 이미지는 시에서 떼어놓고 생각할 수 없는 중요한 문학의 방법론이 된 것이다.

이형기는 실험적 상상력을 통해 시에서 드러나는 이미지의 세계를 새롭게 바꾸려고 한 시인이다. 그는 세계를 인식하는 방법이 상상력이며 그 상상력이 예술 창조를 통제하는 힘이 되고 사물과 세계를 새로 해석하는 일이라고 믿은 것이다. 그렇기 때문에 이형기는 상상력에서 도출한 다양한 이미지 유형을 통해 시적 특성을 확장해 나갔다. 결국 그의 시에 나타나는 이미지의 방향은 상상력을 통한 체험적 특

등의 이론은 플레밍거의 이미지에 대한 특성을 근거로 한 논의로 볼 수 있다.

성을 추구하는 것이 된다. 시를 끝없는 상상력의 결정체라고 말한다면, 상상력의 결정체를 추구하는 이미지는 이형기 시에 있어서 귀중한 자산이 되는 것이다.

이미지는 복합적으로 내포한 층들을 하나로 통일함으로써 강렬한 인상을 준다.[72] 이미지는 감각적 성질을 가진 생명적인 유기체로, 무수한 과거 감각의 지적인 재생을 의미하는 체험의 심상 회화라고 할 수 있다. 또한 이미지는 독자의 상상력을 환기시키는 상상력의 그림으로 감각적 체험을 승화시킨 복합 공간의 지적 산물이다. 이미지가 시 속에서 호응하며 새로운 의미를 형성해가는 것이라면, 이형기의 시에 나타나는 이미지는 독자의 상상력을 환기시키는 상상력의 그림이다. 이형기는 기존 질서를 교란시킴으로써 상상력에 충격을 받은 독자들이 이미지를 통하여 새로운 세계를 그려보게 하고 싶었던 것으로 보인다.[73] 따라서 그는 일당 '당수론[74]'을 주장하며 상상력을 통해 세계를 해체하고 재구성하여 새로운 시에 접근한다는 것을 알 수 있다.

이미지는 시의 본질이다. 시적 이미지는 시의 기능을 수행할 때 해석에 도움을 주는 장치로 볼 수 있다. 시인 개인은 미적 가치의 개별성이 고유하기에, 그 정밀한 미감의 특질을 나타내기 위한 미적 장치로서 비유나 그 밖의 수사적 운영을 시도한다. 이미지는 문학 작품들이 화자의 경험이나 정서를 형상화시키기 위해 차용하는 도구이므로, 특

---

72) 김우창, 「이미지와 원초적 공간」, 『서강인문논총』, 서강대 인문과학연구소, 2008, 12, 161면.
73) 이형기, 「기획대담」, 『현대문학』 341, 1983. 5, 290-291면.
74) 이형기, 「당수 됩시다-이수익형께」, 『한국문학의 반성』, 백미사, 1980, 107면.

히 한 시인의 작품에 드러나는 이미지에 대한 분석은 그 시인의 시적 특성을 살펴볼 수 있는 중요한 논의가 된다. 그러므로 이형기 시에 나타나는 이미지의 특성을 통해 그의 시세계에 나타난 시의 본질을 이해할 수 있다.

　이형기는 근대시의 서정을 탈피한 새로운 시를 모색하기 위해 이미지를 구사했으며, 실험 의식을 통해 개혁적 시 형태를 구축하는 방법론으로써 이미지의 다양화에 주력한다. 이형기는 이미지가 시의 핵심임을 숙고하여 수사법 중심의 시 구조에서 영미 주지주의적 시 방법론을 우리 시에 정착시킨 것이다. 그는 다양한 이미지를 통해 우리 시의 미래적 비전을 제시하고 시적 정서와 구조적 면밀성으로 선도적 위상을 보여주고 있다. 따라서 이형기는 이미지를 다양하게 구사한 선구적 주자로서 한국 시단의 이미지에 전범이 된다.

감각적 이미지와 초현실

이형기 초기 시편에서는 감각적 이미지를 발견할 수 있다. 감각적 이미지는 지각 이미지를 바탕으로 정신을 통해 사물을 이해한다. 감각적 이미지의 특징은 자연을 대상으로 정서를 초극하고 인내하는 자세를 취하고 있다. 따라서 감각적 주체의 내면 정서는 강화되고 대상은 관념화 되면서 주체와 대상과의 거리감이 멀어지게 된다.

이형기가 세 번째 시집 『꿈꾸는 한발』부터 마지막 시집 『절벽』에 이르기까지 추구하는 새로운 지평은 악마적 이미지이다. 그는 마성적 언어에 의한 도발적인 시편들로 그로테스크한 정서를 진작시킨다. 이형기가 초기 시에서 고수해온 고유한 노선을 버리고 제3시집부터 힘 있는 관념으로 녹여낸 악마적 이미지는 자신만의 시정신을 표출하는 실험적 이미지라 할 수 있다. 상징적 이미지는 반복적으로 전개되는 물질을 통해 얻게 되는 원형적 이미지로 볼 수 있다.[1] 그 중에서 이형

---

1) Alex Preminger, 앞의 책, 364면.

기 시에 나타나는 악마적 이미지는 그 원형으로 해석되는 신화적 상황을 토대로 이루어진다. 이형기의 시에 나타나는 악마적 이미지는 정서의 동일성에 의해 표현된다.

이형기 시 전반에는 역설적 이미지가 나타난다. 그는 대상과 대립적 매체의 모순적 충돌, 그리고 풍자와 우화의 비유를 통해 삶의 역설적 접근을 시도하는 것으로 볼 수 있다. 역설적 이미지는 겉으로 드러나는 표현이 아니라 내적 의미로 모순을 유발하여 이질적인 이미지를 융합시킨다는 실존적 자각이 된다. 그의 시에 표출되는 역설적 이미지는 불교적 상상력의 초월과 비약이 중요한 요소로 작용하고, 표면적으로 드러나는 모순적인 이치에도 불구하고 어떤 진실을 내포하는 양식에서 표명하는 시적 이미지다.

감각적 이미지는 지각과 행동의 시작이며 자아의식의 통로가 된다.[2] 이형기 시에 나타난 감각적 이미지는 지각 이미지를 바탕으로 한 정신을 통해 사물을 이해한다는 것을 알 수 있다. 그는 상대성을 초월한 초현실을 추구하는 시인이다. 그는 시적 몰입을 통해 상대성을 배제하고 대립의 소멸인 순수성을 드러낸다. 그의 시에 나타난 감각적 이미지는 의식 속의 사물이 관념적 존재로 변질되어 시간적으로 나타나는 이미지라고 할 수 있다. 따라서 이형기 시에 나타난 감각적 이미지는 허무의 긍정적 수용이나 대상의 관념화로 인한 시간적 거리 두기, 바슐라르의 상상력에 단초를 둘 수 있을 것이다.

이형기는 정서적 변화를 통해 대상을 관념화시키는 시인이다. 그의

---

2) 김우창, 「이미지와 원초적 공간」, 『서강인문논총』, 서강대학교인문사회연구소, 2008. 12, 177면.

초기 시는 자연 친화적인 성격을 가지고 있지만, 그 자연이 실재하는 자연이라기보다는 관념적인 것이라는 점에서 청록파와 구별된다. 이형기는 자신의 감정을 일방적으로 투시하는 대상이 자연이라고 본다. 이는 이형기의 엘리트주의가 반영된 것으로, 그의 시가 일상적인 삶보다 우위에 있는 것으로 풀이할 수 있다. 초기시의 외로움이나 허무주의적 경향은 이에 따른 자연스러운 귀결이다.[3] 이형기가 소재로 삼은 자연은 자아와 현실 사이에 존재하면서 자아에게 의탁하거나 자아 모방의 대상이 될 수 있다. 이형기는 자연과의 질서를 염두에 두고 조화를 꾀하려는 시도를 지속적으로 진행한다. 이를 통해 이형기의 세계 인식은 초기시를 거치면서 변화를 일으킨다는 사실을 알게 된다. 이형기는 청록파 류의 계보와는 다른 방향으로 자연으로 표방되는 대상과 조화를 유지하려고 노력한다.[4]

그가 표현하는 감각적 이미지는 주로 초기 시편에서 발견할 수 있는 관조적 시세계에서 즐겨 사용하는 이미지이다. '관조'[5]는 시간적 거리로 인한 '사고'의 사후 개념이며 고전적 감각으로 시사될 수 있다.[6] 관조는 도교[7]의 무위자연이나 불교의 설산고행, 메를로 퐁티[8]의 감각의 지향성과 관련성이 있다. 도가사상은 불행한 현실로부터 정신

3) 문혜원, 「이형기 시의 창작방식에 대한 연구-중기 시를 중심으로」, 『우리 말글』 27, 우리말글학회, 2003, 4, 238-252면.
4) 강유환, 「이형기 시의 세계 인식 방법」, 고려대학교 박사논문, 2008, 3-7면.
5) 관조는 자연 만물의 생리와 우주의 운행 원리를 직접 체득한 자기 삶을 투명하고 겸손하게 바라보는 방식이다.
6) M. Merleau-Ponty. 류의근 역, 『지각의 현상학』, 문학과 지성사, 2012, 317-328면.
7) 강동우, 「탈현대 시대의 문학과 도가적 상상력」, 『인문과학연구』 36, 강원대학교 인문과학연구소, 2013, 3, 5-8면.
8) M. Merleau-Ponty, 앞의 책, 317-328면.

적 초탈을 위한 욕구로 문학에 수용되어 왔으며 상상력의 원천적 공
급원이 되었다. 그것은 인간의 자유와 생명, 우주, 자연 친화나 합일에
관한 선망으로, 주로 목가적인 자연 친화의 측면에서 연구되어 왔다.
특히 도가의 '무위자연'은 관조적 세계의 본원지로서 대상 대부분이
'자연'이라는 등식을 낳게 된다. 자연이 인간의 요소가 될 때 시의 본
질을 찾고 의미를 발굴하면, '자연'이라는 대상의 의미는 의식의 산물
이 될 수 있다.[9]

이형기는 현실 인식을 초월한 이미지를 탄력 있는 상상력의 실험실
로 삼는다. 그는 원근법적 근대사유와 연관을 가진 정감적 변이를 통
해 대상을 관념화시킨다. 이미지의 역할을 신선함·강렬함·환기력[10]
으로 볼 때, 이미지는 개인적인 정서를 환기하여 신선감을 준다. 시의
이미지는 실제 대상과 다르며 시인의 주관적 감정이 들어 있다. 그의
초기 시에 나타나는 서정의 내면 정서는 자연에 반응하는 시적 태도
로 주체와 대상이 자리를 바꾸면서 정감적 변이가 생긴다.

이형기 초기 시는 감각적 이미지를 통해 정서를 제한한다. 제1시집
『적막강산』과 제2시집 『돌베개의 시』에 나타나는 수동적인 시각은 대
상과의 거리감을 통해 관념화에 적합한 매개 기능을 하는 것이다. 그
의 초기 시에 나타나는 감각적 이미지의 특징은 유려한 자연을 대상
으로 정서를 초극하고 인내하는 자세를 취하고 있다. 감각적 주체의
내면 정서는 강화되고 대상은 관념화 되면서 주체와 대상과의 거리가
멀어지는 것이다. 이형기는 감각적 이미지를 통해 정서적 가치의 빈

---

9) 채수영, 『시의 이미지 구축술』, 국학자료원, 2010, 457면.
10) C. Day Lewis, 『시적 이미지:*The Poetic Image*』,Publisher: Hesperides Press, 2006, 16면.

곤과 결별의 한에 이르기까지의 정서적 특질을 해명하고 있다. 더불어 이형기는 시에서 애상적 서정을 탈피하기 위해 허무를 긍정적으로 수용하는 양상을 보인다.

1. 감각의 다변화와 초월의식

이형기는 초기 시편에서 감각의 다변화와 종래의 관념을 초월하는 태도를 보여준다. 「낙화」, 「호수」, 「비오는 날」의 세 작품에서는 다변화되는 감각적 이미지와 종래의 관념에 대한 초월의식을 발견하게 된다. 그의 초기 시에 나타난 이미지는 감각적 이미지를 통한 구조의 특성을 보여준다. 그것이 첫 시집 『적막강산』과 두 번째 시집 『돌베개의 시』의 특징적 세계이다. 이러한 귀결점은 우리 근대문학이 취하고 있는 관조적인 태도를 전적으로 수용한다는 데 있다. 이형기의 초기 시에 드러나는 감각적 이미지는 서정적 정서로 평가되는 빈곤과 결별의 한에 이르기까지를 자연 친화의 정서적 특질로 삼는다.

> 가야할 때가 언제인가를
> 분명히 알고 가는 이의
> 뒷모습은 얼마나 아름다운가.
>
> 봄 한철
> 격정을 인내한
> 나의 사랑은 지고 있다.

분분한 낙화......
결별이 이룩하는 축복에 싸여
지금은 가야 할 때,
무성한 녹음과 그리고
멀지 않아 열매 맺는
가을을 향하여

나의 청춘은 꽃답게 죽는다.

헤어지자
섬세한 손길을 흔들며
하롱하롱 꽃잎이 지는 어느 날

나의 사랑, 나의 결별,
샘터에 물고이듯 성숙하는
내 영혼의 슬픈 눈.

-「낙화」[11] 전문

「낙화」는 이형기의 시적 생애에 있어서 상징적 작품이라 할 것이다. 「낙화」는 고전적 제재를 사용하면서도 감상적 관념을 지양하고 참신한 사유와 자율적 의미의 정관을 현대적으로 해석하여 보여준다. 이형기는 중등교과서에 실린 「낙화」를 통해서 시인으로서 대중적 인지도를 얻었다고 할 수 있다. 「낙화」는 그의 모든 시가 보여주는 총합적 의의를 지닌다. 또한 「낙화」는 시각적 이미지를 드러내는 외에도 자

---

11) 이형기, 『적막강산』, 1963, 모음출판사, 50-51면.

연을 객관화함으로써 사상의 중층화와 정조의 복합성을 보여준다. 이
시는 변증법적인 존재에 결부시켜 생명적인 주체 의식을 창출함으로
써 새로운 존재의 가치관을 부여한다.

이 시편의 첫 연이 종결되는 "뒷모습은 얼마나 아름다운가"라는 진
술은 '뒷모습은 아름답다'라는 시각적 이미지의 단정적 표현으로 드
러난다. 화자가 "얼마나 아름다운가"라고 묻는 것은 사람의 뒷모습에
서 단호한 엄숙주의[12]를 보여준다고 할 수 있다. 여기서 "뒷모습"은 고
뇌나 섭섭함이나 슬픔도 이겨낸 고차적 자각 의지의 표현으로 보인
다. 그러나 서두의 "가야 할 때"와 그 시간을 "분명히 알고 간"다는 단
서에서 메를로 퐁티가 주장하는 '사고'와 그 '사고'에 기인되는 시각적
이미지에서 시간적 거리를 느끼게 됨으로써 관조적 정서를 경험하게
된다. "가야할 때"는 열매를 맺는 가을을 향하여 가야 하는 현재에서
미래로의 시간적 지향성을 보여주기 때문에, 감각은 '지향적'[13]이라는
메를로 퐁티의 주장을 느낄 수 있다. 감각이 지향적인 이유는 '나'는
외부의 존재로 그와 관계하여 감각적인 것에서 실존의 리듬을 발견하
게 되기 때문이다.

대상을 감각하는 시적 주체는 시간의 거리를 체험함으로써 정감적
정서를 느끼게 된다. 이와 같이 '결별'을 제재로 한 시라고 하더라도,
20년대 소월 시의 「진달래꽃」에서 표현되고 있는 "말없이" 또는 "죽어
도 아니 눈물"에서 느껴지는 시간적 거리가 정감적 정서를 강하게 드
러낸다는 것과 무관하지 않다. '결별'이 가지는 무한한 정한은 기나긴

---

12) 윤호병, 『한국 현대시인의 시세계-리리시즘에서 모더니즘까지』, 국학자료원,
    2007, 337면.
13) M. Merleau-Ponty, 앞의 책, 327면.

시간을 바탕으로 경험하게 되며 이러한 시간을 통해서 이별의 정한을 짙게 받아들이게 된다. 또한 30년대 미당의 「귀촉도」에서도 "신이나 삼아줄 걸 육날 메투리"의 사고를 통한 감각의 시간적 지향성으로 결별의 안타까운 정서를 드러내고 있다. 소월이나 미당에 비해 이형기의 결별에서는 "뒷모습은 얼마나 아름다운가"라는 밝고 긍정적인 이미지의 정한을 느낄 수 있다. 이때의 "아름다운"가는 시적 화자의 자의적인 선택에서 나온 말이기는 하나, 일반적인 풍속이나 세속적 삶에 내재한 "떠남, 또는 가야할 때"는 그럴만한 이유나 사정에 의한 행위이다. 이를테면 '알지 못하고 떠나는 경우'와 '알고 떠나는 경우' 모두는 화자의 문맥 조정에 의한 것인데, 그 사실이 보편적이라고 볼 수 없다. 알든 모르든 '떠남'은 감정이나 태도가 있기 마련이다. 그러나 일부러 "아름다움"이라고 표현한 것은 일반적 · 보편적 의미를 거스르는 이 시인의 시적 태도이다.

「낙화」의 '결별'은 감각적 이미지를 제시하여 슬픈 사건이 아니라, 보다 더 밝고 경이로운 명제임을 이끌어냄으로써 현대적 정서를 실험하게 해준다. 뿐만 아니라 이형기의 결별은 "축복"으로 투사된다. 그 "축복"은 "무성한 녹음"이라는 시각적 이미지를 배경에 두었기 때문에 가능한 것이다. 심지어 "낙화"라는 시각적 이미지는 "열매 맺"는 자리를 비워주는 차원에서 새로운 비전의 "결별"로 승화된다. 이러한 경지는 허무주의를 극복하고 "멀지 않아 열매 맺"는 미래적 비전으로 "감각은 실존의 리듬을 발견하는 것"이란 명제[14]를 충분히 만족시킨다. 특히 "나의 청춘은 꽃답게 죽는"다는 이 시편의 절정에서 '죽음'은

---

14) M. Merleau-Ponty, 위의 책, 327면.

비극이 아니라 보다 가치 지향적이라는 것을 강조하고 있다. 이는 '청춘'을 '낙화'와 연결한 시각적 이미지로 메를로 퐁티의 '감각의 삶과 죽음'의 차원을 분명하게 담아낸다.

마지막 연에서 "나의 결별"은 단순한 자연의 소멸이 아니라 "열매"를 맺기 위한 장치로 감각적 이미지를 보여주고 있다. 이는 자연이 내포한 목가적 정조를 초월적 존재로 자리바꿈했기 때문이다. 여기서 "성숙"의 관념은 "샘터에 물 고이"듯 이라는 시각적 이미지의 감각화로 운용된다. 성숙하는 "슬픈 눈"이 되는 것이다. 결별의 사랑은 샘터에 고이는 "영혼의 슬픈 눈"으로 설정되어 결별의 대상을 통제하고 있다. 그리고 결별하는 주체와 낙화의 거리감을 시각적 이미지를 통해 강화시키는 것이다. "영혼"의 내면성과 "슬픈 눈"의 시각적 이미지는 내면 정서의 감각적 기능으로 운용되어 전율적 미학의 태동을 느끼게 한다.[15]

이형기는 '청춘=죽음'이라는 등식을 통하여 과감하게 "헤어지"자고 절규하며 '결별' 또는 '죽음'에 대한 새로운 감각적 이미지와 관념까지 창출한다. 결미에서 "샘터에 물 고이"는의 보조관념은 "영혼의 슬픈 눈"의 원관념을 시각적 감각으로 강화한다. 결국 "결별"의 이미지는 본래의 고전적인 관념을 초월하는 시적 태도에 매진하고 있다. 「낙화」는 비극적 현상을 타당한 행동으로 보는 역설을 내포하고 있다. '뒷모습'을 보여주는 것은 슬픈 일인데도 불구하고 그로 인해 오히려 "아름다움"을 강화시킨다. 이는 마땅히 그렇게 될 수밖에 없는 "결별"로서의 감각적 이미지를 보여주는 것이 된다. 아름다움을 강화하는 초월의식은 꽃이 지는 슬픔을 뛰어넘어 상징적 탄력을 생성한다. 결국 초

---

15) 이형기, 「기획 대담」, 『현대문학』 341, 1983, 5, 290-291면.

월의식은 감각적 이미지를 매개로 수행되는 것이다.[16]

「낙화」가 시각적인 동적 이미지로 "열매" 맺는 꿈을 향해가는 과정을 '삶과 죽음'의 관념으로 육화하고 있다면, 「호수」는 지극히 정밀한 정적 이미지로 '삶과 죽음'의 대상에 대한 신비성을 드러낸다. 「낙화」에서 "나뭇가지"가 "꽃"의 낙하로서 '결별'이라는 비유적 장치를 구성하고 있는 것은 외적 현상을 바탕으로 한 시각적 이미지의 발견을 취한 태도이지만, 「호수」는 오히려 내적 정서로 정적인 시각적 이미지의 경이를 끌어낸다.

> 어길 수 없는 약속처럼
> 나는 너를 기다리고 있다.
>
> 나무와 같이 무성하던 청춘이
> 어느덧 잎 지는 이 호숫가에서
> 호수처럼 눈을 뜨고 밤을 새운다.
>
> 이제 사랑은 나를 울리지 않는다.
> 조용히 우러르는
> 눈이 있을 뿐이다.
>
> ─「호수」[17] 부분

대체적으로 관조적 세계는 자연이 그 대상이다. 「낙화」의 자연이 만들어내는 현상이나, 「호수」의 자연적 범위의 자세는 동적 이미지와 정

---

16) 이승훈, 『시론』, 고려원, 1979, 61면.
17) 이형기, 『적막강산』, 38-39면.

적 이미지의 차이가 있지만, 결국 '자연'이란 대명제는 거스를 수 없는 대상이다. 그만큼 자연에 근거를 둔 관조의 세계는 '사고'의 시간적 지향성과 기존의 일반화된 수사적 타성의 관념으로부터 일탈하기에 바람직한 제재임을 공감하게 된다. '호수'는 동적 이미지를 포함한 자연의 상징이다. 이형기는 「호수」의 감각적 이미지를 '기다림'으로 해석해낸다. 감각의 층들은 움직임의 순간들, 혹은 움직임이 순간적으로 정지된 것과 같으므로 움직임을 재구성한다고 볼 수 있다.[18] '호수'는 시적 자아의 객관적 상관물이 되어 내면으로 다시 태어나는 것이다. 이 시에서 정감의 변이가 이루어지는 이유는 화자가 눈 뜨고 밤을 새우며 기다리고, "조용히 우러르"는 눈으로 고요한 신비를 바라보며 슬픈 호수 같은 것을 마음속에 지니고 있기 때문이다. 기다림에 대한 화자의 내면 정서가 우아하고 격조 높은 외로움의 시각적 이미지로 드러난다.

　대상의 감각화는 시각적 이미지의 강화로 인해 이루어진다. 그러나 「호수」에 드러나는 감각적 이미지는 초기 시집의 다른 작품에 나타나는 감각적인 이미지[19]보다 두드러지는 특징은 보이지 않는다. 시간적인 속성은 항상 순차적으로 이행되기 때문이다. 화자는 '호수'로부터 "조용히 우러르"는 눈을 발견함으로써 '사고'에 대한 알맞은 시간적 거리를 통해 감각적 이미지를 나타내고 있다. 결국 '기다림'은 서둘러 상황을 매듭짓기보다는 오랜 인내와 기대감으로 감각적 정서의 속성을 구축하게 된다. 이처럼 「호수」에서 드러나는 '감각적 정서의 속

---

18) Gilles Deleuze, 하태환 역, 『감각의 논리〈The Logic of Sensation〉』, 민음사, 1995, 53면.
19) Regis Debray, 앞의 책, 350면.

성'은 관조적 정서를 올곧게 받아들이는 것이다. 그러나 이렇게 관조적 정서에 충실함에도 불구하고 서정을 뛰어넘으려는 의지가 드러나는 이유는 "호수"를 "눈"이라는 감각적 이미지로 심화하고 있기 때문이다.

이때 '눈'이라는 새로운 이미지는 현대적 감각의 '기다림'을 추구한다. 그 순응적 자세가 세계에 대한 변모를 꾀할 수 있는 거부의 자세로 변화될 수 있음을 시사한다.[20] 화자는 '기다림'의 이미지에서 '눈'의 신비스럽고도 심중한 시각적 이미지를 구축하여 감각의 현대적 의미를 느끼게 하는 것이다.[21] '기다림'이 일종의 애상적 자세에서 끌어낼 수 있는 전근대적 이미지를 띠고 있다면 '눈'은 언제나 살아있는 생명의식과도 상통하는 새로운 감각의 소산이라 할 수 있기 때문이다. 이형기는 그 제재가 동적이냐 정적이냐를 떠나 전통 정서를 불식한 현대적 감각으로 일관하는 특징을 드러낸다. 이것이 이형기 시가 가진 감각의 경이감이다. 「낙화」와 「호수」의 동질성은 '무위자연'의 자연적 속성에 대한 지향성을 띠고 있으며, 이러한 지향성을 통하여 관조적 세계와 새로운 감각으로서의 '삶과 죽음'을 직시하고 있다. 감각적 삶은 새로운 가치의 발견과 창출이다. 따라서 감각의 죽음은 부정적 이미지를 뛰어 넘는 자세로서 시적 비전에 대응하는 것이 된다.

'눈'은 단조로운 공간성으로 인식되지만 내적으로는 온갖 물결의 이랑과 수초와 어류의 생식으로 「낙화」의 단순한 낙하와 비교될 수 없는 동적 요인으로 존재한다. 여기서 단조로운 공간성을 보여주는 "눈"의

---

20) 최옥선, 「이형기 시 연구」, 동국대학교 박사논문, 2013, 34면.
21) 신현락, 「물의 이미지를 통해본 박재삼의 시세계」, 『비평문학』 12, 한국비평문학회, 1998, 7, 307면.

동적 요인이란 거울처럼 해맑은 정적 이미지를 초월하여, 물결의 이랑이 만드는 움직임이나 수초나 어류의 활달한 움직임이 만들어내는 대상에 대한 현대적 의미를 드러낸다고 할 수 있다. 이는 "꽃"의 낙하로서 '결별'을 드러내는 외적 현상의 동적인 시각 이미지를 표현하는 「낙화」에서는 볼 수 없는, 내적 정서의 정적인 시각 이미지의 경이감이다.

　「낙화」와 「호수」에 비해 「비오는 날」에서는 "오늘 이 나라에 가을이 오나보"다 라는 시각적 이미지에서 "한색 보라로 칠을 하고 길 아닌 천 리를 더듬어 가"면의 촉각적 이미지로, 정감의 변이에 따르는 심화된 감각적 이미지를 느낄 수 있다. 「비오는 날」에서 보편화된 시각적 이미지를 뛰어넘어 촉각적 이미지로의 확대를 보여주는 것은 우리 시의 새로운 감각적 변모를 의미한다. 또한 「낙화」가 "열매"로 귀결된 "꽃"의 낙하를 바탕으로 애상적 정황을 극복한다면, 「비 오는 날」은 마지막 행의 "가을"에서 드러나는 감각적 작용에서 상실감을 초월하게 된다. 특히 「비 오는 날」에서 가을이 "이 나라"에 온다고 표현함으로써, '나라'라는 공간에 대한 향대 과장의 기법이 이 시 전체의 감각적 위상을 끌어올린다.

　　오늘
　이 나라에 가을이 오나보다.

　　노을도 갈앉는
　　저녁 하늘에
　　눈 먼 우화는 끝났다더라

　　한색 보라로 칠을 하고

길 아닌 천리를
더듬어 가면……

푸른 꿈도 한나절 비를 맞으며
꽃잎 지거라
꽃잎 지거라

산 넘어 산 넘어서 네가 오듯
오늘
이 나라에 가을이 오나보다.
　　　　　　　　-「비오는 날」[22] 전문

　비가 오는 정황이 시각적 이미지에 의해 감각화 되면서 적막과 고
독감을 환기시킨다. '비'는 도시에 내리거나 촌락에 내리거나 그 수선
스러운 느낌은 별로 다를 바 없다. 특히 고적한 느낌은 자연적 공간의
어느 부분을 '비'가 점령해가는 상황 속에서 환기됨을 알아차릴 수 있
다. 이 시편[23]은 형태상으로 일정한 리듬을 동반하는 구조에서 20년대
와 30년대의 우리 시가 취하고 있던 감각적 이미지를 이어나갈 뿐 아
니라, 자연이 지니는 유장한 배경으로 관조적 의미를 강조하기도 한
다. 그리고 "끝났다더"라 또는 "지거"라의 서술적 표현으로 전근대적
정서를 드러내는 데 주력하고 있다. 「비오는 날」은 형태적 측면이나
내용적 측면에서 전형적인 고전적 감각을 유발하여 감각적 이미지의

---

22) 이형기, 『적막강산』, 20-21면.
23) 이형기는 1950년 「비오는 날」을 『문예』에 발표하며 17세 나이로 등단 후 실험적
　　인 시작 활동으로 한국 현대시에서 확고한 위치를 지켜왔다.

세계를 보여준다.

「비 오는 날」은 정감의 변이에 따라 '비가 오'는 가운데서 "노을이 갈앉"고 "한색 보라를 칠"한 자연을 배경으로 "푸른 꿈도 한나절 비를 맞으"며 "꽃이 지"는 계절의 변화를 제시한다. 결국 계절의 변화에서 오는 결과는 시적 화자로 하여금 '정감의 변이'를 갖게 하며, 그러한 '정감의 변이'를 바탕으로 감각적 이미지를 심화시킨다. 화자는 끝내 "산 넘어서 네가 오"듯 "가을이 오"는 풍경을 만들어낸다. 감각적 이미지의 전이는 비 오는 정황의 시각적 이미지로부터 "가을이 오"는 이나 "칠을 하"고, "더듬어 가"면에서 시각적 이미지나 촉각적 이미지를 드러내는 데서 느낄 수 있다. "가을"의 시각적 정취는 지극히 보편화 되어 있지만, 촉각적 의의는 우리 시의 새로운 감각적 변모를 드러내기 때문이다.

"비"와 "가을"에서 비의 하강적 인식과 가을의 "꽃잎 지"는 조락 이미지는 서로의 함수 관계에서 빚어지는 정감의 동일성을 의미한다. 비 오는 적막감이 빚어내는 정감의 변이가 마침내 "가을이 오"는 조락의 상실감을 나타내는 것이다. 이는 인간 실재의 탐구에 전력했던 메를로 퐁티의 형이상학적 논리[24]에서 잘 드러난다. 퐁티는 우리의 모든 경험과 인식의 뿌리에서 자신을 직접적으로 인식하는 존재를 발견한다고 믿는다. 왜냐하면 그것은 자신과 사물에 대한 자기의 인식이고 자신의 존재를 직접적 접촉에 의해서 인식하기 때문이다. 그리고 자

---

24) M. Merleau-Ponty, 앞의 책, 555면.
　　퐁티는 우리의 모든 경험과 인식의 뿌리에서 자신을 직접적으로 인식하는 존재를 발견한다고 믿는다. 왜냐하면 그것은 자신과 사물에 대한 자기의 인식이고 자신의 존재를 직접적 접촉에 의해서 인식하기 때문이다. 자기의식은 작용하는 정신의 존재 자체라는 것이다.

기의식은 작용하는 정신의 존재 자체를 의미한다. 그러나 "푸른 꿈"이
지고 "꽃잎 지"는 상실감을 뛰어넘어 "가을이 오나보"다 라고 읊조리
는 마지막 진술은 새로운 생에 대한 무한한 기대감으로 가득 차 있어
서 인간 실존에 대한 탐구 의의를 더욱 확고하게 보여준다.

　　이형기는 서정시 일변의 첫 시집부터 추상명사를 즐겨 구사하고 있
다. 이형기가 추상명사를 즐겨 구사한 이유는 개별성을 초월하는 추
상명사의 속성이 시의 의미를 심화시키기 때문이다. 즉 추상명사의
활용은 자신이 추구했던 난해성의 시를 확장시켜나가는 데 중요한 발
판이 되었을 것으로 추측해볼 수 있다.[25] 「낙화」에서 사용하는 격정·
축복·결별·영혼, 「비오는 날」에서 사용하는 우화·나라 등의 추상
명사 활용은 개별성을 초월한 시적 이미지의 역동감을 일으킨다. 이
형기는 관념어의 특성을 기발하게 활용한 감각적 이미지로 시적 역동
성을 진작시키는 것이다.

　　이형기의 초기 시에서 드러나는 감각적 이미지의 특성은 역동적인
힘의 시세계라는 것을 알 수 있다. 이형기가 구사하는 시적 이미지의
역동감은 온건한 고유어 대신 관념어를 활용하는 데서 나타나는 특성
이라고 할 것이다. 그런 가운데서 정서적 특질은 섬세한 고유어의 구
사에서 드러나는 순수 서정을 탈피하기 위해 추상명사를 활용하는 양
상을 반영하고 있다. 여기서 현대시의 모더니티를 성취하기 위한 이
형기의 의지를 느끼게 된다. 「낙화」, 「호수」, 「비오는 날」 세 편의 시에
서 이형기는 감각의 다변화를 성취하고 종래의 관념을 초월하는 시적
태도에 매진한다. 이형기는 초기 시에서 관조적 이별의 정한까지 긍

---

25) 이형기, 「시와 추상명사」, 『시와 언어』, 문학과 지성사, 987, 365면.

정적인 감각 이미지로 승화시키는 힘의 시학을 보여준다. 이는 현실 인식을 초월한 감각적 이미지를 상상력의 실험실로 삼고 있기 때문이다.

2. 감각적 변화와 지향성

초기시집에는 대체적으로 감각적 변화가 잘 드러난다. 이형기의 초기 시집에서 「나무」, 「봄밤의 귀뚜리」, 「노년환각」에는 감각적 이미지들이 지향하는 감각적 변화를 발견하게 된다.

나무는
실로 운명처럼
조용하고 슬픈 자세를 가졌다.

홀로 내려가는 언덕길
그 아랫마을에 등불이 켜이듯

그런 자세로
평생을 산다.

철 따라 바람이 불고 가는
소란한 마음길 위에

스스로 펴는

그 폭넓은 그늘------

나무는
제자리에 선 채로 흘러가는
천년의 강물이다.

-「나무」[26] 전문

「나무」에서 '나무'는 사물로서 다른 사물과의 충돌을 보여주는 것이
아니라, '나무'라는 사물 자체의 감각적 이미지 전개에 기대고 있다.
첫째 연에서 '나무'는 "조용하고 슬픈 자세"를 노래하여 나무가 지닌
숙명적 의미를 드러낸다. 외양은 '조용한' 시각적 이미지에 기대고, 내
적으로는 '슬픈' 구도의 감각적 이미지를 품고 있다. 이는 대상이 처한
요지부동의 고독한 정서에 기대어 그 애상적 면모를 형상화하고 있는
것으로 볼 수 있다. 대상과 대상 간의 충돌은 기대할 수 없이 다만 서
로 바라보기만 하는 자세로 존재할 뿐이기 때문이다.

「나무」는 "제 자리에 선 채" 고착된 존재로 현상적 결과를 의미한다.
반면 "흘러가는 천 년의 강물"은 유동성을 보여줌으로써 시각적 이미
지를 통해 나무의 영원한 생명 의식을 보여주는 상상적 인식을 알게
된다. "나무"는 레지스 드브레의 "보이는 것에서 보는 것으로 조명하"
는 형상화의 태도[27]를 취하고 있다. 제 자리에 선 나무의 태도는 보이
는 것에서 보는 것으로의 절대성이 자리 잡게 된다. 이때의 보이는 '나
무'는 '사라지는 자'가 아니라 '사라짐을 아는 자'로서의 새로운 미래 지

---

26) 이형기, 『적막강산』, 10면.
27) Regis Debray, 앞의 책, 40면.

향적 이미지로 자리 매김을 하게 된다. 여기서 '보는'에 해당하는 '천년의 강물'은 불멸의 생명 의식을 '보여주는'에 해당하는 상상력의 인식을 의미한다. 결국 단조롭게 "슬픈 자세"를 취한 "나무"는 마지막 연에서 "천년의 강물"이라는 불멸의 이미지로 뿌리를 내리는 것이다.

둘째 연에서는 대상의 감각적 정서가 한층 더 고양된다. 이는 "홀로 내려가는 언덕길"에서 보여주는 동적 이미지와 '아랫마을의 등불'이 상호 보완되어 전형적인 관조적 이미지를 보여주기 때문이다. "내려가"는 지향점은 "등불"로서 "나무"의 애상성을 해소하려는 시적 화자의 열망이 배어있기도 하다. "등불"은 미래지향성을 스스로 갖춤으로써 마지막 연의 "천년의 강물"과 대응하게 된다. "등불"을 향한 열망은 비록 '나무'의 움직일 수 없는 현실성 때문에 애상성을 띠고 있지만 셋째 연에서 "평생" 지탱되는 미래적 자세를 통하여 마지막 연 "천년의 강물" 이미지에 한 걸음 더 다가서는 것이다. 즉 붙박이로 서 있는 '나무'의 자세는 '보이는' 것이 핵심이 아니라, 화자의 지혜로 '보는' 의미로서 형상화에 기여하는 시적 장치로 표현된다. 화자가 "평생"을 "등불"에 귀속하는 자세를 견지하는 것은 외연상으로는 사라지는 것으로 보인다. 하지만 단순한 '나무'가 아니라 "천년의 강물"임을 보게 되는 영원한 생명 의식의 미래를 품는 것이다.

넷째 연에서 "소란한 마음길"은 대상의 미래로 향하는 과정에서 수난의 상황을 보여준다. "등불"이라는 구원의 목표를 달성하는 일은 쉽게 성취되지 않는 인간의 실재성을 강조한다. 이는 나무가 "천년의 강물"로 변한다는 것을 암시하고 있기 때문이다. 그런 의미에서 '나무'는 단순한 자연의 일부가 아니라 인간의 삶에 비견되는 고난과 극복의 과정을 형상화하고 있음을 볼 수 있다. 여기에 인간의 실재성이 드러나는 것으로 본다. 그러나 대상의 "소란한 마음길"은 다섯 째 연의 "폭 넓은 그늘"에 의하여 초월하는 데서 미래 지향적 의식을 발견하는 것 이다. "폭 넓은 그늘"은 감각적 이미지를 구축하는 제재이면서 대상의 정신적 가치를 의미한다. 결국 이미지는 현상적 자세를 통하여 정신 적 가치를 추출하는 창조적 역할을 하는 것이다.

　나무가 가진 "그늘"은 인간에게 무한한 휴식의 공간으로 존재하기 때문에 "폭넓은 그늘"은 배타적 부작용을 초월하는 인간에 대한 애정 과 선용을 드러낸다. "폭넓은 그늘"은 "소란한 마음길"을 극복하고 대 상과 더불어 살아가는 인도주의적 측면을 보여준다. '나무'는 생명력 과 영원성을 통하여 스스로 "천년의 강물"이 되는 자기 극복의 실재적 의미를 투사하게 된다. '나무'는 "폭넓은 그늘"이 "슬픈 자세"에서 "등 불"을 향해 "소란한 마음길"을 이겨내며 "평생"을 "천 년의 강물"로 존 재하는 의지적 대상으로 승화됨을 의미한다. 다음의 시 「봄밤의 귀뚜 리」는 「나무」에 비해 청각적 이미지가 두드러지는 시편이다. 「봄밤의 귀뚜리」에서는 울음의 소리를 하늘에 비유하여 귀뚜리의 울음을 듣는 심리적인 영향이 시적 구조를 전개시키는 과정을 보여준다.

　　봄밤에도 귀뚜리가 우는 것일까
　　봄밤, 그러나 우리 집 부엌에선
　　귀뚜리처럼 우는 벌레가 있다

　　너무 일찍 왔거나 너무 늦게 왔거나
　　아무튼 제철은 아닌데도 스스럼없이
　　목청껏 우는 벌레

생명은 누구도 어쩌지 못한다
그저 열심히 열심히 울고
또 열심히 열심히 사는 당당한 긍지

…중략…

메아리 쩡쩡
서울 도심의 숲 솟은 고층가
그것은 원시에서 현대까지를

열심히 당당하게 혼자서도 운다
목청껏 하늘의 뜻을
아아 하늘만큼 크게 운다
                        −「봄밤의 귀뚜리」[28) 부분

「봄밤의 귀뚜리」를 분석해보면 언어의 심리적 현상에 기댄 청각적 효과로 시적 구조를 전개하고 있다. 첫째 연에서는 토속적인 제재에 의한 감각적 이미지를 형상화하면서, 마지막 연에서는 하늘의 공간적 의미를 통해서 청각적 이미지를 뛰어넘는 심리적 현상으로 확대시키는 것을 볼 수 있다. 「봄밤의 귀뚜리」에서 "봄밤"이나 "귀뚜리"는 전통 정서를 유발하기 쉬운 언어로서 관조적 범위에 보다 충실한 결과를 표출한다. 감각적 이미지는 "봄밤"의 그윽하고 정밀한 시간적 배경을 바탕으로 배경의 주체인 "귀뚜리"의 가냘프고 아늑한 청각적 작용에

---

28) 이형기, 『그해 겨울의 눈』, 고려원, 1985, 58-59면.

서 기대할 수 있는 것이다. "봄밤"은 감각적 이미지를 통해 관조의 세계 안으로 들어갈 수 있으며, "귀뚜리"의 고즈넉한 청각적 효과를 대비시켜 밀착된 감각적 이미지를 구축하고 있다.

첫째 연에서 "우는 것일"까 라는 의문 서술형의 시작은 존재에 대한 무한한 상상력을 유도한다. 이는 "귀뚜리" 자체가 아니라 "귀뚜리처럼 우는 벌레"를 제시하여 제재에 대한 의혹을 부추기는 것이다. 마지막 연에서는 축조되는 소리의 주체에 대한 확산을 기대하고 있다. 앞의 분석에서 소리에 대한 주체를 규명해본다면 사실 "귀뚜리"는 일반적으로 "가을"의 인식 존재인데 "늦"게 또는 "일"찍의 시간적 경계를 제시하여 소리의 주체에 대한 의혹을 강화하게 된다. 강유환은 가을에 울어야 할 귀뚜리가 봄에 운다는 것은 시간적 한계를 초월하는 것으로 본다.[29] 이는 우는 주체를 적극적인 삶의 실체로 환치하여 정서적 가치를 환기시킨다는 것이다.

넷째 연에서는 읽는 이의 관심을 "생명"의 불가사의 쪽으로 유도하고 있다. 이는 "생명"적 존재가 시간이나 공간을 초월할 때 "열심"히 또는 "당당하"게 울음을 고취함으로써 존재의 "긍지"를 부여받게 된다는 것을 의미한다. 넷째 연에서 "긍지"에 힘입은 존재의 의미는 "하늘을 울리"는 "귀뚜리"로 과장되고 확산된다. 이때의 과장이나 확산은 시적 논리에 의한 과장보다는 확산의 자세로 보아야 할 것이다. 이는 다섯 째 연에서 "태고를 울리"는 "메아리"에 상응하여 확산되는 대상의 소리가 된다는 것을 의미한다.

여섯 째 연에서 소리의 정체는 태고를 넘어서서 현대에까지 위력을

---

29) 강유환, 「이형기 시의 세계인식 방법」, 고려대학교 박사논문, 2008, 40면.

드러내어 첫째 연에서의 '봄밤의 귀뚜리'의 당위성을 청각적 효과로 구축하고 있다. 시인은 마지막 연에서 시공을 초월한 소리의 정체인 "울음"을 하늘의 뜻으로 유도하는 데서 '봄밤의 귀뚜리'의 존재 의미를 우주적 인식으로 상승시킨다. 그런 의미에서 '봄밤의 귀뚜리'는 단순히 고즈넉하고 가냘픈 존재가 아님을 암시한다. 이형기 시에 나타나는 감각적 이미지의 특성은 보편타당한 논리로 출발하여 이를 승화하는 감각의 변화를 "크"게 "당당하"게 확산시키는 데 있다. 청각적 효과의 과장된 구도는 시적 화자의 생명 의식을 확산시키는 것이다.

인간의 눈에 띄지 않게 소리 내는 애상적 행위는 고즈넉하고 가냘프게 하늘을 울린다. 또 "하늘의 뜻"을 펴는 소리의 확대는 의지 또는 욕망과 욕구의 존재를 드러낸다. 이때 "하늘의 뜻"은 종교적인 의미로 이해되기 보다는 울음을 하늘에 비유한 인간의 커다란 존재 의미를 향한 자기 고백으로 규정될 수 있다. "귀뚜리"의 음성은 가냘프고 애상적이지만 거대한 청각적 효과음을 통해 보잘 것 없는 동기의 위대성을 내밀하게 포용하는 예를 보여준다. 소리의 확대는 심리적 특성을 가지고 있다. 이형기 시의 감각적 특성도 이를 바탕으로 드러난다. 「노년환각」도 「봄밤의 귀뚜리」의 구조에서처럼 감각적 이미지의 변화를 통해 미래적 지향성을 추구한다.

자라서 늙고 싶다
나는 한 그루 수목같이

먼 여정이 끝난 곳에
그늘을 늘인 나의 추억

또 어느덧 하루해가 저물어
그곳에 등의자를 내려놓고 쉴 때--

눈을 감고 있으면
청춘의 자취 위에 내리는 싸락눈
표백된 비극의 분말

--그러나 나는
겨울날 단양한 양지짝에
누워서 존다

육중한 대지에 묻힌
사랑과 미움

내 가고 난 다음 천년쯤 후에
자라서 무성한 가지를 펴라
-「노년환각」[30]전문

이 시는 '나무'와 '인간'의 관계를 감각적 이미지로 표명하여 관조적 정서를 자아낸다. 「노년환각」은 진술 형식의 교의적인 내용에도 불구하고, 서정시에서 두드러지는 힘의 언어로 시적 화자의 꿈을 개진하고 있다. 이 시편에서는 표제가 의미하듯 환상적인 감각을 의도하는 것처럼 구조화하고 있는 것이다. 자기 성취는 시적 실재성에 직면하게 되면 환상적인 감각이 아니라 살아 숨쉬는 힘의 표현으로 기대한

---

30) 이형기, 『적막강산』, 77-78면.

다. 그 중심어의 의미는 "늙"음으로 자라지만 "자라"서 늙는 의지적 전
제에 의해 '노년의 환각'은 처음부터 무산되고 삶의 극명한 진정성을
고백하는 경지에 가 닿게 된다.

　이 시의 어조는 주관적인 열망으로 나아가는 형식이기 때문에 삶에
대한 의지적 표명이 더욱 강화되는 특성을 보인다. '나무'에게 "자라"
서는 생물학적 의의로 접근하지만, '나무'는 보조관념으로 인간의 성
장에 비교될 수 없는 좁은 의미망으로 작용된다. 인간의 성장이란 신
장의 확대와 정신적 가치 내지는 인격 또는 사회적 지위까지를 포괄
하는 추상적인 가치 지향성을 내재하고 있는 것이다. 여기에서 단순
한 생물학적 의미와의 구별이 가능해진다고 하겠다.

　"그늘"은 나무의 성장이 가져오는 최대치의 보람과 꿈의 성취감을
암시한다. 그런 의미에서 앞에서 분석한 '나무'의 주제 의식은 「노년
환각」의 의미에 연장되는 시편이 될 것이다. 식물적 존재인 '나무'에
게 성장한다는 의미는 "그늘"을 지울 만큼 키가 커서 넓게 가지를 뻗
어나간 형상을 떠올리게 한다. 이는 내적으로 포용하는 너그러운 태
도를 염두에 두고 세계에 대한 우호적 자세를 취하는 것으로 볼 수 있
다. "등의자"는 '나무'가 베푸는 자체의 은혜가 될 수는 없지만, 그 요
인의 연장선상에서 "그늘"의 한 결과물임을 감안했을 때 상상이 가능
하다고 본다. '노인'은 "등의자"에 앉아 과거 회상의 자세를 취하고 있
다. 이는 "등의자"와 결부하여 "싸락눈"과 "비극의 분말"로 거친 세파
를 거쳐 온 바의 여러 과정의 계기를 형성한다. 물론 이는 "그늘"이 내
린 베풂의 결과물이라고 풀이할 수 있다.

　"그러나"가 의미하는 '환각'은 거친 세파를 거쳐 온 극복의 심상이
아니라, 여섯 째 연의 "사랑과 미움"에 결연된 어쩔 수 없는 인간적 숙

명을 드러낸다. 이는 성장의 부정적 가치보다는 긍정적인 의미에 치중하려는 숙고의 자세를 피력하는 것이다. 그러나 마지막 연은 '환각'의 전개에 불과하다. "자라서 무성한 가지를 펴"라는 상대적으로는 마지막 당부가 되고 절대적으로는 마지막 결의가 될 수 있는 자기 열망을 돈호법으로 명령하는 것이다. 이는 대체로 시적 화자의 내적 염원의 표명으로 인간이 전반적으로 지어낼 수 있는 비전이 된다. '자연'이라는 대상은 본질적으로 관조적 세계의 감각적 이미지를 내포한다. 감각적 이미지는 작가적 상상을 통해 재생산된 이미지로 볼 수 있다.

초기 시집의 「나무」, 「봄밤의 귀뚜리」, 「노년환각」 세 작품에서 이형기가 사물에 접근하는 자세는, 심도와 친밀성을 바탕으로 한 감각적 변화의 지향이다. 이형기는 초기 시집에서 시각적 또는 청각적 이미지의 감각적 변화를 통해 영원한 생명 의식에 대한 감각적 변화를 지향하고 있다는 것을 발견하게 된다.

3. 전통 정서와의 대비적 고찰

비판성이나 사실에 대한 반성은 정감적이라기보다는 감정의 건조한 양상을 띠고 있다. 그러나 문학적 범주의 '성찰'은 미학적인 가치가 결여된다. 그렇다고 하더라도 그것이 예술적 구조에 접목되었을 때는 구조의 주제 의식을 확실케 하는 기능을 통해 감각적 의미를 숙고해 볼만한 가치를 지닌다. 1950년대 모더니스트의 전통에 대한 성찰은 전 시대의 문학에 대한 비판과 더불어 자신들의 문학에 대한 지향점을 동시에 드러낸다.[31] 이형기는 자연이 지니는 감각적 속성을 지향하려는 의지를 바탕으로 자기반성을 한다. 다음의 시 「산」과 「종전차」는 전통 정서와의 대비적 고찰을 바탕으로 살펴볼 수 있다.

산은 조용히 비에 젖고 있다.
밑도 끝도 없이 내리는 가을비
가을비 속에 진좌(鎭座)한 무게를
그 누구도 가늠하지 못한다.
표정은 뿌연 시야에 가리우고
다만 윤곽만을 드러낸 산
천 년 또는 그 이상의 세월이
오후 한때 가을비에 젖는다.
이 심연 같은 적막에 싸여
조는 둥 마는 둥
아마도 반쯤 눈을 감고
방심무한(放心無限) 비에 젖는 산
그 옛날의 격노(激怒)의 기억은 간 데 없다.
　　　　　　　　　　　　　　　　　　-「산」[32] 부분

멀리서 삐걱거리며
종전차는 간다.
마즈막 기대가 실려 간다.

31) 이소영, 「1950년대 모더니즘의 이념지향성 연구」, 『국제한국학연구』 4, 명지대학교 국제한국학연구소, 2010, 12, 123면.
32) 이형기, 『별이 물 되어 흐르고』, 미래사, 1991, 23면.

내 가슴에 역력한 차바퀴
여인아
그 곳에 눈물을 쏟으라

약한 자의 침실에는
달이 비칠 것이다. 오늘밤
자비의 명월(明月)이

다사롭고나. 오히려
생활에 찌든 검은 손등을
어루만지는 자비의 월광(月光)

-「종전차」[33] 부분

「산」에서 "진좌한 무게"는 진지하고 흔들리지 않는 유교적 가치관을 내재한 무게를 의미한다. 그에 비해 「종전차」의 마지막 행 "자비의 월광"은 현대적 인식 속에서의 불교적 가치관을 내재하는 것으로 볼 수 있다. '산'은 그 자체만으로 시각적인 침묵과 성찰까지도 내재한 느낌을 주는 자연의 대부가 되는 존재다. '산'은 저립 명목하는 자세로 인간 스스로를 돌아보게 하는 역할까지 감당하게 한다. 안개에 가린 채 비를 맞고 있는 "산"의 이미지는 무겁고 아늑한 느낌으로 작용하는 경계를 넘어 더욱 더 묵중한 느낌과 척박한 세상사를 크게 성찰하는 측면을 던져준다.

비가 그친 산의 화창한 이미지는 밝고 신선감이 풍겨지는 듯하다.

---

33) 이형기, 『돌베개의 시』, 28면.

하지만 "비에 젖"는 산은 일종의 피해 의식에 눌려있는 자세로 자신의 전모를 내보이지 않고 "윤곽"만을 드러내어 세상에 대한 비판적 이미지를 느끼게 하고, 다른 면은 그런 피해 의식을 갖게 하는 대상인 비에 대한 비판적 성질을 투사하는 것이다. 서두의 "산은 조용히 비에 젖고 있"다는 진술은 자연의 정황을 제시하면서 일련의 인간들이 처하고 있는 수난과 인내의 양상을 의미한다. 다난한 현실을 탈피하여 보다 정리된 삶을 도모하려는 존재에 대한 수난이 "비"의 양상으로 나타나는 것이다. 이러한 태도는 수난을 인내하는 시간적 거리를 통해 보여주는 양상이 된다.

지금 산은 비를 맞고 편안한 모습으로 앉아 반쯤 눈을 감고 있다. 이런 상태는 존재의 한계를 극복하기 위한 전 단계로 해석된다. 반쯤 눈을 감은 산의 모습은 반쯤 가려진 상태의 이미지로 현실과 세계를 중재하는 자의 시선이 된다.[34] 결국 '반쯤 감은 눈'은 욕망의 현실 세계와 시인이 추구하는 세계의 중간쯤에 있는 산의 내면적 모습이다. 그 '눈'은 많은 세월을 인내하며 이겨낸 '산'의 눈인 것이다.

"밑도 끝도 없이 내리"는 "가을비"는 가해자의 자세로 존재의 인내심을 측정하고 있다. "밑도 끝도 없"는 무자비한 가해 행위의 의미는 의인화를 끌어내는 비유적 감각으로 풀이할 수 있다. "비"와 "산"의 갈등은 그 자체로 인간적 갈등과 연결된다. 그러나 "산"으로서는 "진좌한 무게"를 지탱하여 "산" 본래의 묵중한 속성을 상실하지 않는 "산"의 정기를 투사하는 자기반성에 비유된다. "진좌한 무게"란 조금도 흔들리지 않는 "산"의 진지한 자세를 내재하고 있다. 존재에 대한 분노

34) 김현자, 『한국시의 감각과 미적 거리』, 문학과 지성사, 1997, 26-27면.

하지 않는 자세의 근본적 대처 방법은 "윤곽"을 일관하는 태도로 규정된다고 하겠다. 그 "윤곽"의 의의는 존재가 견지할 수 있는 진정성을 감추고 합리적인 속성을 드러낸다. 여기에서 "윤곽"의 기능은 비에 가려진 "산"의 정체성에 대한 감각적 이미지로 풀이할 수 있다.

이형기 시의 독특한 감각적 기법은 '자연'을 대상으로 한 의인화를 활용하여 사유적 한계를 뛰어넘는다. 가해자로서 "가을비"는 "비"가 "산"을 가림으로써 맞게 되는 상황에 대한 피해 의식과 "산"을 향해 취하는 "진좌한 무게"로서 "산"이라는 존재의 유교적 가치관을 보여준다. "윤곽"이라는 시각적 이미지로 사유를 초극하여 승화된 감각 이미지를 보여준다. 또한 "산"은 시간을 초월한 "천년 또는 그 이상의 세월"로 존재 가치의 영원성을 드러내고 있다. "천년 또는 그 이상의 세월"은 일시적인 "가을비"의 대칭적 의미가 될 수 없는 시간적 대비의 묘미를 가져다준다. "가을"이 드러내는 지극히 짧은 시간적 거리와 "천년 또는 그 이상의 세월"에서 드러나는 무한대의 시간의 대비에서 "산"이 지닌 "진좌한 무게"의 가치를 반영하고 있다.

"산"의 이미지는 "심연의 적막" 속에서 "방심무한"의 자세로 "격노의 기억"을 감내하고 견뎌내는 자연의 진중한 존재 가치로 대응한다. 관용과 성찰은 관조의 의미로 드러난다. 스스로 짊어진 "절벽"과 "바위"의 불리한 상황은 "완만한 곡선"인 "윤곽"으로 초극되어 비중이 큰 종래의 "산"을 형상화 한다. 산의 "완만한 곡선"은 "산"의 대범성을 규명하는 시각적 특성으로 화창한 "산"의 이미지에 또 다른 존재성을 부각시키는 것이다.

「종전차」는 앞에서 말한 「산」의 자연적 현상에 대비해 볼 때, 기계 문명으로 인한 비정한 현대의 상징이다. 이는 첫째 연에서 "종전차"와 시적 화자의 가치 있는 삶에 대한 "기대"가 실려 가는 것을 시각적 이미지로 환치하고 있다. 늦은 밤의 마지막 전차에서 귀가는 마지막 기대감으로 표명되는 것이다. 그러나 마지막 "기대"로 표명되는 "종전차"는 절망과 후회가 작용하는 "기대"로 인해 단순한 기계 문명으로 고착할 수 없는 대상이 된다.

"종전차"의 이미지는 "내 가슴에 역력한 차바퀴"에서 급변한다. 이는 아쉬움과 후회로 새겨진 "종전차의 차바퀴"를 놓쳐버린 데 그 이유가 있다. "여인의 눈물"은 이런 아쉬움과 후회의 심리적 현상을 강화하기도 한다. 또한 척박한 도시 생활에 찌든 빈곤한 서민의 정황은 "종전차"를 놓치고 귀가의 기회를 놓친 "약한 자"의 고통스런 "침실"에 "월광"이 비쳐들어 쓰다듬는 위로의 뜻으로 「종전차」와 대비적 의미 기능을 보여준다. "종전차"는 쓰라린 서민의 가슴에 "차바퀴"를 남기는 대신 "월광"으로 치유되는 자연의 너그러운 "자비심"을 대비시켜 삭막한 도시적 상황에서도 굴착되는 감각적 이미지를 제시한다는 것을 알 수 있다.

셋째 연에서 전환되고 있는 자연의 이미지는 넷째 연에서 더욱 강조되고 있다. "자비"가 수혜 되는 "찌든 손등"을 통하여 비정한 "종전차"의 아쉬움을 의식하면서 자연의 감각적 기능을 구체화한다. 다섯째 연에서는 "종전차"의 아쉬움이 "싸락눈"으로 비유되어 삶의 곤고함을 포괄하는 동시에, "월광"은 이에 대비되는 "무심한 은혜"로 형상화 된다. 마지막 연에서 "종전차"는 "싸락눈"으로 비유되는 척박한 고난의 상징이면서 "무심한 은혜"로서의 "월광"을 누리게 되는 불교적 사색의 비유적 기능을 보여준다.

이형기 초기 시의 감각적 특성은 소박하면서도 보편타당한 의식을

진작시킨다. 이는 일차적으로 대상이 자연이거나 혹은 기계 문명의
소산이거나 상관없이 인간적 속성을 바탕으로 성찰의 자세를 견지하
기 때문이다. 이런 현상은 정지용의 「바다4」[35]에서도 잘 드러난다. 즉
자연의 장엄함과 영원함에 비하여 작품 속의 화자는 본연의 아름다움
을 지속적으로 가질 수 없으며 인간은 문명 속에서 살아가야 한다는
근원적인 존재의 자각에서 빚어지는 성찰의 자세를 슬픔으로 노래하
고 있다.[36] 다음의 시 「자갈밭」에서는 시간적 거리를 통해 전통 정서
에 대한 대비적 고찰의 자세를 취하게 된다.

> 삽 한 자루
> 자갈밭 한 뙈기
>
> 땅은 갈기 위해 있는 것이 아니고
> 묻기 위해
>
> 꿈을 파내 정수리를 찍어버린
> 범행의 알리바이
>
> 불을 지르고는 저도 함께 타 죽어버린
> 그 완전 범행을 위해
>
> 아물어선 안 될 상처의 영구보존
> 그 소금 절임을 위해

---

35) 정지용 지음, 최동호 책임편집, 『정지용』, 휴몬 앤 북스, 2011, 39면.
36) 신동욱, 『한국 문학과 시대의식』, 푸른사상, 2014, 112면.

오 이 삽 한 자루의 적개심
수직의 환상

마침내는 한 뙈기 자갈밭만 남는
그 이미지를 위해 땅은 있다
－「자갈밭」[37] 전문

　"자갈밭"은 "삽 한 자루"로 정제될 수 없는 거칠고 강한 이미지를 던져준다. "자갈" 자체는 아무 쓸모없이 "밭"의 기능을 상실하게 만드는 부적응의 존재로 드러난다. "삽 한 자루"의 무력하고 불가항력의 관계성은 "자갈밭"에 대비되어 서두의 시사적 역할을 의미하고 있다. 곡식을 심을 "밭"인 "땅"은 "삽"으로 "갈아"서 정제해야 할 대상인데, 오히려 둘째 연에서는 "자갈"로 "밭"인 "땅"을 묻어버려 경작할 수 없는 공간으로 만들고 있다. 이는 단정적인 어조로 "자갈밭"의 의의를 규명한다. 여기에서는 "자갈"과 "밭"의 관계가 경작이 목적이 아니라는 사실이 드러난다.

　첫째는 언어적 강도가 특징을 이루고 있으며 둘째는 부조리한 존재성으로 간접적 비판성을 함축하고 있다. "자갈밭"의 어쩔 수 없는 숙명은 "갈"기 위한 것이 아니라 "묻"기 위한 것이다. 오히려 "경작"이 "땅"의 궁극적 역할을 감각적으로 풀어내는 것을 알 수 있다. 다음으로 "꿈"은 "땅"의 경작에 내재한 필연성을 해석하는 것, 즉 표현의 일단으로 "갈"기 위한 "땅"을 "묻어버리"는 "범행의 알리바이"로서 자갈밭의 이미지를 표현하고 있다. "범행"은 경작지를 "묻"어 농작물을

---

37) 이형기, 『꿈꾸는 한발』, 22-23면.

"갈"지 못하게 하는 행태로 "밭"을 "자갈"로 덮어버려 "알리바이"를 만드는 "자갈밭"의 이미지에 대한 대비적 상황을 보여준다. 비정한 태도에 대한 비판적 의도는 진실을 감추고 부조리한 기능으로 상황을 합리화시키는 데 있다. 이런 비유적 감각은 이형기의 중기 시에서 더욱 명백해진다.

"자갈"은 "밭" 전체를 덮어버려 전혀 경작이 불가능하게 만든 정황을 "자갈"의 "완전 범죄"로 규정하여 이미지의 강도가 더욱 과장된다. 풀 한 포기 지탱하지 못하는 "자갈"이 가지는 거친 반항은 마치 "불을 지르는 자가 함께 타버리"는 시각적 이미지로 표현된다. "상처의 영구 보존"은 경작지로서는 도저히 돌이킬 수 없는 "자갈밭"에 대한 인식이 나타난다. 그 "밭"은 영원히 식물이 자랄 수 없는 "자갈"로 덮인 땅이다. 특히 "소금 절임"의 의미망은 "자갈"의 점층적 구조로 완벽한 경작의 불가능을 강화시킨 "자갈밭"의 완강한 포장의 "범행"을 기대하고 있다. 화자는 "자갈"을 통해 "범행의 알리바이"로부터 "완전 범행"을 뛰어넘어 "소금 절임"에 비유되는 횡포를 보여준다. 이러한 대상의 횡포를 척결하려는 "삽 한 자루의 적개심"은 단지 "수직의 환상"으로 끝나는 구도에 기대고 있다. "수직"은 "삽"의 역동적 동작의 비유적 형태를 의미하며, "환상"은 오직 비현실적인 부조리를 어쩌지 못하는 세태를 불가항력이나 무력감으로 풀이하는 대비적 고찰의 예가 된다.

마지막 연에서 "자갈밭"은 역리적 존재나 상황으로 비유된다. 그리고 "땅"은 순리적 작용을 통해 진정성이 수용되는 세계를 암시하여 양자의 대결이 나타나는 양상으로 시대적 의미를 내재한다. 이는 사회 참여론자들이 주장하는 직설적 비판이 되기보다 비유적 장치에 의한 시적 화자의 비판 의식을 감지할 수 있는 것이다. "밭"을 뒤덮고 있는

"자갈"의 시각적 근거는 시대와 역사를 혼란시키는 존재성을 규명한
다.

「산」, 「종전차」, 「자갈밭」 세 작품을 통해 이형기가 드러내는 시적
이미지는 부정적 현실과의 대립 또는 새로움의 모색 그리고 자기반성
이나 극복이나 의지를 지향한다. 이형기는 감각적 이미지를 통해 기
존의 현상이 되는 '있음'과 미래적 지향이 되는 '있어야 할 것'의 감각
적 언어 장치나 실험적 이미지를 구축하는 세계관을 보여준다. 그의
시가 추구하는 감각적 이미지는 표층적 의미가 그 밑에 잠긴 심층적
의미의 시적 의장을 통해 역동적 특성을 견지하는 것이다.

이형기 시에 대한 일차적 관점은 토속 전통 고전적 이미지에서 현
대성으로 변화되는 과정을 통해서 실험적 이미지로 도전을 실행하는
데 있다. 이는 정감의 변이에 따르는 감각적 이미지로 드러난다. 그가
운용하는 감각적 이미지에서는 다양한 시편에서 모더니티를 성취하
려는 노력을 통해 감각의 다변화와, 고전적 요소를 뛰어넘는 새로운
언어와 감각적 이미지를 모색하는 초월의식을 발견하게 된다. 그리고
이형기의 시적 이미지는 기존의 시각 이미지와 새로운 감각으로서의
촉각적 청각적 이미지로 전환되는 감각의 변화를 지향하는 양상과 전
통 정서에 대해 성찰하는 대비적 정서를 보여준다.

정감의 변이에 따르는 감각적 이미지는 이형기 시의 깊은 사려와
예리한 자각으로부터 발견되고 있다. 이형기는 자연 현상뿐만 아니라
기계 문명의 소산과 비정감적 대상에 이르기까지 상응하는 감각적 특
성을 시적 구조에 대입시키는 특성으로 시의 개성을 진작시키는 자세
를 표명하는 것이다. 이형기 시에 나타나는 감각적 이미지는 알렉스
플레밍거의 감각적 이미지를 통해 지각을 바탕으로 사물을 이해한다

는 것을 알 수 있다. 감각적 이미지는 정신이나 지각으로부터 발견되기 때문이다.[38] 이형기 시에 나타나는 감각적 이미지는 정신적 · 심리적 · 지각 이미지에 그 근거를 두고 있다.

---

38) Alex Preminger, 앞의 책, 363면.

악마적 이미지와 그로테스크

프랑스 상징주의의 한 흐름으로 나타난 악마주의는 탐미주의의 분파로 기존의 도덕에 대하여 퇴폐적이며 그로테스크한 정서로 반항적이고 관능적인 색채를 추구한다. 이형기 시에 타나나는 악마적 이미지는 그 원형으로 해석되는 신화적 상황을 토대로 절망과 전율의 상징을 이끌어낸다. 이형기 시에 나타나는 악마적 정서는 보들레르의 영향을 받은 미당의 「문둥이」나 「화사」 등에 나타난 악마적 정서[1]보다 그로테스크한 정서를 통해 새로운 지평을 추구하고 허무의식을 창조하는 시세계를 구축한다.

이형기 시에서 나타나는 악마적 이미지는 타자적 고통으로 인한 실존적 고뇌를 보여주고 있으며 자아 일탈의 문학에서 존재에 대한 학대를 표출한다. 악마적 이미지는 사회적 부조리에 의한 세계와 자아의 불화, 레비나스(Emmanuel Levinas, 1906-1995)[2]의 타자적 고통에

---

1) 김학동 외, 『서정주 연구』, 새문사, 2005, 188면.

대한 철학적 인식, 보들레르의 자유분방한 상상력을 통한 전율적 시
어의 폭력적 결합에 초점을 두고 있다. 언어적 마성은 초자연적이고
낯설고 파괴적인 힘을 지닌 '타자'를 지시하는 용어다. 즉 악마적 이미
지는 숨겨진 공허함과 무의미, 무질서를 향한 잠재적인 움직임을 폭
로한다는 것을 알 수 있다.

상징적 이미지는 반복적으로 전개되는 물질을 통해 얻게 되는 원
형적 이미지이다.[3] 그 중에서 이형기 시에 나타나는 악마적 이미지는
그 원형으로 해석되는 신화적 상황을 토대로 이루어진다. 상징은 실
재하는 것과 그렇지 않은 것을 동시에 이원적으로 포함한다는 점에서
역동적일 뿐 아니라 기능적인 상상력의 체계를 포함하게 되는 것으
로 보인다.[4] 상징화된 언어 형식에는 이미 긴장된 에너지가 내장되어,
'상징'은 여기에 담긴 힘에 의해 인간의 사유와 행동에 강력한 영향력
을 행사하는 동력으로 작용하는 것이다. 그는 미적 현대성을 추구하
기 위해 언어와 대상의 상징성에 주목[5]하면서 역동성에 바탕을 둔 악
마적 이미지를 원용하고 있다.

이형기 시에 나타나는 악마적 이미지는 정서의 동일성에 의해 표
현된다. 동일성의 세계란 시적 주체와 세계가 하나로 결속된 이상적

---

2) Emmanuel Levinas, 서동욱 역, 『존재에서 존재자로:Existence and Existents』, 민음
   사, 2001. 118면.
   레비나스는 예술의 본질은 대상을 이미지로 대체하려는 데 있다고 주장하며 대상
   을 지시하는 방식에서 이미지의 특성을 찾는다.
3) Alex Preminger, 앞의 책, 364면.
4) 김윤정, 「오장환 문학에서의 '상징주의'의 의미 연구」, 『한민족어문학』 52, 한민족
   어문학회, 2008, 6, 313-315면.
5) 류순태, 「전후 모더니즘 시에 나타난 환상 연구」, 『한국시학회 학술대회 논문집』,
   한국시학회, 2006, 5, 1면.

인 상태를 말하는 것이다. 근대 이후 동일성의 세계는 지상에는 더 존재하지 않는 것, 회복되어져야 할 그 무엇이다. 이 동일성의 세계는 유토피아의 세계로써 신과 인간과 자연이 서로 조화를 이루며 존재하는 선험적 고향인 근원을 지칭한다.[6] 여기서 선험적 고향인 근원은 미래의 목표로 기능한다. 이는 과거적 사태로 끝나는 것이 아니라 불완전한 현재를 비판하고 개혁할 수 있는 미래적 지표로 기능한다는 것이다.[7]

이형기 시가 지닌 특수한 비극과 고통은, 그의 시편들이 떠올리는 무수한 인식 가운데서도 타자의 철학적 인식에서 발견하게 되는 악마적 정서라고 할 수 있다.[8] 레비나스에게 타자의 의미는 주체인 자신 역시 타자를 통해서만 규정되고 의미화된다고 본다. 타자는 주체의 출발점이며 주체와 결코 동일시되지 않는 동시에 주체를 벗어나고 넘어서는 잉여이자 외부라는 것이다. 악마적 이미지는 세 번째 시집 『꿈꾸는 한발』에 집약되어 있다. 그는 악마적 이미지를 통해 대상에 대한 증오의 칼날로 서정을 뛰어넘는다. 이형기 시에 나타난 악마적 이미지는 타자적 고통으로 인해 보편적 서정을 탈피한다.

'악'의 개념은 역사적 시기와 사회적 조건, 그리고 주체와 타자를 규정하는 방식에 따라 유동적으로 변화해왔다. '악'이나 '악마'는 원래 초자연적이고 낯설고 새롭고 파괴적인 힘이나, 그런 힘을 지닌 '타자'를 지시하는 용어이다. 그러나 점차 '악'은 개인의 무의식적 욕망의 표

---

6) Georg Lukacs, 반성완 역, 『루카치 소설의 이론』, 심설당, 1985, 29면.

7) 최승호 외, 「시와 동일성」, 『시론』, 황금알, 2008, 10-11면.

8) 최진석, 「타자윤리학의 두 가지 길-바흐친과 레비나스」, 『노어노문학』 21(3), 한국노어노문학회, 2009, 4면.

현으로 주체의 내면에서 비롯되거나 주체와 타자가 낯선 방식으로 상
호 작용하는 가운데 발생하는 어떤 것을 일컫는 명명법으로 이해되고
있다. 악마적 정서[9]는 상상력에 의해 인간 내부에 존재하는 본능이며
긍정적인 힘으로 재규정되고 있다. 악마주의는 인간성에 대한 풍자와
사탄의 변태적인 행위를 통해서 사회적 부조리와 황폐한 인간성의 측
면을 전율적으로 매도하는 양식으로 드러난다. 악마주의는 일명 사탄
주의로 통한다. 여기에서 사탄은 기독교적 일화에서 발생한다는 것을
알 수 있다. 신의 제재 하에 놓였던 천사장이 신을 배신한 데서부터 사
탄의 존재가 확립되는 것이다. 이는 인간의 본능 가운데서 가장 추악
한 측면을 통하여 문학의 탐미적 작용을 고취시킨다거나, 종교적 배
경을 통하여 신에게 도전의 고삐를 강요하는 형태로 작용한다.

악마주의는 19세기 나다니엘 호돈(Hawthorne Nathaniel, 1804-
1864)의 『주홍글씨 The Scarlet Letter (1850)』, 미국 현대문학의 시발
점이 된 에드가 알렌 포(Edgar Allan Poe, 1809-1849)의 『검은 고양
이 The Black Cat(1843)』를 비롯한 탐정소설들에서 흔적을 발견할 수
있다. 그리고 보들레르(Charles-Pierre Baudelaire, 1821-1867)의 대
표작 『악의 꽃 Les Fleurs du Mal(1857)』 또는 오스카 와일드(Oscar
Wilde, 1854-1900)의 희곡 『살로메 Salome』 등에서 언어 의미상의
괴기성과 쾌감으로 악마주의 정서를 설명할 수 있을 것이다.

시에서는 1869년 고티에가 『악의 꽃』 서문에서 사용하기 시작한
'데카당스[10]' 풍조가 시대적 분위기로 성숙해지고 이에 따라 그 선두

---

9) Rosie Jackson, 서강여성문학연구회 역, 『환상성: 전복의 문학』, 문학동네, 2004, 74
   -82면.
10) 요시다 조 외, 송태욱, 최규삼 역, 『세기말 문학의 새로운 물결』, 웅진 지식하우스,

주자로서 보들레르의 위치가 더욱 부각되는 것으로 보인다. G. 바따이
유는 보들레르의『악의 꽃』에 나타난 '의도적인 마성'에 대해 그릇된
것을 창조하는 '마성'은 스스로 악하다고 부르짖음으로써 위악을 통
해 인간의 존재를 인정한다고 주장한다.[11] 악마적 정서는 30년대 미당
에 의해 실현되는 것을 발견하게 된다. 하지만 '악'을 배척했던 우리문
학 전통으로 인해 악마주의에 대한 연구가 미흡했다는 것을 알 수 있
다.[12]

　이형기 시에서는 더욱 정제된 악마적 정서가 활용된다. 악마를 대
변하는 '마성'의 문제는 인간의 본능과 결부되어 문학의 본질에 접근
하는 문제들을 내포하고 있기 때문이다. 문학은 갈등이나 결핍을 주
요 동력으로 삼기 때문에 마성은 존재의 악마적인 내면을 탐구하는
데 중요한 주제가 된다. 이형기는 세 번째 시집『꿈꾸는 한발』부터 마
지막 시집『절벽』에 이르기까지 시의 새로운 지평을 추구하고 있다.

　그는 악마적 이미지를 통해 마성적 언어에 의한 도발적인 시편들을
선보였다. 이형기 시는 악마적 이미지를 활용한 이후 언어의 강도가
세지고 그로테스크한 정서가 진작되는 것을 보여준다. 이형기가 초기
시에서 고수해온 고유한 노선을 버리고 제3시집부터 힘 있는 관념으
로 녹여낸 악마적 이미지는 자신만의 시정신을 표출하는 실험적 이미

　　2010, 64면.
　　19세기말 프랑스를 중심으로 유럽 전역에 퍼진 퇴폐적이고 탐미적인 문예사조이
　　다. 부르주아 사회를 지탱하는 기성가치관에 반기를 들고 자기 확립을 목표로 한
　　예술가나 문학자의 자세를 가리킨다.
11) 유혜숙,『서정주 시의 이미지 연구』, 시문학사, 1996, 179면. (재인용) G. Bataille,
　　「Literature and Evil」, p.22, Urizen Books New York, 1973.
12) 이문열, 이남호 편,『한국문학이란 무엇인가』, 민음사, 1995, 131면.

지가 된다는 것을 알 수 있다. 조창환[13]은 이형기 시선집 해설에서 살해 충동과 칼의 이미저리에 대해, 그의 시를 폭력적 관능미의 '악마주의적 색채'라고 말한다. 이 세계는 이형기가 찾아낸 시의 지평이며 보들레르의 영향을 받은 유독성 문학이라는 것이다. 또한 이형기는 치열한 탐미적 관능의 세계로 몰입해 가는데, 불꽃 이미저리가 악마주의적 세계에서 그의 시를 전율로 번득이게 한다고 말한다.

탈근대 감각론자들은 시각 중심에서 촉각의 복권을 주장하여 촉각이 기본 감각임을 주장해 왔다.[14] 이형기 시에 드러나는 촉각적 이미지는 세 번째 시집인 『꿈꾸는 한발』에서 더욱 강화되어 전율의 갈망을 성취하게 된다. 또한 그는 서정을 초월한 자학과 분노의 감각적 세계관을 펼치며 자신의 의식을 노골적인 악마적 이미지로 드러낸다. 이 시인에게 장밋빛 사라진 꿈은 실현 가능성을 박탈당하고 의식적으로 배제되는 것이다. 이형기는 세계와 화해를 거부하는 것에 대해 고백하고 있다.[15] 참다운 꿈은 위장을 벗어던져야 하고 실현되지 않기 위해 있으며 절망을 확인하기 위해 존재한다.

이형기는 세계를 적이라고 보았으며 악의의 덩어리인 '허무' 자체로 인식한 것으로 보인다. 그러한 인식은 이형기에게 복수심을 불러 일으켰다. 그후 그는 "눈에는 눈", "이빨에는 이빨"이라는 각오로 비수를 갈 듯 시를 썼다고 술회한다. 결국 그는 '나의 비수'로 자신을 찌를 수밖에 없는 의도적인 자기 암살을 자행하는 것으로 볼 수 있다. 그에게 '자기 암살'은 하나의 허무를 처리함으로써 또 하나의 허무를 창조하

13) 조창환, 『별이 물 되어 흐르고』, 「불꽃 속의 싸락눈」, 미래사, 1991, 143-145면.
14) 서안나, 앞의 논문, 2면.
15) 이형기, 『꿈꾸는 한발』, 창원사, 1975, 서문.

는 악마적 정서의 실현이다.[16] 이형기 시에 나타나는 악마적 이미지는 그로테스크한 언어와 전율감이 선명하게 드러나게 하고, 존재에 대한 학대와 타자의 고통을 야기하는 근원이 되는 것이다.

1. 그로테스크한 언어와 전율

이형기 시에 나타나는 악마적 정서는 그로테스크한 언어와 그 언어를 통한 전율감으로 창출된다.[17] 이형기는 『존재하지 않는 나무』에서 아포리즘을 통해 자신이 그로테스크한 시인이기를 천명한다. 이형기는 영구혁명주의나 처녀성의 겁탈 같은 폭력적이고 반어적인 시어의 이질적인 결합을 통해 그로테스크 시학의 정수를 보여준다. 이형기 시의 마성이 자아내는 언어의 근거는 동적 언어의 신비로운 느낌을 구축하게 되는데, 여기에서 극단적 심미주의의 악마적 정서가 야기된다.[18] 이형기의 시작품들은 존재의 일상적 면모를 비극적으로 드러냄으로써 보편적 서정을 뛰어넘는 악마적 이미지를 형상화한다는 것을 알 수 있다. 「폭포」는 비유와 유추의 탄력성 있는 구사를 통해 소멸의 아름다움을 탐닉하고 있으며, 어휘의 반복과 절제된 감정이 돋보이는 작품이다. 「폭포」는 그로테스크한 언어와 전율감으로 탄생한 시편이다.

---

16) 이형기, 『풍선심장』, 문학예술사, 1981, 서문.
17) 이형기, 『존재하지 않는 나무』, 고려원 2000.
18) 하현식, 「사라지는 것들의 광기와 역설-박청룡의 시집 〈낙타와 함께 가는 맨하탄〉」, 『시와사상』 창간호, 1994, 봄, 258면.

그대 아는가
나의 등판을
어깨에서 허리까지 길게 내리친
시퍼런 칼자욱을 아는가

疾走하는 전율과
전율 끝에 斷末魔를 꿈꾸는
벼랑의 直立
그 위에 다시 벼랑은 솟는다

그대 아는가
石炭紀의 종말을

그 때 하늘 높이 날으던
한 마리 장수잠자리의 墜落을

나의 자랑은 自滅이다
무수한 複眼들이
그 무수한 水晶體가 한꺼번에
박살나는 盲目의 눈보라

그대 아는가
나의 등판에 폭포처럼 쏟아지는
시퍼런 빛줄기
2億年 묵은 이 칼자욱을 아는가
　　　　　　　　　-「폭포」[19] 전문

이 시편에서는 세계와의 화해를 거부하는 시적 자아가 "희망이 아니라 절망을 확인하기 위해, 존재하는 꿈"[20]을 향해 '한발' 또는 '악마'와 같은 형상으로 표출되는 것을 볼 수 있다.[21] 「폭포」에서는 대상을 "시퍼런 칼자욱"으로 비유하거나 "전율"과 "직립"의 추상명사로 대상에 대한 상징적 표현을 통해 세계의 이미지를 괴기한 악마적 이미지를 지향하고 있다. 시적 화자는 "그대 아는가"는 의문 서술형의 단도직입적인 표현으로 의혹의 제기와 일련의 도발적 진술의 태도를 확실하게 드러낸다. 이는 한편으로는 비극성에 대한 탐구적 자세를 갖추고 있음을 보여준다. 이러한 구조는 시에 있어서 정서적 동일성을 획득하게 된다. 그리고 대상을 통한 원시적 인식은 "석탄기의 종말"로 대변되는 역사적 진폭을 명확하게 반영한다.

첫째 연은 시각적 이미지를 제시하면서 도입 구조를 선명하게 만들고 있다. 산의 "등판"과 "어깨"와 "허리"로서 대상의 의인화를 통한 상징적 감각을 표현하는 것이다. 화자는 산등성이와 절벽과 물의 하강 또는 낙하에 이르기까지 심각한 사태에 직면한 하나의 상황을 만들어냄으로써 세계가 지닌 비극성을 암시한다. "전율"과 "단말마"와 "직립"의 언어 표현은 대상의 비극적 상황을 구체화시킨다. 폭포의 낙하는 나의 등판을 어깨에서 허리까지 내리친 시퍼런 칼자욱이 됨을 통해 전율과 단말마의 악마적 이미지를 형상화한다. 이는 시인이 표방하는 새로운 시적 세계의 변경을 도모하는 것이다.

---

19) 이형기, 『꿈꾸는 한발』, 16-17면.
20) 이형기, 「자서」, 『꿈꾸는 한발』, 창원사, 1975, 11면.
21) 김지연, 「이형기 시의 허무의식 연구」, 『시학과 언어학』 20호, 시학과 언어학회, 2011, 2, 64면.

시적 화자는 보편적 대상의 정황을 극단적이고 과장된 지향성에 대입시킴으로써 사태의 악마성이나 시간적 악마성을 완강하게 끌어가고 있다. 여기서 등판을 내리치는 낙하의 칼자욱은 악마적 정황을 보여주는 사태로 볼 수 있다. 2억 년 전 석탄기의 종말부터 흘러온 물의 흐름은 시간적 악마성을 보여준다. 특히 '벼랑의 직립 그 위에 벼랑이 솟는' 강도 높은 언어 형태에서 대상 자체와는 무관한 비극성 내지 악마적 이미지를 강화하여 드러내고 있다.

시적 주체는 대상을 "장수잠자리"로 비유하여 역사적 의의를 밝히고 있다. 물론 이런 상징적 이미지는 자체의 악마적 이미지를 강화시켜 대상을 신비화시키려는 의도로 생각된다. 더구나 대상의 "자멸"은 언어적 악마성의 극치를 드러낸다. 이 시인은 "박살나는 맹목의 눈보라"를 "나의 자랑"인 "자멸"로 삼고 있기 때문이다. 언어적 악마성의 극치는 "자멸"이라는 언어에 내재된 악마성을 보여준다고 할 수 있다. 사실 폭포의 하강적 자세는 '폭포' 자체의 존재 의미를 부각하고 있지만, 이러한 "자멸"로 형상화하는 것은 그의 독특한 파괴적 심상을 투사하여 보여주는 것이다. 이형기의 새로운 시에 대한 열망은 악마적 이미지를 통해 특수성에 연결된 파괴의 부정적 의의를 추구한다. 이 새로운 추구는 대상의 속성을 역리적으로 접근하는 데서 야기되는 독특한 악마적 이미지가 된다.

「폭포」는 악마적 이미지를 구축하고 있다. 시적 화자는 물의 낙하에 의한 추상성을 보여준 후 보다 정밀한 물의 낙하를 묘사하고 있다. "무수한 복안"과 "수정체"의 묘사는 '폭포' 전체의 풍경이기 보다는 '폭포'를 장식하는 물방울 이미지를 의인화 하는 것이다. "자멸"을 위한 낙하의 형태는 "맹목"의 작용으로 평가된다. 대상이 지닌 부질없는 존재 의미는 세계에 대한 악마적 인식으로 드러나는 것이다. 마지막 연에서는 "시퍼런 칼자욱"의 '폭포'를 "시퍼런 빗줄기"의 '폭포'로 수미상관적 구조를 보여준다. "칼자욱"에서 "빛줄기"로 상승되는 비유적 자세는 대상이 되는 존재 의미의 상승을 의도한다. 이는 지속적으로 부정적인 가치관을 보여주던 화자의 심리 변화에 의해 긍정적 인식을 정착시키고 있다.

 이형기가 악마적 이미지를 사용한 것은 시인 개인의 독단적, 전횡적 오만 의식이나 예외자적 독존 의식이 아니라, 개별성에 의거한 미적 가치의 보편화를 추구하는 것이다. 「폭포」가 인간 실존의 고통과 전율의 소용돌이를 등판에 쏟아지는 폭포의 칼날에 비유하여 단말마를 꿈꾸는 아이러니로 표출한다면, 다음의 시 「엑스레이 사진」에서는 피가 흐르고 생동감 있는 모습의 사진이 아니라, 다 불타버리고 난 뒤의 폐허 같은 모습의 사진을 악마적 이미지로 보여준다. 「엑스레이 사진」에서는 인체를 폐허화함으로써 생명성에 대한 전율을 강조하기 위한 화자의 인식을 들여다 볼 수 있다.

> 폐허의 풍경을 잡은
> 이 사진은 앵글이 기막히다
> 뼈대만 남은 고층건물
> 앙상한 늑골 새로
> 죽어서 납덩이가 된 도시를 보여준다
> 그 배경
> 담천을 가로질러 모여든
> 까마귀 한 떼
> 무엇인가를 파먹고 있다

　　사람의 가슴이
　　가슴 속에 흐르는 피가 붉다는 것은
　　거짓말이다
　　터지는 검은 먹물
　　그리고 폐허는 질척거린다
　　내일이면 함몰
　　다시 내일이면 늪이 될 폐허
　　수수께끼의 광선 엑스레이는
　　이처럼 오직 사실만을 증명한다
　　　　　　　　　　　　　　-「엑스레이 사진」[22) 전문

　「폭포」는 서정적 자연을 제재로 삼아 본래의 서정성을 배제한 악마적 구조로 형상화된다. 이에 반하여, 「엑스레이 사진」은 음험한 배경을 더욱 음험한 악마적 이미지로 부각시킨다. 이는 셰스토프나 미당의 정서에 영향을 받은 이형기가 대상을 "폐허의 풍경"으로 규정함으로써 세계의 어두운 이미지를 강조하고자 하기 때문이다. '폐허의 풍경'은 흑백의 색채가 희미한 경계로 서로 뒤섞여 있어서, 생체 조직의 양상을 마치 황폐한 도시의 공간인 것처럼 비유하고 있다. 특히 이런 황폐한 공간을 대상으로 개탄하거나 저주스러운 언표로 접근하여 "기막"힌 이미지로 삼고 있다. 이는 "기막"히다는 감탄적 표현이 대상의 정서에 역리적으로 접근되는 화법에서 오히려 악마적 속성이 드러나고 있기 때문이다.

　"뼈대만 남"은 폐허는 실제 살아있는 생체와는 정 반대의 모습으로

---

22) 이형기, 『꿈꾸는 한발』, 20-21면.

재생된다. 즉 무너지고 물에 쓸려가고 화마에 타버린 회색의 상태는, 생명이 뒷받침된 생체의 신선하고 선명한 생체를 상실하는 데서 파괴적 시선을 드러내게 되는 것이다. 이형기의 이런 부정적인 시선은 개별성을 나타내기 위한 적합한 방편으로 보인다. 화자는 "납덩이가 된 도시"를 떠올림으로써 세계에 대한 심상을 반영한 결과를 보여주고 있다. 이는 비유적 장치의 서정적 접근이 아니라 건조한 묘사로 그로테스크한 이미지에 닿는다. 그리고 "까마귀 한 떼"는 괴기성의 절정을 이루고 있다. 이는 '까마귀'에 대한 보편적 인식이 부정적 느낌의 주조를 이루고 있으며, "무엇인가를 파먹고 있"는 괴기성이 악마적 정서를 가중시키고 있기 때문이다.

대상에 대한 "앵글"은 지극히 어둡고 음침한 시각으로 맞춰져 있다. 따라서 대상으로서의 '엑스레이 사진'은 신비스럽고 경이로운 가치관에서 거리를 가지게 된다. 인간적 생체 조직의 성스러움이 '공동묘지'의 삭막한 이미지로 전환되어 마성의 공포감이 상승하게 되는 것이다. 다음으로 화자는 '붉은 피'의 생명의식도 배제하고 스스로 "거짓말"이란 원색적 시어로 "피"의 선명한 약동감을 부정하여 세계의 빈사 상태를 강화하게 된다. 여기서 강조되는 악마적 이미지는 "검은 먹물"에서 "질척거"리는 불쾌한 이미지와 "함몰"의 종언을 통하여 악마적 정서를 점층화 시킨다.

점층적 구도에 의한 괴기성의 강화는 곧 악마적 정서의 강화로 드러나게 된다. "늪"이 되는 대상은 이미지의 반전을 보여주는 것 같지만 사실은 구제받지 못하는 존재의 결말을 보여줄 뿐이다. 애초에 신선하고 미감이 반사되는 생명체의 내면은 흑과 백의 색감이 전도되어 흐릿한 경계를 지어보임으로써, 오히려 생명체가 죽음의 "늪"으로 "질척거"리는 그로테스크한 "풍경"으로 환치되는 결과에 이르게 된다는 것을 보여준다.

이 시에서 피사체로의 대상이 영상화되는 것은 레지스 드브레의 형상 이론에서 주장되는 '보이는 것에서 보는 것으로 순응된다'는 원리[23]와 상통한다. 이는 엑스레이 사진으로 '보이는' 인체 또는 현실 또는 객관적 상관물이 '보는 것'이라는 상상력의 결과로 나타난다는 것을 뜻한다. 피사체로서의 보편타당한 인체는 기계의 역할을 통해 "폐허"와 같은 그로테스크한 정황으로 반영된다. 화자의 결론은 이런 괴기스러운 인식의 전도에서 '사실만을 강조한다'는 악마적 이미지를 느끼게 하는 것이다. 시인은 "사실"은 생체 조직의 생명력 넘치는 구조인데도 이를 도리어 괴기한 가치 지향성으로 합리화시키는 "사실"을 "강조"하여 악마적 정서 또한 '강조되는 사실'로 전도의 묘미를 기대하고 있다.

시적 화자의 상상력은 순리적 가치에 개입되는 와중에서 인체의 아름다운 모습을 흉한 모습으로 변화시키고 폐허화된 도시와 관념적 연결고리를 만들어 악마적 이미지의 속성을 드러낸다. 이는 물론 '엑스레이 사진'의 과학적 결과물로 규정되지만, 시인의 상상력이 개입되어 어둡고 칙칙한 '풍경'으로 반전되기 때문이다. 이형기가 사용하는 악마적 이미지는 시인의 개별성 정서에 대한 특성으로, 근대시에 나타난 정서적 특징과 차별화되기 위한 장치로 생각된다. 이 시인이 '엑스레이 사진'에서 생명력 자체의 자연스런 존재를 파괴적이고 괴기스러운 부정적인 심상들로 제시한 이유는 새로움을 모색하는 한 방편으

---

23) Regis Debray, 앞의 책, 40면.

로 악마적 이미지를 사용했기 때문이다.

이형기의 이런 시정신은 모더니즘의 극단적인 표현을 원용하여 개별성의 확대를 추구하고 우리 시 형태와 정서의 다양화를 시도하고자 한 것이다. 악마적 이미지는 각각의 대상에 내재해있는 유사한 상징적 이미지에서 더 강화되어 나타난다. 다음 작품 「고전적 기도」에서는 차가운 금속 이미지의 '칼'과 '어둠인 불빛'의 결합을 통해 서로 극단적인 이질감을 나타낸다. 그리하여 기이함과 공포감이 병치되는 이단적 미감을 조성하고 있다. 이 과정은 질시와 증오의 정서를 극대화시키는 작용을 한다. '칼'과 '어둠인 불빛'의 결합 이미지가 파괴와 증오의 세계 인식을 선명하게 드러내주기 때문이다. 「고전적 기도」에서는 이형기의 악마적 감수성을 극단적으로 보여주는 전율과 충격을 만나게 된다.

주여 칼을 주소서
칼자루는 말고 그 날을
쥐면 손바닥이 나가는
그러나 피가 흐르지 않게
더욱 힘주어 쥘 수밖에 없는 그것을

水銀 한 방울 떨어뜨려 주소서 그 純粹를
깊이 살 속에 스미는 단잠 한숨
그리고 온 몸이
한송이 커다란 함박꽃처럼 썩는 그것을

주여 또 불빛을 주소서

밝음이 아니라 어둠인 불빛을
죽은 여름의 혼령이
눈없는 심해어의 눈을 비치는
주여 一點 魂火를 주소서

-「고전적 기도」[24] 전문

아무도 가까이 오지 말라
높게
날카롭게
완강하게 버텨 서 있는 것

아스라이 그 정수리에선
몸을 던질 밖에 다른 길이 없는
냉혹함으로
거기 그렇게 고립해 있고나
아아 절벽!

-「절벽」[25] 전문

이형기는 「획일화 시대의 문학」[26]이란 산문을 통해 〈새로운 감수성
의 개발〉이라는 문학적 방향을 제시하려는 숨은 의도를 엿볼 수 있게
한다. 그는 〈새로운 감수성의 개발〉에서 악마적 감각으로 시적 변신
의 의지를 보여주며 스스로 자신의 문학을 '유독성의 문학'으로 규정

---

24) 이형기, 『꿈꾸는 한발』, 24-25면, 『풍선심장』, 72-73면.
25) 이형기, 『절벽』, 13면.
26) 이형기, 「획일화 시대의 문학-70년대 한국문학의 문제」, 『월간문학』 17, 월간문학
사, 1970. 3.

한다. 악마적 감수성을 자학과 가학, 피학의 유형으로 분류할 때, 「고전적 기도」에 드러나는 자학·가학·피학은 전율과 충격을 드러내는 이형기의 악마적 감수성으로 볼 수 있다.

「고전적 기도」에서 화자는 "칼"·"水銀"·"불빛"을 갈망하고 있다. 이 세 개의 제재가 지니는 공통 감각은 비극적 이미지를 일관적으로 주도하여 미경험의 상상 세계로 유인하는 것이다.[27] '고전적 기도'는 경건하고 거룩한 느낌을 주는 신과의 대화 형식이지만 애초에 기도를 대면하는 발상 자체에서 악마적 근성을 드러낸다고 하겠다. '고전적'이라는 수식어의 단서는 악마적 의식을 진작시키는 기능을 감당한다. 이는 분명히 절대자에 대한 조롱의 행위로 신에게 항명하는 사탄이 아니면 구상할 수 없는 내용이라고 풀이할 수밖에 없다.

신에 대한 희화적 행위는 세 가지 단계로 구조화 되고 있다. 신에 대한 기원의 대상은 "칼"이다. 화자는 '칼날'을 요구하며 "피가 흐르지 않"는 칼을 강요한다. 주기도문에서 '일용할 양식'을 달라는 기도는 기독교의 성서에 보이는 보편타당한 행위인 반면, '칼'을 달라는 요구는 절대자를 향한 경건함의 태도와는 크게 어긋나는 시니컬한 요구이다. 결국 이는 신에 대한 조롱의 의미를 함축하는 것이다. 신은 독생자를 인간에게 내어주기도 할 만큼 인간의 구원과 위안을 위한 존재로 파괴적인 의미를 지닌 "칼"을 주지 않는 초월자인 것이다.

'칼날'을 기대하는 사타니즘의 저의는 심리적 자해의 파괴적인 인식을 근간으로 삼고 있다. 그러나 '피가 흐르지 않는 칼'은 절대자에 대한 희화성을 강화한다. 이는 신에게 호소하지 않고 신을 모독하려는

---

27) 하현식, 「이형기론-절망과 전율의 창조」, 『한국시인론』, 백산출판사, 1990, 265면.

자세로 볼 수 있다. '힘주어 쥘수록' 피가 흘러야 하는 상황은 오히려 피가 흐르지 않는 역설적 기원을 통해 악마적 퇴폐성을 강조하고 있는 것이다. 화자는 '살이 썩어 들어가는 수은'을 떨어뜨려 달라는 기원으로 '칼'에 대한 악마적 이미지를 점충적으로 반영하고 있다. 인간에게 영원한 생명을 주기 위해 강림한 절대자에게 죽음을 상징하는 '수은'을 기대하는 심리는 사탄의 시니컬한 간구로 보인다. 절대자의 선의에 항명하는 사탄은 악마적 이미지를 더욱 선명하게 하는 것이다.

"불빛"은 간절한 기원이다. 세상을 어둠으로부터 구원하여 밝게 만들려는 신의 섭리를 거부하고 "어둠인 불빛"을 간청하는 데서 사탄의 기능이 강조된다. 또한 "죽은 여름의 혼령"과 "눈 없는 심해어"나 "혼화"의 비정상적인 언어군들이 서로 충돌하면서 끝내 괴기한 이미지를 드러내어 악마적 정서를 불러온다. 사탄의 의도는 해저의 어둠 속에 사는 "심해어"에게 "혼화"의 혼란을 유도한다고 볼 수 있다. "어둠인 불빛"은 사물에 대한 명료한 발견을 저해하는 행위로 세계에 대한 증오와 질시의 역할을 감당케 하려는 시적 장치로 풀이할 수 있다. 여기서 칼날의 "섬광"은 어둠에 반영됐기 때문에 칼의 보조관념인 "어둠"을 통해 "증오"의 인식을 드러낸다.

시각이 거리감을 나타내는 지각이라면, 청각이나 촉각은 이 작품의 의미의 맥락에 따른 또 다른 언어적 장치로서 친밀감의 상징이 된다.[28] "칼"의 날은 손바닥을 쥐면 베일 수밖에 없는 내향적 잔인함을 보여주는 촉각 이미지의 정수이다. 그리고 "더욱 힘주어 쥘 수밖에 없"는 강한 의지의 촉각 이미지를 표명하여 극단적인 일탈의 특이함

---

28) M. Merleau-Ponty, 앞의 책, 351면.

을 드러낸다. "수은 한 방울"은 악마적 이미지를 동원하여 온 몸이 함박꽃처럼 썩음으로써 오히려 순수해지는 자학의 미를 완성하고 있으며, "불빛" 또한 "어둠인 불빛"을 환치시켜 '주'라는 죽음의 신을 불러와 "혼화(魂火)"의 음울한 공포를 그로테스크하게 보여준다.

「절벽」에 나타나는 상상력의 지향점은 탐미적인 퇴폐적 인식으로 비극적 분위기를 드러낸다. 이는 '높게 버텨 선' 자연적 대상을 심미적으로 접근하는 것이 아니라, 죽은 의식으로 해석해 냄으로써 세계가 지닌 무한한 동경심을 차단하게 되는 것이다. 첫 행의 "아무도 가까이 오지 말라"는 단호하고 엄숙한 명령형 어미다. 이 부분에서 시인의 거부하는 태도와 세속적인 유혹으로부터 자신을 지키려는 태도를 알 수 있다.

"절벽"은 "날카"로운 생명 의식의 상징이 아니라, 패배와 자멸의 보폭을 유도하는 단말마의 상징으로 투사된다. 시적 자아는 절벽과 혼연일체가 되어 모든 집착을 철저하게 거부한다. 나를 지키기 위해서는 냉정할 수밖에 없고, 냉정하기 위해서는 고립될 수밖에 없으며 그와 같은 고립에서 비롯되는 외로움과 고독은 형언할 수 없을 정도로 큰 것이지만 시인은 기꺼이 그 길을 택하게 된다.[29] 더구나 마지막 시집에 수록되어 있는 이 시편은 이형기 시인의 5년여 투병 생활이 가져다준 결과다. 이 시편에서는 장엄하고 숭고하고 신비한 자연마저도 죽음에 결부되어 나타나는 것을 볼 수 있기 때문이다.

악마적 정서는 사탄에 의해서 노략질되는 온갖 파괴적인 형태로 구체화 된다. 보들레르의 「악의 꽃」에서도 시인의 지친 생의 최후의 절

---

29) 윤호병, 앞의 논문, 339-340면.

규를 듣게 된다. 「절벽」에서는 "절벽"을 향한 '단독자의 고통'을 절감
하게 되지만, 이러한 견해는 시적 자아의 개인적 인식일 뿐이며 시편
을 대하는 치열한 생각은 아닐 것이다. 자연의 너그러운 풍경을 죽음
과 결부시키는 극단적인 판단은 파괴적 정서와 부딪치게 되는데 「고
전적 기도」의 퇴폐적인 정서와 서로 어울리기 때문이다.

　「폭포」, 「엑스레이 사진」, 「고전적 기도」, 「절벽」의 시편들은 감각
적 이미지의 일관화로 무한한 상상적 전개가 일어나는 일군의 시라
할 수 있다. 세계를 불화의 시각으로 바라보는 것은 「첨예한 달」[30]이
나 「장마」[31], 「백치풍경」[32]에서도 나타난다. 이형기는 과격한 비유를
사용하여 세계 인식을 드러내는데, 그는 원관념과 보조관념의 거리가
멀수록 현실 초월의 상상력을 가져온다고 생각하는 것이다. 이형기는
세계의 대립이나 갈등, 부조화에 관심을 가지고 '독의 미학'이나 '복수
의 미학'을 위해 관습적 질서를 탈피하고자 한다.

　시인의 시에서 자아와 세계의 불화가 이루어지는 요인[33]은 시인 자
신의 세계관에 있다고 할 수 있다. 이형기는 시를 사물의 발견이라고
주장한다. 그는 새로운 사물을 발견하기 위해서는 세계에 대해 충격
을 줘야 하고,[34] 시는 '물과 불'의 관계를 상극이 아닌 상생으로 맺어주
어야 한다고 피력하고 있다. 이형기는 『풍선심장(1981)』의 서문 「허
무의 창조」에서 세계는 '적'이라고 말한다. 그는 딱따구리가 뚫어놓은
구멍으로, 젊은 날의 서정과는 판이하게 다른 악의의 덩어리인 '허무'

---

30) 이형기, 『풍선심장』, 64-65면.
31) 이형기, 『꿈꾸는 한발』, 30면. 『풍선심장』, 57면.
32) 이형기, 『꿈꾸는 한발』, 32면.
33) 이형기, 「상상력의 영구혁명」, 『현대시사상』, 1991, 71면.
34) 이형기는 『풍선심장(1981)』 서문 「허무의 창조」

그 자체를 인식하게 된다. 이형기는 이런 인식이 복수심을 불러일으켰다고 털어 놓는다. 그는 극단적인 비약을 추구하여 충격적 이미지를 만들어내는 악마적 이미지를 만들어내고 있다. 이는 세계에 대한 파괴 충동이 극단화를 지향하게 만들기 때문이다.[35) 이형기는 그로테스크한 언어를 통해 악마적 이미지를 구사함으로써 현대시의 보편성을 확대하는 것이다. 다음으로 존재에 대한 학대를 통해 악마적 이미지를 드러내는 시편들을 고찰하고자 한다.

2. 존재에 대한 학대

악마적 이미지는 어떤 존재에게 궁극적 꿈인 것처럼 존재에 대한 학대의 과정에서 드러나는 비극성이나 상징적 장치에서 확산된다. 「백치풍경」과 「썰물」에서 드러나는 원형적 이미지는 그로테스크한 인식을 통해 악마적 정서를 일으킨다. 「기적」과 「루시의 죽음」에서는 '죽음' 자체를 제재화 함으로써 존재에 대한 학대의 악마적 이미지를 보여준다.

「동상」에서는 언어의 강도가 분출하는 악마적 특성으로 존재에 대한 학대의 단면을 잘 드러낸다. 이형기는 존재를 학대하는 악마적 이미지를 활용하여 세계에 대한 파괴적 충동을 새로운 시선으로 구사하는 것이다. 여기서 악마적인 인식이 팽배하게 드러나고, 정서적 폐해

---

35) 김준오, 「입사적 상상력과 꿈의 세계-이형기의 세계」, 『그해 겨울의 눈』, 고려원, 1985.

의 비극성이 자리 잡게 된다. 다음의 시 「백치풍경」에서는 악마적 이미지를 통해 사탄의 유희를 경험할 수 있다.

> 하나님은 오늘 밤 톱질을 한다
> 사르륵 사르륵
> 실톱으로 켜는 나의 갈비뼈
> 피 한 방울 흐르지 않고
> 하얀 톱밥
> 그 미세한 뼛가루가 떨어진다
> 하나님은 이따금 일손을 멈추고
> 안경을 고쳐 쓴다
> 혹 하고 톱밥을 불어댄다
> 갑자기 날개를 푸드덕거리는
> 남미산 흡혈박쥐의 목마름
> 하나님은 손으로 입을 가리고
> 바튼 기침을 한다
> 이제는 늙어 피가 마른 하나님
> 잠도 없는 하나님
> 그래서 오늘밤은
> 나의 갈비뼈나 썰고 있는 하나님
> 아 알겠다
> 들판이 들판 위에 넘어져 죽어 있는
> 새벽마다의 서리
> 그 허연 백치풍경(白痴風景)을 이제야 알겠다
>
> ─「백치풍경」[36] 전문

「백치풍경」에서 하나님은 범신론적인 존재로 아니 계신 곳이 없으며 세상의 모든 지혜와 능력을 갖춘 대상으로 제시되어 있다. 그러나 시적 화자에게 하나님은 상상력의 결과로 생성된 역할을 수행하는 것으로 보인다. 나와 하나님의 관계는 "하나님"의 뼈를 썰고 떨어지는 새하얀 "뼛가루"가 눈으로 환치되는 과정을 통해서 설정된다. 여기서 괴기성과 퇴폐성은 '나'와 '하나님'의 관계가 설정되는 순간부터 작용하는 것이다.

'하나님'이란 유일한 신으로서 특정 종교에서만 그 의미가 생성되는 절대자인데도, 이 시에서는 '하나님'의 기능을 악마적 정서로 감당하는 것을 볼 수 있다. 이것은 하나님이 인간에게 유익한 행동을 하지 않고 피해를 주는 행위로 비춰지기 때문이다. 이 시는 존재에 대한 학대의 명분이 선행되어야 '하나님의 역사(役事)'가 합리화될 것이다. 그러나 시적 화자는 순전히 자기희생은 제쳐두고 '나의 뼈'를 '써는' 학대 행위로 사탄의 욕망으로부터 첫걸음을 내딛고 있다.

애니미즘이나 토테미즘에서는 '나무'나 '강물'이나 '바위'가 신으로 칭송된다. 이는 하나님이 애니미즘과 토테미즘적 위상을 보여주는 것이다. '뼈를 써는 작업'은 하나님과 상대적 존재의 희생을 보여준다. 기독교적인 명분의 '하나님'은 인간의 죄를 대속하기 위해 자기 독생자를 세상에 보냈다. 하지만 「백치풍경」의 "하나님"은 자기 뼈가 아닌 "나의 갈비뼈"를 "실톱으로 켜"고 있다. 이는 뼈를 써는 행위 자체가 인간에 대한 모독을 나타내므로 사탄의 역할이 시니컬하게 이행되는 것이다.

---

36) 이형기,『꿈꾸는 한발』, 46-47면.

톱질하여 쌓인 뼛가루는 하얀 톱밥으로 비유된다. 뼛가루는 양자
간의 관계가 그로테스크하게 수용되는 차원에서 점차로 죽어가는 인
간의 소모적인 소멸 이미지와, 나무를 켜야 발생하는 하얀 톱밥이라
는 생산적인 생성 이미지가 괴기적으로 수용되는 악마의 생태를 명확
하게 보여준다. 결국 양극적 감각의 폭력성은 직접적 행위로 드러나
는 것이다. 화자는 경건한 자기 임무를 수행하기 위해 자기희생은커
녕 타자에 횡포를 부리고 있다. 이런 구상은 악마적 이미지의 활용에
의한 악마적 정서로 볼 수 있다.

화자는 결미에서 "아 알겠다"로 시작하여 "들판이 들판 위에 넘어져
죽어 있는 새벽마다의 서리"를 읊조리는 상황을 '백치풍경'으로 규명
하고 있다. 즉 '서리가 내린 풍경'에서 '백치'를 찾아내고 나아가서 '죽
음'의 그림자를 발견하는 것이다. 실제 '서리'는 모든 생명체, 특히 들판
의 농작물을 죽어가게 한다. '서리가 덮인 들판'은 '백치'의 느낌으로 환
치되기 때문이다. 여기서 '사탄'의 몫은 적막한 가을 들판에서 '죽음'과
'백치'를 찾아내는 안목이라고 볼 수 있다. 사탄은 '들판이 들판 위에 죽
어 넘어진 풍경'이 가져오는 스산한 느낌을 선호하는 것이다.

이 시의 결말에서 악마적 정서는 '하나님의 역사(役事)'가 아닌 사
탄의 욕망인 것을 성찰해볼 만하다. "피 한 방울 흐르지 않"게 진행되
는 "하나님"의 유희는 자기 합리화를 부각시킨다. 사탄적 인식은 "피
한 방울 흐르지 않"게 "나의 갈비뼈"를 자르는 작업을 통해 악마적 정
서를 자아내는 동시에 무소부재하면서 전지전능한 위력을 발휘한다.
결국 "갈비뼈"를 자르는 행위는 괴기스럽고 퇴폐적인 특성을 보이지
만, '피가 흐르지 않는' 만큼의 단아하고 깔끔한 정서의 효과로, '갈비
뼈'를 자르는 처절한 느낌이 처절하게 느껴지지 않는 데서 '하나님'의

이중적 속성을 만나게 된다.

이는 지혜와 능력을 겸비한 '하나님의 거사' 이전의 사탄의 유희가 절묘하게 수행되는 과정을 통해 악마적 정서가 함축된다고 하겠다. '하나님'이 잠시 쉬면서 '털어내는' "하얀 톱밥"은 "남미산 흡혈박쥐의 목마름"으로 비유되고 "흡혈"의 개념과 "목마름"의 감각이 충돌하여 더욱 강화된 악마의 생태를 맛볼 수 있다. "흡혈"의 미각적 인식과 "목마름"의 촉각적 기능은 "톱밥"이 제시하는 시각적 결과에도 불구하고 서로 어울려 도저히 참을 수 없는 욕망의 한계에 부딪치게 되는 것이다. 이는 하나의 시각적 현상에서 미각적 효력과 촉각적 기능을 추출해내는 이형기의 감각적 극치를 대하게 되는 부분이다.

뿐만 아니라 "목마름"은 다시 하나님의 "바튼 기침"으로 연상 작용되고 다시 '피가 마르고 잠이 없는 하나님'으로 이어져 "나의 하얀 갈비뼈"를 자를 수밖에 없는 존재의 학대 상황을 창조한다. 말미에서 "그 허연 백치풍경"을 "알겠"다고 읊조리는 시적 화자의 단언을 통해 사탄의 유희는 끝나고 있다. 즉 '하나님'과 '나'는 사탄의 행위를 바탕으로 존재에 대한 학대를 드러낸다. 「백치풍경」이 '하나님'과 '나' 사이에서 빚어지는 하나의 이야기 구조이면서 동시에 서리 덮인 세상의 이미지를 악마적 이미지로 그려낸 자연현상이라면, 「썰물」은 "여름"과 "어미"에 의해 구조화된 자연의 한 부분을 악마적 이미지로 그려낸 시편이다. 이형기는 「썰물」을 통해서도 존재에 대한 학대를 악마적 이미지로 펼쳐나간다.

여름은 드디어 숨을 거둔다
그 마지막 경련이 끝나자

여기저기서 불거져 나오는 추문
개펄 바다

–지금은 썰물이다
죽은 여름의 시독이 찬 배를 가르고
길이 열린다
석 달 만에 긁어낸 핏덩이와 그 어미가
발바닥에 회를 치면서 가는 길

그 눈이다

그 눈의 흰자위만의 확대다
간부여 몰래 숨어서
혼자 이 가을을 즐기라
–「썰물」³⁷⁾ 전문

　"여름"은 "썰물"과 더불어 자기희생의 '꿈'을 실현하기 위하여 죽
어가는 모습을 보인다. 그 순간에 그동안 물살에 감추어져 있던 모든
"추문"들이 마성을 드러냄으로써 인간의 가장 추악한 밑바닥이 드러
난다. 물이 쓸려나가는 상황은 여인이 몸을 푸는 해산의 과정에 비유
되어 바다의 비밀을 형상화하고 있다. 이것은 「백치풍경」에서 "나의
갈비뼈"를 잘라내는 "하나님"의 행동반경에 의해 하얗게 서리 내린 공
간을 그려내는 이야기와 같은 맥락이다.
　"개펄"이 드러나는 과정은 "여름"의 죽음과 "경련"의 과정이 종료될

---

37) 이형기, 『꿈꾸는 한발』, 28-29면.

즈음에 "썰물"이 쓸려 나가 물에 잠겨 감추어졌던 "추문"이 드러나는 과정의 자각이다. 그 "마지막 경련"은 "어미"의 해산에서 느끼게 되는 진통의 과정에 비유된다. '죽은 여름의 배'는 "개펄"의 질척한 사연을 숨기고 있는 물살이며, '열리는 길'은 "개펄"의 공간적 전모가 공개된다. 그리고 "개펄"의 시각적 효과와 촉각적 인식이 중절 수술을 받은 "어미"의 비정한 상황으로 구체화된다. 마치 "회를 치"듯 불거져 나오는 뼈다귀와 피의 이미지가 서로 충돌하여 "개펄"에 우아하게 접근하지 못하는 악마적 이미지를 드러내고 있다.

"어미"의 고통이 극도로 심화되는 순간의 "그 눈"은 통증의 극대화에서 경험하는 절망감이 썰물에 의해 "개펄"의 상징적 이미지로 되살아난다. 물이 덮여 있을 때는 아름다운 풍경이지만, 물이 밀려남으로써 바다 밑바닥의 숨겨진 이중적 속성을 드러내는 것이 대립적인 악마적 이미지가 되는 것이다. "개펄"은 "눈의 흰자위" 같이 "확대"되어 괴기성이 끝없이 스멀거리게 되기 때문이다. 이는 "개펄"의 숨겨진 배면이 "간부"의 징벌에 연루된 복합적이고 흥미로운 상상력으로 승화되어 있다는 것을 보여준다. 숨겨져 있는 "간부"의 이면사는 "개펄" 이미지에서 추출된 것이며, 이 시인의 고유한 사물 인식의 개별성을 나타내는 철저한 상상력의 강화라는 것을 알 수 있다.

"가을을 즐기"라는 시적 화자의 진술은 "간부"가 은밀한 사랑을 즐겼듯이 가을 바다의 "개펄"을 "즐기"라는 의도로 볼 수 있다. "간부"의 은밀한 사랑은 "개펄"이 물살에 숨겨져 있다가 "썰물"로 정체를 드러내는 모습으로 연결되어 있다. '바다'의 정체는 "개펄"인 것처럼 "썰물"의 자기희생으로 "개펄"을 드러내는 꿈을 실현시키는 것으로 보인다. 여기에서 「백치풍경」의 '하나님'과 '나'의 관계성이 '썰물'과 '개펄'

의 대칭적 의미로 규정된다. '나'의 존재에 대한 학대가 '백치풍경'을 자아내듯, '썰물' 현상으로 인해 '개펄'의 정체를 규명하게 되기 때문이다. 이는 아름다운 풍경을 지우고 그로테스크한 풍경으로 전환되면서 존재에 대한 학대를 통해 악마적 이미지를 구사하는 것이다.

「백치풍경」은 '서리'가 덮인 세상을 뼈가 덮인 들판에 빗댄 비유적 감각의 이중성으로 악마적 이미지를 보여준다. 반면 「썰물」에서는 물살이 쓸려나간 뒤의 '개펄'이 드러내는 원형적 상징으로 나타난다. 두 시에서는 이미지 조형의 과정과 절차가 상이한 측면을 나타낸다. 「백치풍경」에서 야기되는 악마적 정서는 작품의 주제에서 찾아볼 수 있으며, 「썰물」의 경우 '개펄'의 이미지를 악마적 의미로 원형화 하는 데서 정서의 동질성을 느낄 수 있는 것이다. 푸른 물의 아름다운 풍경은 "썰물"에 의해 개펄 바다의 흑색 풍경으로 변화되어 괴기성을 맛볼 수 있게 한다. "간부"의 기구한 운명과 "개펄"의 개운치 않는 느낌이 상호 교체되는 데서 기이한 인식이 강화된다고 하겠다. 「기적」과 「루시의 죽음」은 죽음을 통하여 제재 자체를 해석하는 존재 학대의 악마적 정서를 또 다른 측면에서 발견할 수 있다.

> 적도 하의 밀림 속
> 코끼리의 시체 하나 썩고 있다.
>
> 독한 냄새로 사방에 기별하는
> 이제야 혼자된 이 기쁨
> 거대한 짐승은 제 몸을 헐어
> 필생의 대향연(大饗)宴)을 벌인다.

오라, 바람아
햇빛아, 미물들아
와서 먹고 마시고 취하라
여기 원래 그대들 몫이 있다.
　　　　　　　-「기적」[38] 부분

쥐약 먹고 죽은 쥐를 먹은
빈사의 루시
어두컴컴한 마루 밑에 숨어서
루시는 주인인 나를 보고도 이를 갈았다.
기억하라
반드시 갚고야 말리라
눈에는 눈 이빨에는 이빨을
루시는 이미 개가 아니다.
다만 증오
그 일점을 향해서만 타는
파란 백금 불꽃
일순
루시는 내 혈관을 뚫고 내닫는다
　　　　　　　-「루시의 죽음」[39] 부분

　“코끼리”의 주검에서 “상아”를 얻어내는 형식이나, 루시가 죽는 과정에서 드러날 수밖에 없는 “증오”의 양상은 묘사를 통해 악마적 화신

---

38) 이형기『꿈꾸는 한발』, 45-46면.
39) 이형기 위의 책, 47-48면.

으로 변신되는 것으로 풀이할 수 있다. 코끼리의 주검이나 루시의 죽음이 생명체에 대한 학대로 이질적인 상태를 드러내지만, 그것은 생명 의식과는 별개의 문제로 "썩"고 있는 코끼리 주검의 정황과 "쥐약 먹고 죽은 쥐를 먹"고 죽어가는 루시의 죽음에 대한 모티브가 악마적 이미지를 추출하게 된다. "코끼리" 주검의 경우 "시체"를 존재의 의미로 접근해 가지 않고 "썩"고 있음을 강변하는 데서 비극성이나 퇴폐성이 강하게 작용한다는 것을 보여준다. 이는 괴기성을 강조하기 위해 구체적인 묘사가 필요 없음에도 불구하고 '죽음' 자체를 다룸으로써 더욱 비극적인 학대 의도를 보여주는 것이다.

잔인한 악마적 근성은 "독한 냄새"의 "기별"이 비극성을 강화하는 데도 난데없이 "혼자 된 기쁨"이라는 당혹한 해석을 하는 상대적인 인식에서 작용한다. 마성은 부정적 심상에서 출발하여 지나치게 만족하는 것처럼 반전 이미지를 제시하는 형태에서 진작되는데, 이는 시니컬한 측면을 끌어내어 회화적 존재를 드러내게 한다. "주검"이 환기시키는 "혼자 된 기쁨"의 역설은 "썩"고 있는 존재의 비극을 순화하지 못하는 결과가 된다. 이는 황당하리만큼 우울한 인식으로 규정되어 단정적 사실에서 벗어나는 냉소적인 결론을 보여준다.

"필생의 대향연"을 전개한다는 것은 "썩"는 것이 비애가 아닌 축복으로 인식된다. "썩"는 냄새의 귀착점은 후각적 효과로 "향연"이 이는 "바람"에 의해 더욱 확산되어 풍성한 후각적 감각에 호소하게 되는 것이다. "썩"는 주검 위에 내리비치는 "태양"의 열기는 마치 생명력이 충천하는 것 같은 악마적 이미지를 드러낸다. 그러한 악마적 이미지는 상황을 더욱 비극적으로 인식하게 하고 괴기성과 퇴폐성을 강화하도록 유도하는 효과를 지니고 있기 때문이다. 더구나 "원래의 그대들 몫"이란 원초적 비극성을 제시하여 악마적 이미지가 심층화 되고 있음을 볼 수 있다.

「루시의 죽음」에서는 "기적"과 같은 복합적인 구조에 의존하지 않고 존재가 처한 비극에 대한 심리적 묘사의 연결로 악마적 정서를 환기시킨다. 첫째 "주인에게 이를 가"는 행위는 복수심의 발로인 것이다. "주인"은 "루시"에게 아무런 죽음의 단서를 제시하지 않았는데도 "이를 갈"며 원망하거나 "반드시 갚고야 말겠"다는 복수심으로 생명의 근원적 마성을 드러낸다. 둘째 생명을 가진다는 의미 자체는 존재의 숙명과 비극을 드러내는 결과를 초래한다는 이치를 보여준다. 셋째 "파란 백금 불꽃"을 피우는 "눈"과 "이빨"은 '개'라는 미물의 경지를 넘어서서 "증오"의 화신으로 변한다는 것을 알 수 있다.

이형기 시에 나타나는 빛은 「루시의 죽음」에서 죽음에 저항하는 빛의 상징이다. 이형기에게 빛은 소멸하는 육체의 한계를 극복하기 위해 신체 내부로부터 나타나는 생성의 빛이 된다. 이러한 생성의 빛은 어둠을 극복하는 역할을 넘어 죽을 수밖에 없는 인간의 조건을 거부하고 죽지 않게끔 변화하기 위한 힘이다.[40] 「동상」은 요한의 말씀에 부정과 회의의 관념으로 '칼'이 의미하는 악마적 복수를 '도끼'를 통해 보여준다. 이 시인은 "도끼"로 "발등을 찍"는 촉각적 행위를 통해 상징적인 복수를 악마적 이미지로 환치시키고 있다. '칼'보다 섬세하지는 못하지만 "도끼"의 둔중한 남성적 힘을 끌어내어 '동상 속의 얼음'을 찍어내겠다는 각오를 표명한다. 다음의 시 「동상」에서 존재의 학대를 통

---

40) 나민애, 「이형기 시에 나타난 몸의 변이와 생성 양상 연구」, 서울대학교 석사논문, 2004, 59면.

해 분출되는 악마적 이미지를 만날 수 있다.

> 발등을 찍자
> 아우여 그 도끼를 다오
>
> 세례 요한이 나무 밑에 두고 간
> 2천년 동안 버려져 있는 도끼
> 그것으로 이 발등을 찍자
>
> 凍傷의 발등
> 벌겋게 부어오른 가려움증
> 그 속에 박힌 얼음을 찍어내자 아우여
>
> 겨울 벌판엔 단 한 그루
> 悔恨의 나무가 서 있을 뿐이다
> 凍傷의 발등을 딛고 선 다리처럼
>
> (세례 요한의 외침에도 불구하고
> 하나님의 진노는 없었다
> 그래서 사람들은
> 나무를 모조리 盜伐해 가버렸다)
>
> 남은 그 한 자루 나무를 찍자
> 발등을 찍자
> 아우여 그 도끼를 다오
>
> ―「동상」[41] 전문

이 시편은 신약성서 요한복음서에 등장하는 종교적 일화이다. 세례 요한은 성서에서 도끼가 나무뿌리에 놓였으니 좋은 열매를 맺지 아니 하는 나무마다 찍혀 불에 던지우리라[42]고 설파하고 있다. "회한의 나무"와 "동상의 발등"은 상징적 활용으로 신비적 상징성을 수렴하는 것이다. 자기가 "자기 발등"을 "도끼"로 "찍"는 악마적 자해 행위는 모조리 도벌해 가버리고 남은 그 한 자루 나무를 찍음으로써 자기 학대의 관념을 심화하고 악마적 이미지의 감각을 일관화 시킨다. 열매 맺지 못하는 나무를 찍어버리겠다는 요한의 경고는 이형기에게 경건한 종교적 메시지가 되지 못한다. 오히려 요한의 경고는 촉각에 의존한 악마적 이미지로 작용하는 것이다.

열매 맺지 못하는 신약성서의 정황은 신앙심의 결여를 촉구한다. 그에 비해 「동상」에서는 비극적 구조를 끌어와서 겨울 추위에 상처를 낸 근본 요인인 발의 "얼음"을 뽑아내는 행위로 극적 전환을 시도하고 있다. "발등을 찍"는 일은 고도한 고통을 수반한 비극성을 동반한다. 화자는 자기 학대의 극단적인 행위로써 자기 극복의 방책을 제시하고 있다. 열매 맺지 못하는 '나무를 찍어버리겠다'는 경고는 구원받지 못하는 인간상의 악마적 이미지를 표출한다. 그러나 이 시에서는 단순히 자해의 행위로 비극성을 조장하여 악마적 정서를 불러일으키는 결과를 보여준다.

"도끼"는 세속을 향해 메시지를 선포하기 위한 요한의 도구가 아니라 혈육인 아우에게 간청하는 축소된 도구의 오브제가 된다. "도끼"는

---

41) 이형기, 『꿈꾸는 한발』, 48-49면, 이형기, 『풍선심장』, 68-69면.
42) 〈신약성서〉, 마태복음 3장 10절. 4면.

만상에 대한 파괴력을 가지고 있기 때문에 악마적 이미지로 활용되고 있다. 그러한 파괴력과 악마적인 이미지는 존재에 대한 학대 행위로 원초적인 악마적 정서를 내포한다. 구조적으로 그 "도끼"는 세례 요한이 두고 간 지 2천 년이 지난 무력한 도끼이다. 시적 화자의 절묘한 연상적 의미 부여가 구조적 합리성을 갖게 한다. 여기서 경건하고도 엄숙한 의미망으로부터 파괴적이고 비극적인 단계로 변화하는 계기를 보여준다. "도끼"는 이제 성스러운 심판의 도구가 아니라, 고작 얼어버린 발등에서 얼음을 찍어내는 자해 행위의 기능이기 때문에 악마적 이미지로 비쳐진다.

시적 주체는 "하나님의 진노는 없었"다는 인간 본위의 해석으로 사탄의 의도를 합리화 하고, 신의 권위에 대한 철저한 도전으로 참회는 커녕 오히려 "모조리 나무를 도벌해 가버"린 방종으로 악마적 정서를 심화시킨다. 마지막 연에서는 "남은 그 한 자루 나무"와 "발등"을 동일시하여 절대 권위에 철저히 불응하는 사탄의 내면 의식을 표명하고 있다. 절대 권위에 관계없이 시적 화자가 "발등을 찍"는 행위에 대한 퇴폐적 의도는 존재에 대한 학대의 단면을 투사하는 것이다. 이 시편에서 이형기는 단순한 종교적 양식을 통해 절대자의 권위와 경고를 도외시 하는 것으로 볼 수 있다.

「백치풍경」,「썰물」,「기적」,「루시의 죽음」,「동상」 다섯 편에는 존재의 학대를 통해 드러나는 악마적 이미지가 발견된다. 이 시편들은 증오나 자해 그리고 자기 학대 또는 자기희생을 통한 악마적 이미지의 일관화로 존재에 대한 학대를 표출한다. 이형기의 시편 중「바다」, 「장마」,「첨예한 달」,「바늘」에서는 자기의 상처가 아닌 객관적 상관물에 대한 연민을 바탕으로 타자의 고통을 드러내는 악마적 이미지를 발견하게 된다.

3. 타자적 고통

다음에 예시되는 이형기의 시편들은 타자적 고통을 통해 악마적 이미지를 드러내고 있다. 타자적 고통은 '고통'의 속성을 깨고 나가려는 "인간 상호간의 전망"이며, 타자의 부름에 대한 열림이 되는 윤리적 전망이다. 이는 자기의 상처가 아닌 객관적 상관물에 대한 연민을 바탕으로 표현된다. 레비나스의 타자적 고통에서 타자는 간섭하고 제압할 수 없는 대상으로 인식하며 타자적 고통이 지니는 속성을 고독성과 수동성, 부정성으로 분류한다.[43] 여기서 타자적 고통의 고독성은 타자는 간섭하고 제압할 수 없는 대상으로 인식하는 것이다. 즉 간섭당하지 않거나 제압될 수 없는 상황이 감당할 수 없는 외로움을 환기시킨다는 원리이다.[44] 「바다」, 「장마」, 「첨예한 달」, 「바늘」에서는 악마적 이미지를 통해 드러나는 타자적 고통을 느낄 수 있다.

어젯밤 나는 바다를 죽였다

작살의 섬광 아래
바다는 온몸을 뒤틀면서
단말마의 소리를 질렀다.

---

43) Emmanuel Levinas, 서동욱 역, 『존재에서 존재자로: *Existence and Existents*』, 민음사, 2001, 7-8면.
44) 윤대선, 『레비나스의 타자철학』, 문예출판사, 2009, 167-168면, 261-265면.

알고 보니 바다는

거대한 어둠의 흡반이었다.

나를 덮쳤다.

모든 길은 차단되고

동시에 모든 길은 개방되었다.

작살은 불꽃처럼 춤을 추었다.

죽이는 자와 죽임을 당하는 자의

그 살기찬 오르가즘!

어젯밤 나는 바다를 죽였다.

교미를 끝낸 或種의 곤충처럼

나도 함께 죽었다

　　　　　　　　　　　　-「바다」[45] 전문

　「바다」에서 "작살"에 의해 찌름을 당하는 "나"와 "바다"의 관계 설정은 타자적 고통이 배어있는 휘몰아치는 파도의 이미지를 염두에 두고 있다. "나"와 "바다"의 관계는 어느 편이든지 서로 타자가 되고 있으며 "나"와 "바다"는 각자의 고통을 극복하지 못하고 몸부림치는 상황에 놓여 있다. "나"는 "바다"의 날뛰는 물결 소리에 잠 못 이루며 그 고통 속에서 "바다"를 살해할 의도에 불타오른다. 또한 "바다"는 혼자 펼쳐져 있어야 하는 외로움 때문에 누군가의 간섭과 제압을 기대하는 정황에 처해 있다. 이때 "나"와 "바다"는 한결 같은 고통에 시달리게 되며 서로를 간섭하고 제압할 의도에 몸부림친다.

---

45) 이형기, 『꿈꾸는 한발』, 68-69면.

"나"의 "바다"에 대한 살해 의도가 실현되고 그로 인한 고통의 늪에서 "바다"는 몸부림쳐 해조음을 일으켜 세운다. 이는 "죽이는 자"와 "죽임을 당하는 자"의 "그 살기찬 오르가즘"을 통해 '파도'의 이미지로 생성된다. 특히 "죽였"다는 비극성은 타자적 고통의 악마적 이미지를 환기시킨다. 이것은 삶에 내재된 죽음에 대한 예감을 죽음의 충동으로까지 심화하는 어두운 세계 인식이다. 그러나 시인은 죽음에의 충동을 피하는 게 아니라 오히려 그것을 극대화함으로써 죽음이라는 근원적인 조건으로부터 생의 충동을 건져내는 방법론을 택한다.[46] 또한 "작살"에 꽂혀 퍼덕이는 현상은 파도의 철썩거리는 청각적 감각과 동시에 퍼덕이는 생선의 시각적 이미지를 창출하게 된다. 대상 대신에 제공하는 이미지를 통해 표상된 사물은 세계로부터 떨어져 나간다.[47] 예술의 탁월한 기능은 사물을 세계로부터 떼어내는 일이다.

"온몸을 뒤"트는 현상은 파도의 시각적 이미지로 작용하고 "단말마의 소리"는 파도의 청각적 이미지를 실현시킨다. 이는 "바다"를 살해함으로써 거대한 한 마리 상어의 고통을 인식하게 한다. "거대한 흡반"은 우울하고 처절한 "바다"의 색채 감각을 추출하는 통로가 된다. "바다"가 "뒤트"는 현상과 "단말마의 소리"는 "나"로 인해 제공되는 타자인 "바다"의 고통임을 암시하면서 동시에 한밤에 "나"를 잠들지 못하게 만드는 타자적 고통을 드러내고 있다. "나를 덮쳤"다는 진술은 상호간 고독의 심도를 더욱 더 확연하게 추측하게 하고 "나"의 생각마저도 짐작할 수 있게 한다.

---

46) 강유환, 앞의 박사논문, 42면.
47) 윤대선, 앞의 책, 261-265면.

"나"와 "바다"는 두 개의 "길"을 만나게 된다. 그것은 "차단되"거나 "개방되"는 길이다. 여기에 오면 이미 "바다"의 실재적 의미를 벗어나 시적 화자의 내면 의식에 직면하게 된다. "차단되는 길"은 "나"와 "바다"의 내면적 한계를 드러낼 뿐이다. 이미지가 세계 안에 들어오자마자 세계 안의 표상된 대상들은 세계 밖으로 추방된다. 그것이 세계 안에 들어오자마자 외재화 되는 것은 그것이 가진 타자성 때문으로 볼 수 있다. 타자를 간섭하지 못하는 "길"의 측면에서 오히려 서로 더 깊은 외로움에 빠지게 되고, 반대로 '개방되는 길'은 오히려 서로 소통하며 외로움을 달래주고 감싸주는 방향이라 할 수 있다.

"나"의 인간적 정서가 "바다"의 자연적 현상에 동참하는 것은 자연에 대한 깊은 이해와 수용적 측면이며 "바다"의 자연적 가치가 인간에게 더욱 풍성한 것으로 인식된다. "죽이"는 "나"와 "죽임을 당하"는 "바다"의 "오르가즘"을 표현하는 이미지는 인간과 자연의 화해를 의미하고 있다. 여기에서 "살기찬"이라는 수식어는 악마적 이미지의 상징적 의미를 강조하는 것이다. 결국 인간과 자연의 합일은 "죽음"으로 승화된다. 다음으로 살펴볼 「장마」는 의식의 관념이나 인식론의 입장에서 분석이 가능할 것이다. 「바다」에서 "나"와 "바다"의 관계를 통해 고통의 한 축이 되는 고독성을 규명한 것처럼 「장마」에서도 자연 현상인 "장마"와 인간으로서의 "황제"의 관계를 통해 의식의 관념이 명백해진다. 다음의 시에서 "장마"가 빚어내는 다양한 인식은 의식하는 실체가 물질이 아니라, 정신이라는 관점에서 출발할 때 자연 현상의 하나인 관심의 표적이 된다는 것을 밝혀낼 수 있다.

터진 내장이다

한 무데기 회충을 쏟는다

어느새 기정사실이 되어 버린

이 연금 상태

황제는 계속 무전을 치지만

그야말로 격화소양일 수밖에 없는

창궐하는 무좀이다

폐하 난중이옵니다 고정하소서

바야흐로 여름은 퇴비처럼 뜨고 있다

또 갈아대는 증시

진종일 차지도 않고 뜨겁지도 않으니

내 그대를 입에서 토해 내치리라
　　　　　　　　　　　　－「장마」⁴⁸⁾ 전문

　자연과 자연적 현상에서 드러나는 온갖 양상은 고독과 우울의 인간
적 속성으로 상징화되고 있다. "터진 내장"은 실재하는 "장마"라기 보
다는 우주적 인식을 바탕으로 하는 하늘의 이미지를 절감케 한다. 「장
마」는 다분히 악마적 이미지에 의존하면서 타자적 고통에 의한 악마

---

48) 이형기, 『풍선심장』, 57면.

적 비극성을 강조하는 것으로 볼 수 있다. "터진"의 거친 어조는 훼손되는 데서 괴기적 인식이 강조되는 악마적 이미지라 할 수 있다. 이형기의 시는 이렇게 하나의 수식어에서도 그로테스크한 색채를 띤다. "한 무데기의 회충" 역시 세계에 대한 비극성과 부정성을 표출하는 외에 빗줄기의 정신적 혹은 촉각적 인식을 환기시켜준다.

시적 화자는 "기정사실"과 "연금 상태"를 통해 타자의 고독성과 수동성을 인지하게 한다. 결국 "황제"는 고독성을 탈피하기 위한 몸부림으로 무전을 치지만, 인간의 고통에 대한 몸부림은 이런 비극적인 사태 또는 고독한 경지를 탈피하지 못한 채 자연 앞에 무력화되어 있다. 시적 화자는 이를 "격화소양"으로 설명한다. 신발을 신은 채 발바닥을 긁는다는 '격화소양'은 감각적인 것이 아니라 상징적인 것이다. 이는 기상 현상에서 오는 자연에 대한 인간의 고통을 강조하는 것으로 볼 수 있다. "장마"는 마음으로는 사라지기를 애쓰지만 지루한 비극과 외로움이 좀체 거두어지지 않는다는 "황제"의 어쩔 수 없는 처지를 대변하고 있다.

"장마"는 아무리 외로워해도 물러갈 기미가 보이지 않고 인간의 맹목적인 뜻이 겉도는 상황을 보여준다. 인간에 대한 타자의 고통이 '장마'의 측면에서 형상화되기 때문이다. "내장"에서 "회충"으로 변화하는 이미지는 "연금 상태"에 이르고 더욱 세밀한 감각적 접근으로 마침내 "무좀"의 지경으로 이월된다. "무좀"에 대한 감각적 특질은 촉각적 속성으로 드러난다. 시작과 끝이 애매모호한 '장마' 현상이 '무좀'의 좀체 치유되지 않는 고통으로 비유되는 것이다. "회충"과 "무좀"이 지닌 악마적 상징성은 "장마"에 빗대어져 지루한 자연 현상이 지닌 부정적 인식으로 강화된다. "격화소양"의 관념적 해설에서 세계의 감각적 부정성이 형상화되고 있다.

　구체화의 어조는 대화체로 풀려나간다. 이는 불가항력의 자연 현상을 "난중"이라는 특수한 인간사에 비유한 시적 의미의 변화와 더불어 타자적 고통의 강화에 대한 효과를 점층화 한다. "한 무데기 회충"과 '한 그릇의 쌀밥'을 비교했을 때 드러나는 차이점은 괴기적인 것과 유미적인 것이다. 이를 통해 「장마」에서 "회충"이나 "무좀"은 악마적 상상력을 심화하는 효과가 있다. "뜨고 지는 여름"은 "바야흐로"로 전환되는 구조에서 고통을 한층 더 가중시킨다. 이는 지리한 자연 현상으로 강조되는 타자적 고통에 대한 비극성이라 할 수 있다. "여름"은 작렬하는 태양에 의해 만상의 푸른 생명력이 고취되는 계절이 되어야함에도 불구하고 '장마'로 인해 무좀이 창궐하는 연금 상태가 되고 있다. 이는 '장마'가 생명력을 키우는 태양을 제지하여 비극적 계절이 되고 있음을 상징적 이미지로 그려낸다.

　"갈아타는 증시"는 의식상의 고독한 관념을 보여주는 증권 시장 주가의 끝없는 상승과 하강의 현상을, 언제 끝날 지 알 수 없는 날씨에 비유적으로 접근하여 타자적 고통의 목소리를 예측할 수 있게 한다. 이 시에서는 "차지도 않고 뜨겁지도 않"은 "장마"의 현상을 대상에 대한 악마적 이미지로 드러낸다. 이러한 어조는 신약성서 묵시록 3장에 기술된 것으로 미지근한 인간들의 신앙심에 대한 척도로 견주어 볼 수 있다. 또한 "내 그대를 토해 내치리"라는 경구는 연일 갈아대는 증시나, 퇴비처럼 뜨는 여름의 지리한 "장마"가 창궐하는 무좀이나 터진 내장처럼 멈출 생각을 않고 쏟아져 내리는 대상에 대한 타자적 고통의 비극성을 의미하는 것이다. 이 시의 핵심은 자연 현상이 인간에게 던져주는 타자적 고통에 대한 비극성이다. 의식의 관념이 되는 "장마"

의 속성이 물질적인 차원에서 분석되는 것이 아니라 정신적이거나 상
징적인 인식의 차원에서 의미가 명확해진다. 이에 비해 「첨예한 달」에
서는 존재의 측면에서 더 이상 확실한 "물증"이 있을 수 없다는 확신
이나 신념을 내비치는 악마적 이미지가 발견된다.

　　암살은 틀림없이 감행되었다.
　　물증보다도 확실한 심증
　　심증보다도 더욱 확실한 것은
　　저 상현의 달이다.

　　자객이 누구냐고 묻는가
　　피살자가 누구냐고 묻는가
　　보라 저기 저 고산 만년설에 꽂혀 있는
　　한 자루 비수
　　대답은 이미 소용없는 시간이다.

　　눈물은 과거의 인류가 모두 흘리고
　　지금 남아 있는 것은
　　다만 이 첨예한 겨울 나의 노래
　　소리 없는 외마디 소리의 스타카토

　　드디어 밤은 절명한다.
　　그렇다 밤은
　　죽지 않으면 다시 살아날 수 없다.
　　往生하라 死者

너를 축복하는 一片의 이미지
자객의 눈초리는 복면 속에서 빛나고 있다.
          -「첨예한 달」[49] 전문

초승달은 어두운 밤하늘에 사람의 눈초리같이 보인다. 초승달은 시각적 이미지를 통해 가면을 쓴 채 복수를 하려는 것으로 표현되고 있다. 따라서 매일 밤마다 외로이 찾아드는 "달"의 정체야 말로 타자적 고통으로 신음하는 피해자의 눈초리가 된다. 이 시에서는 "첨예한 달"이 환기시키는 시각적 이미지로 고통의 심정을 투사하고 있다. 이때 고통의 구체화는 일종의 가정적 방법으로 암시된다. 그 가정은 비유적 장치로 활용되고 있으며 시각적인 감각으로 형상화되고 있다.

이형기의 '칼'은 동적인 상징으로 시 속에서 육화된다. 이미지의 탄력성은 독특한 소재나 충격적인 언어 조합에서 온다. 이와 같은 역동성이나 탄력감은 새로워야 한다는 악마적 이미지의 요구에 응답하는 것이다. 어두운 밤의 장막은 타자적 고통을 복수하기 위하여 눈초리만 내어놓고 가해자에 대한 "복수"를 노리는 "복면"으로 설정되어 있다. "첨예한 달"은 그 "복면" 속에 얼굴을 감춘 채 눈을 두리번거리는 보조관념이다. "상현달"은 마치 복수심에 불타는 자의 "비수"처럼 날카로운 형상으로 눈부시게 빛난다.

여기에는 날카로운 현상이 개입되어 있으며, 날카로운 빛살이 내포되어 있다. 우주적 "복면" 속에서 날카로운 형국으로 날카로운 빛을 쏘아대는 눈초리의 존재가 노리는 것은 "암살"로 구조화 된다. "틀림

49) 이형기, 『꿈꾸는 한발』, 34-35면, 이형기, 『풍선심장』, 64-65면.

없이 감행"된 암살의 시작은 타자적 고통이 실린 고독함을 풀겠다는 복수를 예고하고 있다. 타자적 고통은 하나의 행위로 실현되거나 일련의 가정에 의하여 드러난다.[50] 근원적으로 외로움의 굴레를 뒤집어쓰고 몸부림치게 한 또 다른 타자는 아직 규명되지 않고 있다. 그것은 어디까지나 "물증"이 필요하지만 우선 "심증"으로부터 시작하여 그 "심증"을 토대로 "물증"을 확보하려는 노력이 명백해진다. 이런 노력을 통하여 "달"은 더욱 날카로운 형상을 띠게 되며 날카로운 눈빛으로 세계를 노려보게 된다.

"복면"을 한 눈초리의 주체는 "자객"으로 밝혀진다. 여기서 악마적 이미지는 더욱 확산되어 "달"은 "자객"이 "감행"할 행위의 도구인 "비수"로 발전한다. "달"의 악마적 이미지는 복수심에 몸부림치는 "자객의 눈초리"와 떨고 있는 손에 쥐어진 "비수"로 확대되는 것이다. 이런 이미지는 시인의 지나치게 자의적이며 무절제한 의미 제시로 볼 수 있지만 역동적인 이야기 구조에 실려 약동하는 "달"로 승화된다. 고통을 떨쳐버리기 위해 "복수"에 나선 "자객"의 존재적 의미가 확대되어 나타나는 것이다.

"자객"은 자기만의 고독에 몸부림치는 것이 아니라, 세계와 우주가 근원적으로 안겨준 외로움을 덜기 위해 날카로운 "비수"를 한 손에 잡고 있는 형태를 드러냄으로써 악마적 이미지의 전환을 시도한다. "자백"의 정체는 오직 "눈"만 내어놓고 전신은 우주의 어두운 "복면"에 가리고 있는 것이다. 시적 화자가 감수하는 고독감이 "복면" 속의 얼굴뿐만 아니라 전신으로 확대되어 결국엔 "달빛"이 닿는 만큼의 범위

---

50) 윤대선, 앞의 책, 261-265면.

까지 확산되고 있다.

셋째 연에서는 존재가 짊어진 숙명적인 비극성이 두드러진다. 그 고독의 파장은 세상에 태어나는 것만으로도 숙명적인 비극을 얻게 되는 시간을 뛰어넘는 "외마디 소리"가 되어 어두운 하늘 한켠에서 외로운 "달"로 걸려 있다는 상징적 접근이다. "달"의 "첨예"한 이미지는 시각적인 데서 발전하여 청각적인 기능까지도 감당하게 되기 때문이다. 그리고 "달"은 "죽지 않으면 다시 살아날 수 없"는 신비로운 삶의 이치에 접근한 달로 형상화 된다. 결국 "달"은 초승달에서 그믐달로 이어져 다시 보름달이 되는 만상의 순환 원리를 부각시키는 출발점이면서 비극이 되는 소멸의 전 단계를 취하는 존재의 비극성이다.

하현달은 만년설 덮인 고산 위에 떠 있다. 하현달은 바로 죽임을 감행한 자객이면서 비수다. 겨울밤은 하현달에 의해 절명한 피살자가 된다. 눈물조차도 과거의 인류가 모두 흘렸기 때문에 "지금 남아있는 것은/ 다만 이 첨예한 겨울"의 노래일 뿐인 겨울밤이라는 것이다. 하현달은 과거로부터 현재까지 순환성 속에서 죽었다가 초승달로 새로 태어나는 소멸과 생성을 반복해왔으므로 '눈물'이나 '울음' 또한 생성에 대한 기다림으로 다져진 인내가 된다. 겨울밤은 곧 시인의 세계인 시가 되어 시의 절명, 비수라는 시의 언어로써 시를 죽인 것으로 보고 있다. 따라서 어두운 겨울밤은 부조리한 현실 세계이며 그것을 나타낸 시인의 시 라는 것이다.[51]

이 시편은 시종일관 톤이 굵고 장엄한 분위기로 전율적인 효과의 악마적 이미지를 나타낸다. 그리고 공포감이나 위압감에 대비적으로

---

51) 최옥선, 앞의 박사논문, 101-102면.

적막감과 정밀감까지 발산시킨다. 이 시는 이형기 자신만이 가진 언어 구사력을 통해 시적 대상물이 가진 다양한 상징성을 성취하고 있다. 「바늘」은 단순한 언어유희를 뛰어넘어 언어 예술의 시적 의의를 보여주며 시적 화자의 고통에 대한 콤플렉스가 표출된다. 이형기는 다음의 시 「바늘」에서 자기 학대를 통한 고통으로 카타르시스의 경지까지 끌어올리는 힘을 보여준다.

나는 나의 심장을 바늘로 찌른다
심장은
살아 있는 그대로 조용히 멎는다

그 완전무결한 죽음
바늘은 비소(砒素)처럼 청결하다

신의 표본상자엔 무수한 나비들이
별이 되어 꽂혀 있다

은하여, 하루살이의 혼령
공중에 뜬 도성(都城)의 불빛이여

너의 눈동자를 바늘로 찌른다
그 속에 감춰진 꿈
한 마리 아편벌레를 잡는다

－「바늘」[52] 전문

---

52) 이형기, 『풍선심장』, 58-59면.

'바늘에 찔린 심장'은 "살아 있는 그대로 조용히 멎"음으로써 "살아 있"음과 "조용히 멎"음의 상충 관계를 통해 일련의 모순적 관계가 성립된다. 일단 "멎는"다는 이치는 죽음과 직결되어 있는데도 불구하고 "살아 있"는 실체로 미화된다. 악마적 이미지는 '바늘로 찌르는 심장'의 그로테스크한 상징이 만들어내는 악마적 행위로 더욱 명료해진다. 이 경우에는 악마적 이미지의 명징성이 역설적 사유에서 드러난다. "조용히 멎"는 위상은 "살아 있는 그대"로 내면적 염원에 불과하여 현실이면서 동시에 고통을 초극하는 것이다.

'나의 심장을 바늘로 찌'르는 "완전무결한 죽음"을 형상화하는 폭력적 결합 역시 그로테스크한 시어 창출이 된다. 더욱이 자해 도구가 "비소처럼 청결하다"는 독설은 그러한 시어 창출의 극단적인 모습으로 볼 수 있다. 여기서 쓰인 기법은 감상적이거나 배타적이지 않으면서도 시정을 배양하여 이형기를 속단하지 못하게 하는 단서가 된다는 점에서 시사하는 바가 크다.[53]

둘째 연에서는 또 다른 모순이 감행된다. 논리적 모순의 극대화는 "살아 있는 그대"로 죽는 모순적 형용을 토대로 "완전무결한 죽"음을 이끌어낸다. 이때 "완전무결"한 이미지가 매혹적 가치를 발휘하게 되고, 시인에게는 "완전무결"함이 정서적 가치가 된다. "비소"에 대한 직유는 "완전무결"과 "청결"의 상징적 이미지를 통해 생명 의식의 "청결"과 "완전무결"함의 가치를 나타내고 있다. 이는 "심장"의 약동만으로는 "완전무결"한 생명의 가치를 다하지 못하는 생명 자체의 존엄과 가치에 대한 지적이다. "완전무결"함과 "청결"성은 현실적 생명이 유

---

53) 김동중, 앞의 박사논문, 72면.

한하지만 정서적 또는 정신적 생명의 의의는 무한한 상태로써 역설적 상징의 고통 의식이 강화된다고 하겠다.

이 시편의 구조는 점층적인 형태에 의존하고 있다. 즉 "신의 표본상자"를 제시하여 보편적인 세계를 뛰어넘는 이상적 세계를 제시한다. 밤하늘에서 빛나는 "별"들은 "바늘"과 연루되어 "나비"처럼 "바늘"에 꽂힌 채 반짝이고 있다는 상징적 장치를 보여준다. 때로 "바늘"에 꽂혀있지 않은 "별"들은 혜성처럼 쏟아져 내릴 수 있다는 가상적 사색에 잠길 수도 있다. 넷째 연에서는 이미지가 난무한다. 인간의 시야를 어지럽히는 이미지는 "은하"에서 연상되는 "하루살이 떼"와 "도성의 불빛"들이 마치 "바늘"에 꽂힌 "나비"처럼 보인다는 것이다. "바늘"의 "청결"성은 악마적 상징성을 강화하고 있다.

수미상관적 구조는 더욱 치열한 정서를 보여준다. "눈"은 정신적 가치의 총체가 된다고 볼 수 있다. "심장"의 비중에 높은 의미를 부여하는 실체는 현실적인 의미에 불과하다. 이에 비해 "눈동자"의 정신적 가치는 "심장"과 비교될 수 없는 넓이와 깊이를 함유하고 있다. 화자는 "바늘"로 "눈동자"를 찔러 "꿈"을 저해하는 "아편벌레"를 제거하고 자기 발견의 목표에 도달한다. 이 작품을 통해 이형기는 다소 무리한 수사적 장치를 구사하고 있다. 「바다」, 「장마」, 「첨예한 달」, 「바늘」에서는 악마적 이미지가 발현된다. 악마적 이미지는 그로테스크한 언어에 의한 전율과 존재에 대한 학대 그리고 타자적 고통에 의해 표출되고 있다. 이형기 시에 나타난 악마적 이미지는 고통을 해소시키는 수단으로 자기 학대의 방법을 취하고 있는 것이다. 생명의 자해 행위는 자기 학대의 극단적 처방으로 외로움을 탈피하려는 어리석은 노력이다. 이는 악마적 이미지의 토대 위에서만 가능하다고 하겠다. 존재에

대한 학대는 사탄의 원초적 속성을 차용하여 야기되는 악마적 이미지
로 잔인하고 비윤리적이며 비인간화의 극치를 보여준다.

　이형기의 시에 나타나는 악마적 이미지는 타자적 고통으로 인한 실
존적 고뇌를 보여주고 있으며 그 원형에 대한 절망과 전율의 상징을
이끌어낸다. 플레밍거의 상징적 이미지가 반복적으로 전개되는 물질
을 통해 얻게 되는 원형적 이미지라고 한다면, 그의 시에 나타나는 악
마적 이미지는 원형적 이미지가 되는 상징적 이미지에 그 근거를 두
고 있다.

역설적 이미지와 실존의 모순

역설[1]은 고대로부터 키케로, 퀸틸리언(Cicero, Quintillian) 등과 같은 수사학자들에 의해 비유로 인식되었다. 역설의 어원은 라틴어로 'para-doxa'이다. para는 beyond(벗어난) 또는 wrong(그릇된)의 뜻으로 '벗어나고 그릇된' '모순'이라는 것이다. 역설의 서구적 단어인 패러독스는 그리스 어원에서 para와 doxa로 모순되어 보이지만 실제로는 옳은 것, 혹은 옳아 보이지만 실제로는 모순된 것을 말한다. 패러독스에서 para는 '넘어선', doxa는 '견해'를 의미한다. 역설은 '그릇된 모순'이나 '넘어선 견해'로 둘 다 어원상으로는 보편적 견해를 넘어선 모순이라는 뜻으로, 부정하기 힘든 추론 과정을 거쳐서 받아들이기 힘든 결론에 활용하는 어법이다. 역설이 문제가 되는 이유는 부정하기 힘든 추론 중에서 무엇이 틀렸다고 지적하기도 어렵고 받아들이기

---

1) 문정희, 「한용운 시에 나타난 역설과 자비의식 연구」, 『우리문학연구』 24, 우리문학회, 2008, 6, 230면.

힘든 결론은 옳다고 인정할 수도 없기 때문이다.

역설은 비모순의 법칙에 대한 반개념을 뜻하며 비논리적인 사실이라고도 할 수 있다. 역설은 시적 비유 중에서 바로크 시대에 핵심적 위치를 차지하게 된다. 이후 17-18세기에 와서 역설에 대한 선호가 두드러져 Poe가 영웅시체 창작에서 널리 활용한다.[2] 그리고 브룩스[3]에 의해 중요한 시적 원리로 강조되기에 이른다. 브룩스는 역설을 아이러니와 동일시하였다.[4] 이는 아이러니의 개념을 역설의 원리로 심화시킨 것이다. 이처럼 모순되는 것이 서로 통일을 이루게 되어 고차원적인 조화로 나타나는 것을 패러독스라 한다.

역설적 이미지는 겉으로 드러나는 표현이 아니라 내적 의미로 모순을 유발하여 이질적인 이미지를 융합시킨다는 실존적 자각이다.[5] 이형기 시에 나타난 역설적 이미지는 우로보로스 시학이나 공사상(空思想)을 바탕으로 한 상상력[6]의 모순, 상반된 이미지를 드러내는 관념어의 결합 양상, 주체의 내향을 성찰하는 태도가 담겨 있다. 이형기 시의 역설적 이미지는 불교적 상상력의 초월과 비약이 중요한 요소로 작용하고, 표면적으로 드러나는 모순적인 이치에도 불구하고 어떤 진실을 내포하는 양식에서 표명하는 시적 이미지다. 이형기의 의도는 낙관적 세계관[7]으로 겉으로 드러난 표현 보다는 내적 의미로써 모순을 야기

---

2) 김학동, 조용훈, 앞의 책, 214면.
3) 오세영, 앞의 책, 123면, (재인용) Clenth Brooks, "Lange of Paradox", The WellWrought Urn(N.Y. : Harvest, 947).
4) 브룩스가 무시한 '역설'과 '아이러니'의 차이는 진술 방식에서 차이가 존재한다.
5) Alex Preminger, 앞의 책, 365면.
6) 홍신선, 「한국시의 불교적 상상력 연구」, 『한국어문학연구』 43, 한국어문학연구학회, 2004, 8, 37면.
7) 남정희, 「한용운 시의 역설과 그 의미」, 『국제어문』 53, 국제어문학회, 2011, 12, 76면.

하는 시적 목적을 구현하고 있다.

　이형기 시의 절망감이나 전율은 긴장감을 불러일으키는 모순에서 드러난다. 그것은 배반감으로 이어지는 순리적인 이미지다. 그의 시에서 모순과 배반 그리고 전율은 시적 창조의 비결인 동시에 좋은 방법적 도구이다. 이형기 시에 나타나는 역설적 이미지는, 니체의 『비극의 탄생:Die Geburt der Tragodie』에서 '죽음'이 바로 삶의 시작이라는 디오니소스적 긍정의 역설을 구현할 수 있다는 주장과 상통한다. 특히 그는 「절벽」의 자서[8]에서 인간은 한 번밖에 죽지 않는 삶의 일회성을 살고 있지만, 시인은 죽은 적이 없으며 죽은 체 했을 뿐이고 은밀한 시간 속에 살아 있다고 말한다. 이형기 시의 구조적 양식은 자서에 나타난 역설적 인식에서도 알 수 있듯이 감정의 배리적 태도로 구체화되어 시 전편에서 나타난다.

　이형기 시에 나타난 역설적 이미지는 대상과 대립적 매체의 모순적 충돌, 그리고 풍자와 우화의 비유를 통해 삶의 역설적 접근을 시도한다.[9] 이 시인의 다음 시편들은 실존적 깨달음과 풍유성, 비극의 한계성, 모순과 배반의 창조를 통해 역설적 이미지를 표출하고 있다. 역설적 이미지는 겉으로 드러나는 표현이 아니라 내적 의미로 모순을 유발하여 이질적인 이미지를 융합시킨다는 실존적 자각이 되기 때문이다.

---

8) 이형기, 『절벽』, 「시인의 말」 5면.
9) Alex Preminger, 앞의 책, 364면.

1. 실존적 깨달음과 풍유성

이형기 시에서 역설적 이미지는 보편적 의미를 뛰어넘는 실존적 자각으로 풀이된다. 실존이란 표면적으로 드러나는 존재 의미가 시적 지평의 전부가 아니라는 관점에서 대체로 분노와 위선 또는 풍자성에 이르기까지 세계의 진실을 관통하고자 한다. 이형기에게 '시'라고 하는 것은 서정성에 고착된 것이 아니라, 시적 진실을 찾기 위해 시를 발견하고 실험하려는 이념적 자세라고 할 수 있다.

이형기는 시적 진실을 찾기 위해 아직 밟지 않았던 새로운 길을 모색하고 시에 대한 의욕을 스스로 실현시킨다. 그는 시적 개혁을 시적 창조로 인식하는 새로운 지평에 초점을 맞추고 있다. 그의 시에서 역설이 내포하는 의의는 시적 구조의 평면성을 넘어서고 진정성을 발휘하는 특성으로 시의 내면적 가치를 표명하는 데 있다.

「폐차장에서」, 「완성」, 「원형의 눈」, 「죽지 않는 도시」에서는 악마적 이미지와 역설적 이미지를 동시에 드러내는 특징을 가지고 있지만, 역설적 이미지가 더 심화되어 나타난다. 「폐차장에서」, 「완성」, 「원형의 눈」, 「죽지 않는 도시」의 역설적 이미지에는 실존적 깨달음과 풍유성이 내재되어 있다.

먼저 「폐차장에서」가 보여주는 '폐차'의 경우는 일종의 기계적 대상에 불과하지만 화자의 의식 저변에 인간적 상실감이 배어 있다. 이는 인간의 기능이 시간성을 극복하지 못할 때 오는 절망감으로 보인다. 화자는 "죽음을 살고 있"다는 역설적 표현에서 시간이 가져다주는 폐해를 통해 상실감이나 절망감에 안주하지 않고 있음을 표현하고 있다. 아래의 시편 분석을 통해 화자는 '죽음을 산다'는 모순된 표현으로 표면상의 진술과 내면적 의도가 상충하고 있음을 살펴볼 것이다.

> 이제는 아무 쓸모없이 망가져
> 이 폐차장에 모두 버려져 있다
> 그러나 우리는 죽지 않았다
> 죽음을 살고 있다
> 미심쩍거든 가까이 와서 봐라
> 저마다 눈알이 빠진 헤드라이트
> 불길한 동굴처럼 퀭하게 뚫린 우리의 두 눈을
> 다시는 불을 켤 수 없기에 우리는
> 이 세상 모든 불이 꺼져버린 그 날을 보고 있다
> 그것은 쇠로 된 시체들이
> 쇠로 된 거대한 무덤 하나로만 가득 차 있는
> 문명의 폐허
> 그리고 우리가 거기서 와 거기로 돌아가는 우리의 고향
> 미래의 그 황량한 벌판에 짙게 깔린 어둠을
> 눈알이 빠진 두 눈으로 빠끔하게
> 아니 확실하게
> 지금 우리는 꿰뚫어보고 있다
> 　　　　　　　　　　-「폐차장에서」[10) 전문

　　이 시의 전반부는 '폐차장'의 현상을 실제적으로 서술한 데 비하여
후반부는 '폐차장'의 내면적 의의를 진술하고 있다. '폐차장'은 현실적
인 차원에서 양로원이나 요양원 등의 복지 기관들과 비유적으로 연결

---

10) 이형기, 『죽지 않는 도시』, 28면.

되어 있다. 그 대상은 "쓸모없이 망가"진 폐차이며 대상이 처한 "버려"
진 존재들의 공간이 소개된다. 모든 사물들은 폐차뿐만이 아니라 "쓸
모없이 망가"지면 "버려"질 수밖에 없기 때문이다. 화자의 의도는 단순
히 폐차에만 집착하지 않고 시간의 진행에 따라 생물이나 무생물은 노
쇠하고 기능이 부실해져 "쓸모없이 망가"지게 되고 "버려"지게 되는 것
을 노래하고 있다는 것을 알 수 있다.

'죽음을 산다'에서 '산다'는 "죽음"이라는 상황을 지속하는 실존적
깨달음으로 합리화시키는 것이다. 이는 "죽음" 자체의 지속성으로 삶
의 의의를 바라보는 태도이다. '죽음'이 곧 '삶'이며 '삶'이 곧 '죽음'이
라는 식으로 '죽음'과 '삶'의 통상적 견해를 역설적 이미지로 초월한
다. 화자는 죽음이 죽음을 초월하여 생명 의식으로 승화되는 '죽음'의
역설적 이미지를 규명하고 있다. 비록 '쓸모없이 망가져 버려진' 폐차
이지만 "죽지 않았"다는 강변을 통해 "죽음" 자체의 진실을 표명한다.
이는 시에 있어서의 보편적 인식과 방법론을 초월한 역설적 진술이
된다.

"죽음을 살고 있"다는 역설 논리가 보편타당성을 가질 수 있다는 단
서로 "눈알이 빠진 헤드라이트"를 제시하고 있다. 이는 다시는 "불을
켤 수 없"는 눈알로 "이 세상 모든 불이 꺼져 버린 그날"을 유추하는
근거가 된다. 그 근거는 "헤드라이트"의 이미지를 규정하게 되고 동시
에 그런 추론적 근거 때문에 "죽음을 살고 있"다는 단정을 주저하지
않는다. 여기에서 화자는 "모든 불이 꺼진 그날"은 말세이며 폐차의
"눈알"에서 세상의 종말을 찾아내고 있다. "헤드라이트"는 일종의 예
언자적 기능을 감당하고 있으며, 폐차된 "눈알"은 제 기능을 할 수 없
기 때문에 존재의 영원한 "죽음"을 형상화 한다. "눈알"이 있으면 "불"

이 켜져야 하는데 마땅히 "불"을 밝혀야 할 "눈알"이 불이 꺼진 '말세'를 보여줌으로써 역설적 이미지를 성취하게 된다.

"폐차장"은 "문명의 폐허"로 비유되어 종말론의 한 양상을 구체화하고 있다. 종말론은 기독교적인 사색에서 드러나는 추론이지만 시인은 "쇠로 된 기계"의 부품에서 세상의 종말과 "문명의 폐허"까지도 발견해내고 있어 시적 다양성을 구축하게 된다. 그리고 "우리의 고향"인 피안의 경지까지 폐차장의 의의를 역설적으로 확대시키는 것을 볼 수 있다. "거기서 와 거기로 돌아가"는 피안과 차안의 관계를 통해 피안인 "거기"서 차안의 "거기"로 왔다가 다시 "거기"의 피안으로 돌아가는 역설적 이미지를 드러낸다.

이것은 불교학을 전공한 이형기의 불교적 지성에서 드러나는 한 단면으로 볼 수 있다.[11] 이형기는 동국대 불교학과 출신이며 조계종 종립대학인 동국대 교수를 역임했다. 그는 「근대시에 나타난 불교적 요소」, 「시와 불교가 만나는 자리」, 「불교시와 선시」 등의 논문과 평론을 썼으며 「석가모니」라는 소설도 썼다. 이를 통해 그의 시에 자주 등장하는 날카로운 역설적 수사법이나 정치한 시적 변모 과정은 절대허무를 통한 공사상과 제행무상사상, 윤회사상으로 발현되고 형상화된다. 거기"가 현시하는 "고향"은 곧 "폐차장"이며 미래의 황량한 벌판으로 전개된다. 여기에서 의식의 진폭을 추측해보게 된다. 화자는 아직 죽지 않은 우리의 두 눈을 "어둠"을 "확실하게 꿰뚫어보"는 "눈알 빠진 헤드라이트"로 규명하고 있다. 폐차장을 통해 "거기서 와 거기"로 돌아가는 차안과 피안의 원리와 그 한계를 초극하는 폭넓은 시적 세계

---

11) 김동중, 앞의 논문, 한양대학교 박사논문, 2012년 6면.

를 끌어내고 있는 것이다. 앞의 시「폐차장에서」에 비해 다음의 시「완성」은 '깨어진 그릇'을 대상으로 실존적 깨달음을 통한 역설적 이미지를 선명하게 보여주고 있다.

쨍그렁!
부딪히는 소리와 함께
그릇은 깨어져 버렸다

박물관에 모셔둔 상감청자
또는 하잘 것 없는 국밥집 뚝배기

어쨌거나 그것은
아차 하는 순간에 박살이 나버렸다

다시는 복원할 수 없는
그것은 그러나
그때 비로소 완성된다

깨어지고 나서야 없음으로 돌아가
제기랄 편히 쉬고 있는 것

이제야 그것은 보이지 않게
완성되어 있다
　　　　　　　　　　　-「완성」[12] 전문

"깨어지"고 "완성되"는 것은 동일적 존재 의의로 볼 수 있다. 이는 극과 극이 상통하는 가치를 바탕으로 한 역설적 이미지이다. '깨어진 그릇'은 이미 '쓸모없이 망가'진 존재로 '버려'질 수밖에 없는 쓰레기에 불과하다. 그러나 깨어진 그릇 조각은 조각 자체가 내적 질감의 변화가 없기 때문에 그릇의 속성은 변하지 않는다. 여기서 "박살"은 물체의 끝을 나타내는 것이 아니라, 그 자체로서의 가치가 소멸되지 않는 '시작의 끝'을 시사하고 있으며 "완성"은 다시 회귀하는 생명 의식을 역설적으로 보여주는 것이다.

역설적 이미지는 어둠을 통해 빛으로 죽음에서 부활로, 무생명체에서 생명을, 비존재성에서 존재성으로 역설이라는 하나의 끈으로 이어져 있다.[13] 이 시편의 전반부는 표면적 논리에 의해 사실적인 진술로 드러난다. "상감청자"와 "뚝배기"를 통해 "그릇"이 지닌 의미망을 확대시킨다. 물리적 가치의 이분법은 귀한 것과 천한 것의 구분을 통해 인간 가치에 대한 원리가 개입된다. "상감청자"는 식견이 높거나 인격이 출중한 인간이란 차원을 연상하게 하고, "뚝배기"는 학식이 전무하거나 가진 것이 없는 인간을 떠올리게 한다. 상식선상의 보편적인 분석이긴 하지만 "완성"은 인간 계층의 상류와 하류를 비유하는 역설적 이미지를 드러내는 것이다.

다음으로 "박살"나는 "그릇"의 "완성"이 역설적으로 표명되고 있다. 이때의 "박살"은 '죽음'을 의미하고 있으며 "완성"은 '삶'을 비유하여 드러난다. 여기서 '폐차장에서'의 "죽음을 살고 있"는 경지를 대면

---

13) 남송우, 「고석규, 그 역설의 진원지를 찾아」, 『오늘의 문예비평』 11, 오늘의 문예비평, 1993, 12, 250면.

하게 된다. 논리적으로 "박살"은 "완성"의 해체를 의미하지만 내면적 가치는 "죽음을 살고 있"는 역설적 이미지에 닿게 되는 것이다. 여기에서 감정의 배리에 의탁한 모순적 이미지를 만나게 되는데, 이는 역설적 이미지와도 연결되는 것으로 시인의 시적 확대 논리가 극명하게 드러나는 부분이라 할 수 있다. 시적 확장은 정직해야 한다는 보편적 원리를 뛰어넘어 세계를 탐구하고 규명하는 방법으로 이루어진다. "복원되는 완성"의 보편적 논리를 뛰어넘어 "복원할 수 없는 완성"을 형상화하는 "완성"은 사실적 논리로서는 불가능하다. 이러한 추론을 인정하는 단서는 역설적 이미지에서 찾을 수밖에 없다. 이러한 역설적 이미지를 통해 시의 표현 방법의 확대와 시적 구조의 확대를 인식하게 된다.

"깨어짐"은 "없음"의 단계로 동화되고 합일되어진다. "깨어짐"은 세상의 종말이며 모든 가치의 끝을 역설적으로 나타낸다. "없음"이라는 무(無)의 원리는 불교적 사유를 바탕으로 하는 존재 의미를 나타내고 있다. 그 근거는 불교의 공사상(空思想)에서 찾아볼 수 있다. 그러므로 깨어짐과 완성의 역설적 이미지는 실존적 깨달음으로 연결되는 것이다. 색(色)은 '그릇'이라는 물질이 되는 반면 공(空)은 그릇에 담긴 '내용물'이 되는 정신으로 판단된다. 가시적 존재인 물질과 불가시적 존재인 정신이 표면상으로 상충하지만 내면적 이미지는 결국 동일할 수밖에 없기 때문이다. 정신이 없는 물질이 존재할 수 없는 것처럼 물질이 없는 정신도 생각할 수 없는 사유가 "깨어짐"과 "없음"의 의미를 뒷받침하고 있다. 공사상(空思想)으로 대변되는 무량한 진리는 "없음"을 통해 확고해진다.

"깨어짐"과 "없음"은 "그릇"의 "깨어짐"인 동시에 "그릇"의 "없음"

을 나타내면서 동시에 "그릇"의 "쉬고 있"음으로 발전하고 있다. 기능의 정지인 "쉬고 있"음은 "그릇"의 기능이 잠정적으로 멈춘다는 의미를 나타낸다. 이는 "그릇"이 영원히 제 구실을 못하는 것이 아니라 잠시 제 구실을 못한다는 뜻으로 연결된다. 사실성을 뛰어넘는 역설적 논리는 이런 추론을 인정하게 한다. 주체의 소멸은 만물 속에 스며듦으로써 결코 없어지지 않고 다시 태어나는 재생의 순환구조[14]를 보여 준다. 즉 소멸이 재생되는 색즉시공(色卽是空)의 공사상(空思想)을 연상시키는 것이다. 이 시의 말미에서 "보이지 않"게 "완성"되는 "그릇"의 "깨어짐"에서 "완성"의 진면목을 느낄 수 있다. "보이지 않"게의 시적 의도는 깨어져도 사라지지 않는 역설적 가치의 내면화를 의미한다. 「원형의 눈」은 「완성」의 주제 의식과 구조적 측면이 닮아 있다. 「원형의 눈」에서는 인간의 "촉루"에서 인간의 원초적 형태를 반영한 "완성"의 역설적 이미지를 어떻게 수용하고 있는지 살펴볼 수 있다.

> 당신은
> 일체의 장식을 버렸다
> 그리고 벌거벗은 맨몸의
> 한조각 살
> 마지막 핏방울까지 다 흘려보냈다
> 또 살과 피 한데 어우러진 정념과
> 정념의 뿌리
> 정신이란 이름의 마목도
> 역시 깨끗하게 빠져나갔다

---

14) 서진영, 앞의 논문, 421면.

부질없어라 눈은 보고 귀는 듣고
코는 냄새 맡아 무엇할 것인가
당신에게는
오밀조밀 아기자기한 그런 기능도
이제는 한갓
소꿉놀이의 흔적
어질러진 뒷자리를 치우고 나면
날씨는 청명하다
그러고 보니 엊그제까지의 모습은 허상
필요한 최소한의 것만을 갖고
이제야말로 원형으로 돌아온 당신
촉루라는 이름은 좀 어렵다
알기 쉽게 해골박
누구나 이렇게 해골박이 될 것을
그 눈으로
아니 눈 있던 자리에 뻥 뚫린
바람이 씽씽 통하는 구멍으로
당신은 훤히 꿰뚫어보고 있다
　　　　　　-「원형의 눈」[15] 전문

「원형의 눈」에서는 인간의 "촉루"에서 인간의 원초적 형태를 반영한 "완성"의 역설적 이미지를 수용하고 있다. 이는 "눈알 빠진 헤드라이트"와 "촉루"의 눈자국을 상응하는 소재로 판단할 때, 그 뚫린 "원형"을 통해 "완성"의 의의를 구축하게 된다. '원형의 눈'은 '완성'이 보

---

15) 이형기, 『절벽』, 문학세계사, 44-45면.

조관념의 의미를 지닐 때 그에 대한 원관념으로 판단할 수 있다.「원
형의 눈」을 살펴보면 인간이 죽음에 처한 상태를 "장식"과 "살"과 "핏
방울"을 기준으로 인간의 죽음에 대한 현상을 규정한다. 생명은 온갖
"장식"이라는 비유적 장치를 통해 그 생명적 가치를 극대화시키는 것
이다.

　인간에게 "장식"은 의상을 걸치고 모자를 쓰고 윤기나게 손질한 신
발을 신는 등의 인간적 가치를 최상으로 유지하기 위해 더욱 값비싼
치장으로 과시하는 하나의 방법이다. 또한 인간은 "맨몸의 살"을 통해
살아 숨쉬는 생명으로 "핏방울"에서 그 순환적 작용으로 생명 유지의
가치를 지속시킨다. 하지만 "장식"과 "살"과 "피"를 "버렸"다는 데서
생명 보존의 위대한 현상을 포기한다는 사실을 알 수 있다. 이는 인간
의 육체와 피부가 사라진 "촉루"를 대비시켜 인간의 죽음을 완곡한 표
현으로 지시하는 역설적 이미지를 내포한다고 볼 수 있다.

　시적 화자는 죽음의 양상을 인간의 육체적인 명목뿐 아니라 "정념"
과 "정신"으로 대표되는 내면적 가치까지도 포기해버린 것으로 진술
하고 있다. "정념"은 모든 감성적 조건이며 "정신"은 이성적 여건을 내
포한다. 죽음의 상태는 육체적 측면뿐만 아니라 감성과 이성까지도
원활하게 운영되지 못하고 정지되는 것을 진술한 것이다. 그것도 "깨
끗하"게 파기되어 생명의 여지가 전연 존재하지 않는 상태를 강화하
고 있다.

　"촉루"는 인간적 본질을 상징하여 인간적 "원형"이라는 풍유적 논
리에 접근하고 있다. 원래 인간의 원형적인 모습은 피가 돌고 살이 붙
어 숨쉬는 생명의 모습이지만, 이 시인은 모든 것이 사라진 해골바가
지의 "촉루"를 원형의 모습으로 보고 있다는 데서 역설적 이미지를 드

러내고자 하는 것이다. 이는 원효대사가 해골에 담긴 물을 보지 않고 맛있게 마셨을 때의 상황처럼 마음의 상태에 따라 진리의 모순이 얼마든지 발생할 수 있다는 것을 의미한다. 시적 화자는 "피"가 순환되면서 이성과 감성이 작동되는 인체의 조건이 진상이 아닌 "허상"이라고 강조하는 데서 역설적 이미지가 드러나게 되는 것이다.

역설적 이미지는 불교적 공사상(空思想)에 바탕을 두고 있으며 인간의 삶과 죽음에 관련된 보편적 진실을 초월한다. 대체적으로 인간적 의식은 '차안'에서의 부귀에 집착되어 있어, 세속적인 가치가 던져주는 메시지는 곧장 허무의 논리에 직면하게 될 수밖에 없을 것이다. 불교사상에서 "허상"은 가변적인 色의 경지이며, "원형"은 보고자 하는 진실이나 변하지 않는 본질이라는 空의 차원에서 풀이될 수 있다. 이형기 시의 근원은 공사상(空思想) 위에서 "촉루의 구멍"을 통해 깨닫게 된다는 허무주의적 인생관을 극복하는 역설적 이미지임을 깨닫게 된다. 결국 뻥 뚫린 구멍을 통해 원형을 인식하는 실존적 깨달음의 역설적 이미지가 되는 것으로 볼 수 있기 때문이다. 「죽지 않는 도시」에는 과학 문명이 발달하면서 자연을 잃어버리고 인간의 본래적 특성을 놓쳐버린 데 대한 탄식이 묻어있다. 화자는 이 시를 통해 상실한 자연적 현상이나 과학 문명의 폐해를 역설적으로 표출하고자 한다.

이 도시의 시민들은 아무도 죽지 않는다
어제 분명히 죽었는데도
오늘은 또 거뜬히 살아나서
조간을 펼쳐든 스트랄드브라그씨의 아침 식탁
그것은 위대한 생명공학의 승리

인공합성의 디엔에이 주사 한 대가
시민들의 영생불사를 확실하게 보장하고 있다
교통사고로 머리가 깨어진 채
오토바이의 액셀레이터를 밟아대는 젊은 폭주족
온몸에 암세포가 퍼져서
수술한 배를 그냥 덮어버린 노인이
내기 장기를 두다가 싸운다
아무도 죽지 않기 때문에
장사를 망치고 죽을 지경인 장의사 주인도
죽지 않고 살아서 계속 파리를 날린다
1년에 한 살씩 나이를 먹는다는 계산은
전설이 되어버린 도시
얼마나 오래 살았는지
누구도 제 나이를 아는 사람은 없다
젊어도 늙고
늙어도 늙고
태어날 때부터 이미 폭삭 늙어서
온통 노욕과 고집불통만 칡넝쿨처럼 칭칭
무성하게 뻗어난 도시
실연한 백발의 노처녀가 드디어 목을 맨다
그러나 결코 죽을 수는 없는
차가운 디엔에이의 위력
스스로 개발한 첨단의 생명공학이
죽음에의 길마저 차단해버린 문명의 막바지에서
시민들의 소망은 하나밖에 없다
아 죽고 싶다

-「죽지 않는 도시」전문¹⁶⁾

「죽지 않는 도시」에서는 "분명히 죽었"는데도 다시 "거뜬히 살아나"
는 인간의 행태를 서술하고 있다. '생명 공학'의 발달은 지극히 평면적
인 인식의 서술에 머물러 있지만 '디엔에이'에서 드러나는 체질화된
과학적 습성은 풍자적 의도를 깔고 있다. 이는 단순한 문명의 발달을
표현하는 것이 아니라, 그에 길들여지는 인간들의 행태에 대한 관점
이 역설적 이미지로 환기되는 것이다. 이런 비유적 논리는 인간의 "식
탁"뿐만이 아니라, "오토바이"의 "젊은 폭주족"과 "암세포"에 시달리
던 "노인"을 통해 "생명 공학"으로 소생한 일화를 진술하고 있다. 그것
이 인위적이든 운명적이든 죽음을 극복할 수 있는 과학 문명이 인간
으로 하여금 "제 나이"를 잊게 한다고 볼 수 있다.

이는 죽음이라는 운명적 여건에 순종하지 않고 거역함으로써 자연
스러움에 대한 역행을 풍자하고 있는 셈이다. '죽지 않는 도시'는 "일
년에 한 번씩 나이를 먹는 일"이 "전설"이 된 상황을 통하여 역설적 이
미지를 극대화한다. 과학 문명의 역리적인 행태가 인간으로 하여금
"젊어도 늙"고, "노욕의 고집불통", "백발의 노처녀가 목을 매"는 비본
질적인 현대적 상황을 꼬집는 것을 볼 수 있다. 화자는 "젊어도 늙"는
풍유적 언어 구조와 "노욕"으로 점철되는 세태의 부적응성을 통렬하
게 질타하는 어조를 취하고 있다. 그리고 "백발의 노처녀"는 모순의 극
치로 세계에 대한 본래성을 투사하고 있다.

심지어 "태어날 때부터 늙"어 가는 생명의 원초적 바탕을 비유적 이

---

16) 이형기, 『죽지 않는 도시』, 고려원, 14-15면.

미지로 강조하기도 한다. 화자는 순수한 자기 상실에 대해 애석한 시선으로 접근하여 참다운 인간성과 그 진실한 꿈을 회복하고자 하는 열망이 풍유적으로 나타나고 있다. "고집불통"의 "무상"한 행위는 극단적인 이기주의와 자기 합리화로 고착된 시대적 부조리를 역설적으로 표출한다.

　말미에서 부르짖는 "아 죽고 싶"다는 현대인의 절규는 이 시편의 궁극적인 의도를 역설적 이미지로 표현한다. 결국 "아 죽고 싶"다는 탄식은 사실 '살고 싶다'는 절규의 접근을 통한 역설적 이미지가 되는 것이다. 화자는 "디엔에이의 위력"과 "첨단의 생명 공학"의 무자비한 "위력"에 의하여 언젠가는 필연적으로 죽어야 하는 존재를 "죽지 않"게 만들어버린 비정한 속성을 개탄하고 있다. 시인은 "아 죽고 싶"다는 인간적 본질에의 회귀에 대한 소망이 진술한 이치에서 비롯된 것이 아님을 역설적으로 강변한다. 이는 죽음 자체에 대한 인간의 의식이 오히려 본래적 의의와 상반된 상황에서 '죽지 않는 도시'의 진정성을 표명하려는 의도로 보인다.

　「폐차장에서」, 「완성」, 「원형의 눈」, 「죽지 않는 도시」 네 시편에서는 실존적 깨달음과 풍유성이 내재된 역설적 이미지가 나타나고 있다. 「폐차장에서」의 '폐차'는 기계적 대상이지만 인간적 상실감이 배어 있다. 이는 시간성을 극복하지 못할 때 오는 절망감이다. 「원형의 눈」에서는 인간의 "촉루"에서 원초적 형태를 반영한 "완성"의 역설적 이미지를 수용하고 있다. 「죽지 않는 도시」에서는 "분명히 죽었"는데도 다시 "거뜬히 살아나"는 인간의 행태를 풍유적으로 서술한다. 이는 인간의 행태에 대한 관점이 역설적 이미지로 환기되는 것이다. 「완성」에서 시인이 주력하는 것은 "폐차" 자체가 아니라 그에 비유하는 생의 종말을 고한 인간의 모습과 그 비극성을 통해 새로운 인간적 가치를 발견하려는 것이다. 여기서 "폐차"의 뚫린 자국과 인체의 "촉루"에서 발견되는 눈자국이 동일한 양상으로 비교된다. 이는 인간의 가치 지향성에 초점을 맞추는 동일성을 가지게 되는 것이다.

다음은 세계와 삶에 대해 이형기가 의도하는 역설이 시적 구조의 평면성을 타기하고 존재에 대한 파괴적 인식 또는 비극적 인식으로 재현되는 것을 살펴보고자 한다. 이 시인에게 역설적 이미지는 타의에 의한 추락이 아니라 자의에 의한 풍자로 형상화되고 있기 때문이다. 「해바라기」, 「그해 겨울의 눈」, 「편자」, 「분수」에서는 비극의 한계성에 의해 표출되는 역설적 이미지를 발견할 수 있다.

2. 비극의 한계성

이형기는 가상과 현실을 구별하지 않는 양상을 통해 역설적 이미지를 실현한다. 니체의 〈비극의 탄생〉에 나타나는 "죽음이 희망"이라는 디오니소스적 긍정은 또 하나의 시적 방법론이 된다. 반이성주의적 위상은 모진 고통조차도 이성적으로 해석되어 삶에 있어서의 비극과 절망을 긍정적 단서로 삼고 있다. 상승과 하강을 반복하는 인생의 하강은 항상 기회의 창이 되어, 하강은 장기적으로 상승을 예상하게 되는 모티브가 될 수 있을 것이다. 다음의 시 「해바라기」에서 가상과 현실을 구별하지 않는 비유적 양상을 통해 역설적 진실의 추구를 확인할 수 있다.

황혼이로다.
드디어 기우는 사직이로다.
변방에는 도둑의 무리
잔을 들고 고기를 뜯을 때
바닥난 내탕금(內帑金)
바닥을 보는 황음(荒淫)이로다.
해여
이제 막 숨을 거둔 해여
너를 향해
신들은 일제히 노래를 부르나니
오 바다
빛의 무덤
춤추는 어둠이로다.
보라
어둠 속에 일륜(一輪) 해바라기
왕(王)도 비빈(妃嬪)도 도둑도
모조리 삼켜버린 탐욕의 꽃이로다.
땅끝에 서는도다.

-「해바라기」[17] 전문

　이 시편은 두 가지 이미지의 틀을 만들어서 역설적 이미지를 그려
내고 있다. 첫째는 "황혼" 자체가 환기시키는 대상에 대한 장중한 인
식이며, 다른 하나는 "황혼"의 소멸 과정을 바탕으로 존재의 가치를
진작시키는 것으로 보인다. "황혼"에 대한 비장한 이미지는 역설적 인

---

17) 이형기, 『꿈꾸는 한발』, 54-55면.

식에 바탕을 두고 부질없는 인간사의 비정한 반복과 순환을 비유하는
가 하면 존재의 몰락과 희생을 황혼으로 기우는 사직의 역사적 구조
로 규명한다. 「해바라기」는 문어체를 사용하여 진지하고 경건하며 신
성감이 함유된 분위기를 드러내고 있다. 시편 전체적으로 사용된 문
어체는 새로운 분위기를 창조하여 비극의 한계성을 탐미적으로 고취
한다.

　비극적 대상의 역설적 이미지는 "황혼"의 장엄한 면모를 "기우는 사
직"과 "바닥난 내탕금"과 "황음"을 통해 강조한다. 하루의 마지막을
장식하는 순간은 한 나라의 멸망에 비유되어 처절한 비극의 한계성이
국가의 종말을 반영하게 된다. 국가의 종말에 따르는 어지러운 "변방"
과 나라를 지탱해온 경제의 파탄과 무질서한 국가 조직의 부정과 비
리가 역설적으로 나타낸다. 이 비장한 비유는 한 시대의 종언이 가져
다주는 비극적 이미지와 끝내 무너져야 할 "사직"의 말로를 가리키는
것이다.

　"황혼"에 대한 인식은 "빛의 무덤"과 "춤추는 어둠"으로 풍자되어
비극에서 탈출하고 있음을 암시한다. 이는 디오니소스적 긍정의 원리
를 "빛"과 "춤"으로 극복하여 "무덤"과 "어둠"의 비극적 이미지를 지우
려는 의의를 내포한다. "빛"과 "춤"의 긍정적 뿌리는 "황혼"이 아니라
"해"가 지닌다는 것을 의미한다. 그리고 "해"가 지닌 강렬한 이미지의
회복과 재생은 "신들의 노래"에 가미된 신명나는 축제 의식을 통해 결
코 비극의 한계성이 최후를 고하는 것이 아니라는 것을 함축하게 된
다.

　이 시편의 제재인 '해바라기'는 시각적 인식에서 야기되는 이미지와
표면적으로 드러나는 이미지의 범주를 동시에 함축하고 있다. '해바

라기'의 형태적 특성이 가져다주는 빛과 그 애달픔과 기다림의 이미지가 비극의 한계성을 명백하게 보여주는 것이다. 그러한 양자의 관계에서는 비단 "빛"만이 중요한 단서가 되는 것이 아니라 항상 "어둠"에 덧대어 그 의미망이 확실해진다고 할 수 있다. "어둠" 속의 "해바라기"는 비극성의 한계와 대면하거나 좌절하고 절명하는 존재가 아니라, 다시 상승과 희망을 기대하는 대상으로 승화되고 있다.

"해"는 "왕도 비빈도 도둑"도 모두 삼켜버리는 "어둠" 속에서 다시 동쪽 하늘로 떠오를 것이다. "해바라기" 또한 "해" 바라기를 연속하게 될 초월의 이미지를 내포하고 있다. 이는 "일륜"의 돌고 돌아가는 비극과 희망의 순환 또는 하강과 상승의 부침하는 존재의 생의 반복을 내재하고 있기 때문이다. "황혼"이 스러지는 찰나의 "어둠" 조차 만상을 "삼키"는 세상의 종말은 "해"와 "해바라기"에게 있어서만은 긍정의 뿌리가 된다는 디오니소스적 원리를 체험하는 이치를 보여준다.

"땅끝"이 시사하는 역설적인 원리는 "서는도"다를 토대로 "해"와 "해바라기"에 대한 재인식을 불러일으킨다. 이는 아리스토텔레스의 『시학』이[18] 담고 있는 카타르시스의 원리를 통해, 비극의 한계성이 정서의 정화 작용을 일으켜 애달픔과 기다림을 극복하는 경지를 보여준다. "해"와 "해바라기"의 관계에서 빚어지는 비극의 한계성이 정화 상태를 통하여 극복되는 것을 형상화하고 있기 때문이다. 「그해 겨울의 눈」에서는 눈 내리는 밤바다의 풍경을 제재로 삼으면서, 쏟아지는 눈발의 하얀 빛깔은 검고 아득한 바다의 배경과 대조를 이루어 비극과 희망의 역설적 이미지를 연출하는 것을 볼 수 있다.

---

18) 아리스토텔레스, 천병희 역, 『시학』, 문예출판사, 2002, 77-83면.

그해 겨울의 눈은
언제나 한밤중 바다에 내렸다

희부옇게 한밤중 어둠을 밝히듯
죽은 여름의 반디벌레들이 일제히
싸늘한 불빛으로 어지럽게 흩날렸다

눈송이는 바다에 녹지 않았다
녹기 전에 또 다른 송이가 떨어졌다
사라짐과 나타남
나타남과 사라짐이 함께 돌아가는
무성영화 시대의 환상의 필름

덧없는 목숨을
혼신의 힘으로 확인하는 드라마
클라이막스밖에 없는 화면들이
관객 없는 스크린을 가득 채웠다

언제나 한밤중 바다에 내린
그해 겨울의 눈
그것은 꽃보다도 화려한 낭비였다
                    ―「그해 겨울의 눈」[19] 전문

이 시는 회고적 형식으로 시작된다. 특히 "그해"라는 과거적 시간

---

19) 이형기, 『보물섬의 지도』, 서문당, 45-46면.

의 범위에서 전개되는 풍경이 단순한 추억으로만 되살아나는 것이 아니라, 침체한 화자의 의식에 새로운 기회와 역동감을 가져다주는 역설적 이미지를 보여준다. 녹기 전에 내리는 "눈송이"는 녹아야하는 것이지만 사라지기 전에 나타남으로써 생성과 소멸의 연속을 의미한다. 이는 하얀 "눈"이 내리는 것을 광막한 어둠을 배경으로 바라보는 화자의 인식에 활력을 불어넣는 것이며 허무적 심상을 일깨워주는 역설적 기능을 갖게 하는 것으로 생각할 수 있다.

"눈"은 검은 바다를 배경으로 내리며 2연에서 "반디벌레"에 비유한다. 그들은 "싸늘한 눈빛"을 지님으로써 희망이 좌절되는 역설적 이미지로 승화하고 있다. 특히 "여름"을 "밝혀"서 생명 의식을 고취하여 대상의 우울한 말로를 되돌려 다시 소생하는 이미지로 만드는 것이다. 그런 의미에서 "싸늘한 눈빛"은 비극적 상황을 되돌리고 착잡한 미래를 성찰하게 한다. "일제"히 어둠의 "빈 공간"을 밝히며 "채우"는 역설적 이미지는 허무와 절망을 극복하는 이미지로 창조된다.

이런 생명감은 3연에서 더욱 확연하게 드러난다. 그것은 "녹지 않았"다는 서술을 통해 허무적 인식을 극복하고 좌절의 상황으로부터 희망을 이끌어낸다. 이러한 어조는 결국 대상의 근원적 인식이 상충됨으로써 드러나는 비극의 한계성을 보여주는 것이다. 이 모순적 어법이야 말로 시인이 갈망하는 역설적 이미지의 창출에 대한 신비감을 나타낸다. 즉 "죽기 전"에 또 다른 "눈송이"가 연달아 흩날림으로써 영원한 생명 의지를 발현하고 있다. 이는 대상의 연속적 파멸과 또 다른 대상의 연속적 생명을 지탱해주는 생명의 연장이다. 비극의 극복 논리는 영원한 생명 의식을 견지하는 것으로 볼 수 있다. 눈송이가 떨어지는 상황은 "나타남"이 되고 눈송이가 물에 녹아 소멸되는 것은

"사라짐"을 의미한다. 변증법적인 색(色)과 공(空)의 논리는 '나타남'이 '사라짐'이 되고 '사라짐'이 '나타남'이 되어 명징하게 자리 잡는 것이다.

공사상(空思想)의 진실은 표면상의 물질적인 현상과 내면의 정신적 가치가 일치하여 역설적 이미지를 강조한다. 단적으로 "무성영화 시대의 환상의 필름"은 어둠을 바탕으로 눈이 내리는 풍경을 역설적 장치로 접근한다. 또한 청각적 기능이 효력을 나타내지 못하는 상황을 정서적 특성으로 절묘하게 접근시킨다. "무성영화"는 보조관념으로 표면적 진술인 데 비해, "환상"은 내면 의식을 통해 대상의 신비로움을 잘 보여준다.

눈 내리는 풍경은 한 편의 "드라마"에 비유된다. 이 "드라마"는 '혼신의 힘으로 덧없는 목숨을 확인하'는 삶의 단면이며 나아가서는 그 삶의 "절정"을 기록하는 "스크린"으로 비유된다. "클라이막스밖"에 없는 화면이 "관객 없"는 "스크린"을 가득 채우는 것은 비극적 한계를 보여주는 역설적 이미지가 된다. 비록 화면은 클라이막스밖에 없지만 관객이 없는 스크린은 드라마에서는 무의미하기 때문이다.

생명 의식의 비장함은 "목숨의 확인"을 통해서 강조한다. 이는 허무주의적 관점이 아니라 역설적 시각으로 오히려 생명에 대한 역설적 이미지를 드러낸다고 하겠다. 또한 눈 내리는 장면을 "화려한 낭비"라는 모순적 어법으로 표현함으로써 화려함의 극치를 비유적으로 반영하고 있다. 이 비극적인 풍경은 "밤"과 "바다"라는 공간에서 항시 연출되어 허무적이지만, 시인의 의식은 그 허무적인 상황을 꽃보다 화려한 낭비로 치부해버리면서 체념한다. 이는 비극의 한계성을 초월하는 것을 의미한다.

이형기의 산문시 「편자」를 살펴보면 이형기 시의 어떤 구조보다도 형식상의 개성적인 특성을 지닌다. 산문 형식의 시편들은 어떤 의미에서는 긴장감이 이완되어 시가 지니는 열정적인 감성을 기대할 수 없는 경우가 많지만 「편자」에서는 탄력 대신 주제를 향한 설득형의 어조를 띠고 있다. 「해바라기」나 「눈」은 동적 이미지에 의해 상승과 하강을 기대하게 되는 대신, 「편자」는 비극적 삶에 연루된 역설적 이미지를 투사하고 있다.

> 좋은 칼을 만들자면 좋은 강철을 구해야 한다. 좋은 강철이란 오랫동안 음습한 골방에 갇혀 빛을 보지 못한 강철이다. 일생일대의 名刀를 만들려는 도공은 그래서 강철을 일부러 땅에 묻고 세월을 보낸다. 이 거짓말 같은 참말은 동키호테의 나라 에스파니아의 총포제작자들에 의해 실증되고 있다. 거기서는 편자를 가리키는 Herraduras라는 말이 한 편으론 성능 좋은 기병총의 총신을 뜻하기도 한다. 편자, 곧 총신인 것이다. 쉬르레알리즘의 은유처럼 당돌한 이 이질적인 양자의 결합에는 그러나 실제적인 이유가 있다. 즉 에스파니아에서는 노새의 낡아빠진, 그러기에 버림받아 벌겋게 녹이 슨 편자를 모아 질 좋은 소총의 그 총신을 만들기 때문이다. 녹슨 쇠는 병든 쇠, 그 병을 가령 건성괴저라 한다면 녹은 까실까실 마른 채 허물어져 가는 세포조직이 아닐 수 없다. 그런데도 이 병든 쇠가 병들지 아니한 정상적인 쇠보다 彈性이 강해서 편자, 곧 총신이 되는 이 엄연한 현실! 번쩍이는 칼날의 냉혹한 전율은 녹슬고 부스러져 파멸하는 강철이 실은 깊이 감추어진 본성이다.
>
> ─「편자」[20] 전문

---

20) 이형기, 『보물섬의 지도』, 25면.

　이형기는 일반적으로 탄력성 넘치는 운문 형식의 태도를 취한다. 그에 비해, 「편자」에서는 산문 형식을 활용하고 있다. 이 시편에서는 완만한 산문체를 사용하면서도 내면적인 시적 긴장을 유지하며 강한 통일성을 드러내고 있다. 「편자」에서는 「해바라기」나 「그해 겨울의 눈」에서 함축된 인생의 상승과 하강 또는 비극적 삶에서 디오니소스적 긍정을 이끌어내는 구조적인 진지함을 떨치지 않고 산문시가 지니는 독특한 정서를 만나게 된다.

　'편자'는 짐승의 발이 땅에 닿지 않도록 박는 신발과 같은 구조이다. 「편자」는 시간성이나 역사성이 관건이 되어 그 속성과 생태에 대한 깊은 분석력으로 진지하고 엄격하게 시적 통일성을 이루어낸다. 이는 "녹슨 강철"에 의해서만 쓸모 있는 "편자"가 제작된다는 원리에서, "녹슨" 과정을 거친 "쇠"는 쇠락한 시기를 의미한다는 것을 알 수 있다. 하지만 그것이 오히려 단단한 "편자"를 제작할 수 있다는 단서로서 "쇠"의 상승적 가치를 함축하는 과정을 보여주는 데서 역설이 생성된다. 화자는 버림받아 녹슨 노새의 편자를 모아 질 좋은 총신을 만들 수 있다는 생태적 과정을 통해 비극의 한계성을 역설적 이미지로 진작시키고 있다.

　이 시편에서는 "동키호테의 나라 에스파니아"라는 서구적 역사적 사실에 기반을 둔 역설적 이미지를 시적 정신으로 창출해낸다. 그것은 단순한 시간적 의미가 아니라 "에스파니아"의 "총신"을 끌어왔기 때문이다. "좋은 칼"은 "좋은 강철"로 만들어져야 한다는 도입부의 어조가 어떤 의미에서는 매우 지리한 인상에 머물러 버릴 것 같다. 하지만 산문시 나름의 용의주도한 어조를 사용하여 "좋은 강철"의 연유를 "녹슨 쇠"로부터 끌어내어 하강의 논리가 곧 상승의 이치에 닿는다는 비극적 한계성에 의한 역설적 이미지를 끌어내는 것이다. 다음의 시 「분수」는 「편자」와는 달리 「해바라기」와 「그해 겨울의 눈」에서 느껴지는 역동성이 역설적 이미지의 중심이 된다.

> 너는 언제나 한 순간에 전부를 산다.
> 그리고 또
> 일시에 전부가 부서진다.
> 부서짐이 곧 삶의 전부인
> 너는 모순의 물보라
> 그 속엔 하늘을 건너는 다리
> 무지개가 서 있다.
> 그러나 너는 꿈에 취하지 않는다.
> 열띠지도 않는다.
> 서늘하게 깨어 있는
> 천 개 만 개의 눈빛을 반짝이면서
> 다만 허무를 꽃피운다.
> 오 분수, 냉담한 정열!
>
> ─「분수」[21] 전문

이 시의 서두에서 "한 순간에 전부를 산"다는 표현은 분수의 생태적 특성을 역설적 이미지로 드러낸 것이다. 이는 제재의 연속적 동작을 통하여 인식되는 것이 아니라, 마치 한 컷 한 컷의 사진을 찍듯이 단순한 시간에 반영된 제재의 특성을 추출해낸다. 화자는 '솟아오름'과 "부

---

21) 이형기, 『풍선심장』, 28면, 이형기, 『별이 꿀 되어 흐르고』, 미래사, 66면.

서"짐이 찰나에 공존하는 '물보라'의 모순으로 "한순간"이란 짧은 시간성과 "전부"라는 총체적 삶의 부피를 일치시킴에서 나타난다고 할 수 있다. 이는 역설적 인식에서 드러나는 이미지다.

「분수」에서는 매우 보편적인 성질을 뛰어넘어 좀체 만나보기 어려운 단서로 구체화하는 데서 이형기만의 독특한 비유적 인식을 만날 수 있다. "한 순간에 전부를 산"다는 제재는 비교할 수 없는 정열적 생애를 떠올리게 한다. 이는 생의 상승적 요소에 해당되면서 삶의 가장 비극적인 이미지에 놓여있는 제재임을 동시에 보여주기 때문이다. 그리고 "일시에 전부가 부서"지는 상황은 삶의 비극적 이미지를 보여준다. 모순의 극적인 의의는 "부서짐"과 "삶의 전부"의 연결고리에서 명백히 드러나고 있다. 그러나 '분수'의 작용이 비극적인 결과를 초래하는 것은 아니다. 이는 "부서지"는 순간에 "무지개"를 구현하여 비극의 한계성을 극복하고 상승의 삶으로 눈부신 가치를 발휘하기 때문이다.

시적 화자는 제재가 지닌 엄격한 현실성을 제시한다. 제재의 강인성을 취하지 않고 추락하지 않는 "꿈"으로 나타내고 있다. "무지개"와 "꿈"은 분리시킬 수 없는 연대 관계에 놓여있으나 결코 견강부회하지 않는 현실감으로 "분수"의 삶과 죽음에 접근한다. 더구나 '얼띠지 않고 깨어 있'는 자세는 나약한 삶의 하강 이미지를 극복한다고 풀이할 수 있다. 그것은 "눈빛을 반짝이"는 것이며 그 "눈빛"에서 "허무"를 찾아내는 것이다. "눈빛"은 미래에 대한 비전을 함유하면서 재제의 비유적 이미지를 드러낸다. 그 "눈빛"에서 "허무를 꽃피운"다는 것은 삶의 비극적 한계성에서 역설적 이미지를 추출하는 것이다.

여기에서 또 다시 절묘한 기능의 역설적 이미지를 만나게 된다. 이러한 진술은 "냉담한 정열"로 이어져 인간적 삶의 비극과 희망의 복합적 내면세계를 보여줌으로써 '분수'에서 야기되는 존재 의미를 규명한다. "냉담한 정열"이란 완벽한 형이상시의 패러독스를 보여주는 부분이 된다.[22] 거기에서 양극간의 긴장이 발생하는 것이다. 「해바라기」에서는 "해"가 구축하는 "낙조"에서 비극적 이미지를 보여주었던 것처럼, 「분수」에서 "냉담한 정열"은 침체된 비극적 한계성을 상승시키는 요인이 된다고 할 수 있다. 지금까지 살펴본 이형기의 시 네 편은 지속되지 못하고 소멸되는 것에 비극의 한계성이 내포되어 있다. 해가 지는 때의 아름다운 '황혼'이나 바다에 내리는 '눈송이'의 모습, 부서짐이 삶의 전부가 되는 '분수', 더 좋은 총신을 만들 수 있는 노새의 낡고 녹슨 편자의 모습을 통해 소멸되는 안타까움은 비극의 한계에서 드러나는 역설적 이미지를 생성하는 요인이 된다.

시란 근본적으로 상반된 것들의 결합이라고 볼 수 있다면[23], 모순적 형용은 표현 형식에서 패러독스와 아이러니로 나타날 수 있다. 긴장감은 시에 있어서 필수적인 방법론이며 시가 제대로 되게 하는 첩경을 만들어내기도 한다. 이형기 시의 문장은 창과 방패의 모순적 의미를 쉽게 찾아볼 수 있는데, 이것은 그의 시가 항상 긴장감을 유지하려고 하기 때문이다. 다음의 시편 「나무 위의 물고기」, 「모순의 자리」, 「가을 잠자리」, 「등」에 나타나는 절망감이나 전율적 요소는 대개 모순에서 드러난다고 할 수 있다. 그것은 배반감으로 이어지는 역설적인 이미지이기 때문이다.

---

22) 최규철, 『21세기 형이상시학과 시론』, 조선문학사, 2013, 161면.
23) 서진영, 「정현종의 시와 시론에 나타난 연금술적 상상력의 의미」, 『어문연구』 39(4), 한국어문교육학회, 2011, 12, 418면.

3. 모순과 배반

　인간은 유용성만 찾는 존재가 아니라 모순에 찬 존재다. 이형기는 발레리의 말을 빌어 고양이가 잡은 쥐를 어르고 있다든가, 개가 개끼리 서로 쫓고 쫓기는 일도 모두 생존을 위해 유용한 동작이라고 주장한다.[24] 그러니까 '모순'은 인간을 인간으로 있게 하는 중요한 특성의 하나가 되는 셈이다. '모순'의 핵심을 이루는 것은 쓸모없는 일을 할 수 있는 능력이 된다. 이형기는 시를 쓴다는 유용성을 등진 행위도 이런 능력에서 비롯된다고 믿고 있다. 대상이 보이지 않는다고 존재하지 않는 것은 아니다. 보이지 않는 것을 보는 시적 세계는 그만큼 비유적으로 풍성해지고 갇힌 세계로부터 해방되어 상상력의 세계관을 펼칠 수 있는 것이다. 이형기 시 「나무 위에 사는 물고기」에서도 시적 창조의 비결인 동시에 방법적 도구가 되는 모순과 배반 그리고 전율을 확인할 수 있다.

　물고기들은
　물속이 아니라 나무 위에 산다
　바람이 불면
　하늘하늘 꼬리와 지느러미를
　흔드는 물고기
　그러나 바람에는
　세찬 강풍도 있어서
　죽기살기로 나무에 매달리는 물고기

---

24) 이형기, 「무용성의 의미」, 『시와 언어』, 앞의 책, 270면.

그리고 물고기는
마침내 숨을 거둔다
그 허망함
애초부터 그것은 예정된 일이다

그래봤자 그게 뭐 대순가
물고기가 나무 위에 살거나
바위 속에 살거나
그게 다 그것이니
　　　　　　－「나무 위에 사는 물고기」[25)]전문

「나무 위에 사는 물고기」는 단순한 모순적 이미지를 보여주는 것이 아니라, 시편의 구조 전체를 동원하여 모순적 이미지를 만들고 있다. 우선 표제의 모순적 이미지가 배반감을 인식할 수 있게 한다. 이는 "물고기"가 '물'에서 사는 생물체인데도 "나무 위"에 산다는 표현을 함으로써 배반감을 느끼기에 충분하다. 이런 배반감은 조용한 전율로 이어진다. 이러한 유추는 역설적 이미지로만 수용되는 것이며, 한 편의 기발한 시가 되게 하는 저력이자 비유적 이미지의 원동력이 된다.

'나무 위에 사는 물고기'는 모순적 이미지의 배반감을 동반하면서 야릇한 경이감까지도 맛보게 한다. 부정적인 의미의 모순이나 배반 또는 전율 외에도 긍정적 이미지의 경이감을 느끼는 것은 그의 뛰어난 감수성과 상상력을 배제할 수 없기 때문이다. 물론 시적 에센스는 감수성과 상상력이지만, 이 시편에서처럼 예리하게 사물에 접근하는

---

25) 이형기, 『돌베개의 시』, 25면.

경우는 찾기가 쉽지 않다. 이형기는 『꿈꾸는 한발』 서문에서 세 번째 시집에서야 비로소 시인이란 '꿈꾸는 사람'이라는 자각을 갖게 되었다고 말한다. 또한 '시'란 언어로 구축되는 '가공의 비전'이라고 주장하는데 이 '가공의 비전'이야말로 상상력의 구축이 최선인 것이다.

　이형기 시의 이러한 역설적 이미지의 생성은 감성적 소산임을 알 수 있다. 「나무 위에 사는 물고기」의 "물고기"가 "나무 위에 산"다는 역설적 이미지는 감각의 혼돈상이나 발상의 의도적 왜곡이다. 박목월의 시 「나그네」에서 "남도 삼백리"가 정서적 판단에 의한 수치인 것처럼, 이형기의 "물고기"는 시인 자신의 감성에 의존해 "나무 위"에 살고 있음을 깨닫게 된다. 그것은 예리한 시각적 터치를 보여주기 때문이다. 이에 대한 근거는 "하늘하늘 꼬리와 지느러미"를 "흔드"는 데서 발견할 수 있다. 물론 이러한 묘사는 나무에 매달린 잎이 바람결에 하늘거리는 모양새에서 추출해낸 것으로 풀이할 수 있다. 마치 나무 이파리가 물고기의 "꼬리와 지느러미"가 움직이는 것 같은 역설적 이미지를 보여준다.

　더욱 놀라운 감각은 "강물"까지도 찾아내는 시각적 경이감이다. 이런 모순은 보편적 시각에 대한 배반의 창조가 된다. "강물"은 햇빛의 눈부신 섬광에서 찾아낸 또 하나의 자연이다. 이 경우는 '찾아냈다'는 표현으로 감싸는 것보다는 새로운 자연을 창조했다는 표현이 가능하다. "물고기"가 "나무에 죽기살기"로 매달리는 이유는 "강물"에 있음을 뒷받침하여 정서적 논리를 감각적 경이감으로 전환하기 때문이다. 화자는 "마침내 숨을 거두는 물고기"를 제시하여 자연의 변화무쌍한 이미지로 구체화한다. 즉 만상의 정지 상태는 바람이 잠든 상태에서 "허망"함으로 드러난다. 또한 "예정된 일"은 "바람"의 정지 상태를 보여줌으로써 "허망"함을 극복하고 있다.

논자들이 이형기 시의 특성을 불교적 허무주의로 해석하는 것을 더러 볼 수 있다. 이는 이 시인에 대한 오해를 불러일으킨다. 표면상으로는 허무를 앞세우고 있으나 궁극적으로는 허무를 극복하는 공사상(空思想)을 바탕으로 극복의 미학을 창출하고 있기 때문이다. "허망함"이 "예정된 일"로 단정되는 것은 "허망함"에 동조할 수 없는 근거를 제시하는 일이다. 「해바라기」나 「그해 겨울의 눈」이나 「편자」나 「분수」가 한결같이 허무주의적 단서로 시작되고 있으나, 결국 끝에서는 이를 극복하는 우로보로스 시학[26]의 초극을 창조하고 있다는 것을 알 수 있다. 우로보로스는 메르쿠리우스가 자신의 꼬리를 먹고 있는 형상이다. 그것은 스스로를 죽이고 다시 태어나는 자기 순환을 나타낸다. 이런 분석은 김동중의 박사논문[27]에서도 비슷한 견해로 나타난다. 김동중은 우로보로스 시학을 근거로 이형기의 허무의식을 초극의지로 본다. 이형기 시에서 우로보로스는 생성-소멸-생성의 원형적 기법을 함유하고 있기 때문이다.

이형기의 시에는 공(空)과 무(無)의 세계가 자연스럽게 자리하고 있다. 절대공과 절대무는 절대이상과 절대절망을 존(存), 부존(不存)케 할 수 있는 초월적인 능력이다. 그의 시에서 우로보로스의 시학이 잠재된 힘을 발휘할 수 있는 것은 초월적인 능력의 기반이 형성될 때라야 가능하다. 이형기는 '씨'가 부패해야만 '싹'을 틔우는 자연 치유 현상을 우로보로스 시학에 접맥시키고 있는 것이다. 그는 영허(盈虛)

---

26) 서진영, 앞의 논문, 416면.
27) 김동중, 앞의 박사논문, 108면.

의 우로보로스 가운데에서 본래공(本來空)과 본래무(本來無)의 되풀이가 초월 의지와 교통하는 순환 고리가 됨을 수용하고 있다.[28] 이 시인은 지고 마는 "황혼", 녹고마는 "눈송이", 사라지고 마는 "분수" 등의 소멸 이미지를 통해 반복되는 초월 의지가 허무를 초극하는 양상을 드러낸다.

이 시인은 시적 긴장감을 풀어주는 어조로 종잡을 수 없는 당혹감을 던져주고 있다. 조금은 조소하는 듯한 비유적 전개가 마치 달관한 견자의 자세를 보여준다. 이는 세계의 철학적 이치를 터득한 듯한 모순과 배반의 창조를 경험하게 하는 것이다. "나무 위"의 "물고기"는 예리한 감각적 시선으로 찾아냈으나 무의미로 종언을 고하는 듯하다. 이형기는 불교적 사유를 즐겨 활용하고 있으며 '선문답'으로 범상치 않은 진술을 풀어낸다. "물"과 "바위"가 동격이 되는 것이 "나무"이기 때문에 불교적 이치를 염두에 두고 있다.

세계가 일률적으로 질서정연하게 존재하거나 영위되지 않은 신비성을 깔고 있다면, 수행자끼리 주고받는 문답 형식의 대화는 시의 말미에 첨부되어 시인으로서의 자연에 대한 오묘한 깊이와 넓이를 설파하게 된다. 세계의 진의를 추구하려는 창조자로서의 역량이 상식을 뛰어넘는 시적 의미를 불러일으키고 있음을 볼 수 있다. 아래의 시 「모순의 자리」에서 이형기가 드러내는 역설적 이미지는 애초에 "모순"과 배반으로 비롯되고 있지만 그 기발한 시적 운용으로 전율을 느끼게 한다. 이 시편에서 이형기의 시적 표현이 자의적인 것으로 보이

---

28) 김동중, 「이형기 시에 나타난 우로보로스 시학」, 『한국언어문화』 42, 한국언어문화학회, 2010, 8, 69면.

지만, 시인에게 있어서 전율은 곧 창조의 "색깔과 모양과 의미"로 기
능하기 때문이다.

> 눈을 감으면
> 아득한 기억의 저 쪽에서
> 하얗게 떠오르는 것이 있다
> 보니 그것은
> 여태까지 내가 수없이 입 밖에 내었던
> 그리고 또
> 입안에서 이리저리 굴리다가
> 꿀꺽 삼켜버린 말들이다
> 원래는 색깔과 모양과 의미가 있었던
> 그것들이 이제는 그저 하얗다
> 만들어진 모든 것은
> 필경 사그라져 버린다는 뜻인가
> 그러나 다시 보면
> 그것은 싸락눈이 깔린 언덕이다
> 봄이 되어 그 눈이 녹으면
> 파릇파릇 새싹이 돋아날
> 그리하여 새로 시작할 그 자리
> 소멸과 생성이
> 둘이면서 하나인 모순의 자리가
> 바로 거기 있구나
>
> > ―「모순의 자리」[29] 전문

---

29) 이형기, 『돌베개의 시』, 38면.

"눈을 감"는 자세는 지나간 시간에 대한 성찰의 단서를 취하는 외면적인 형식으로 볼 수 있다. 화자는 "아득한 기억의 저쪽"을 되돌아보며 누벼왔던 삶의 자취를 점검해본다. 보다 다채롭고 감회가 서린 과거는 오히려 "하얗"게 환기되어 걸어온 길에 대한 회의와 자책만이 가득 차 있음을 느끼게 되고, "하얗"다는 무상한 인식에서 자신 있게 나열할 수 없는 자기 삶의 허점을 깨닫는 것이다. 그것은 부질없이 쏟아내었거나 또 조금은 자책으로 유보시켰던 "말들"임을 확인하는 것으로, 수없이 입 밖에 내었던 지혜롭지 못한 "말들"이란 심증을 던져준다고 하겠다. 화자는 유보시켜야할 "말들"을 "입 밖"에 뱉어내고 미덕이 되지 못하는 결과에 스스로 책망하는 역설적 어조를 띠고 있다.

시적 화자는 스스로 "색깔과 모양과 의미가 있"는 "말들"을 늘어놓은 것 같지만, 그것들은 시간의 경과에 의해 다 지워지고 오로지 "하얗"게 바래어진 "말들"이 되었음을 자책하는 것이다. 시적 화자는 "말들"의 지워져버린 "색깔과 모양과 의미"를 허망한 심정으로 반추하고 있다. "한 때"는 우월한 글을 써서 발표했다고 자부심을 갖던 일들이 돌이켜보면 아무런 개성도 없고 지혜와 거리가 먼 "하얗"게 되어버린 허무주의적 인식에 직면하게 되는 것이다. 전성기를 누렸을 때의 "말들"의 성찬이 시간성에 의해 그 가치 지향성이 달라진다는 것은 "모순"을 강변하려는 저의로 보인다. 그 "말들"이 "모순"의 "색깔과 모양과 의미"를 지니게 되는 것은 시간성에 의한 것이며, "말들"의 본질이 "하얗"게 바래어진 사태에 대해 시간의 배반적 요소와 전율을 불러일으키게 된다. 시인은 그러한 허무적 인식에 몸부림치고 있다.

시적 화자는 '만들어진 모든 사그라짐'의 허무적 인식으로 고착되지 않고, "사그라"짐에 빗대어 "싸락눈이 깔린 언덕"으로 이미지의 고리를 연이어 결코 "사그라"질 수 없는 세계의 비전을 제시한다. 하나의 변증법적 관계는 "싸락눈"을 통하여 설정되는 것이다. "싸락눈"이 의미하는 허무적 인식은 "새싹이 돋아날 언덕"에 기대어 "소생"의 꿈을 설정하게 된다. 비록 "하얗"게 바래어진 "말들"이지만, 그것은 결코 "사그라"질 수 없는 "싸락눈 깔린 봄언덕"으로 그 앞의 상황과 뒤의 인식이 "모순"된 비유적 이미지가 된다.

　이는 이형기가 선호하는 역설적 이미지에 가 닿는다. "하얗게 깔린 싸락눈"은 색채 미학으로 연결되고 있으며, "사그라"지는 상황은 "싸락눈"이 안고 있는 숙명적 근거를 보여준다. "싸락눈"이 "사그라"져서야 봄날의 화창한 햇볕을 받아 "새싹이 돋는 언덕"으로 승화된다는 것을 알 수 있다. "싸락눈"의 "소멸"에 대한 "생성"의 이미지는 그 "언덕"을 "새로 시작할 그 자리"로 풍자하여 찾아내고 있다. 어떤 의미에서는 이형기의 시학을 극복의 미학과 연관 지어서 "소멸"과 "생성‘의 시학임을 주장하는 근거가 될 수 있다. "하얗"게 바래어진 "말들"은 "사그라"짐의 소멸과 "새싹이 돋"는 생성의 미학을 통해 허무감을 극복하게 된다. "소멸과 생성"은 공사상(空思想)에 영향을 받은 "모순의 자리"라고 할 수 있을 것이다. 다음의 시편 「가을 잠자리」에서도 "이 가을"에 처한 "잠자리"의 외형을 통하여 존재적 가치의 소멸과 생성을 바탕으로 한 모순과 배반의 역설적 이미지를 보여준다.

　　이 가을
　　마른 나뭇가지의 가지 끝에
　　잠자리 한 마리 앉아 있다

숨이 멎은 듯 기척이 없는 잠자리

불룩하게 튀어나온 눈알에는

언제나 꿈꾸던 대로

저녁노을 찬란하게 불타고 있다

이윽고 어둠이 닥치리라

어둠 속에서 편히 잠들리라

그러나 잠자리의 눈은

한꺼번에 여러 측면을 볼 수 있는 복안이다

거기에는 그래서

삶과 죽음이 하나 되어 아른대고 있다

눈을 감아라

감으면서 또 눈을 떠라

　　　　　　　　　－「가을 잠자리」[30] 전문

　"가을"은 한 해가 저물어가는 절정의 순간에서 온갖 허무의 정서를 환기시킨다. 이 시에서는 그 단적인 예가 "마른 나뭇가지"가 되는 것이다. "가을"과 "마른 나뭇가지"는 숙명적인 연대 속에서 삶에 대한 허무 의식을 고조시킨다. 허무적 상황에 처한 "잠자리"의 자세 역시 생명 의지를 상실한 인간상의 한 단면을 비유적으로 암시해준다. "마른 나뭇가지"는 생성을 중지한 생명체의 전범이 된다. 이는 부정적인 의미의 본보기로 척박한 "가을"과 "마른 나뭇가지"에 존재하는 생명적 요소가 또 다른 생성의 위상을 가질 희망에 젖어보는 것이다.

　화자는 "숨이 멎은 듯 기척이 없는 잠자리"의 상황을 토대로 각박하

---

30) 이형기, 『돌베개의 시』, 17면.

고 절망적인 모습을 재현하고 있다. "기척이 없"는 상태는 "마른 나무"의 "가을"을 딛고 선 척박한 환경에서 도저히 헤어날 수 없는 극단적인 존재의 형상을 표출한다. 그 존재의 가치는 이제 더 향상할 수 없는 하강적 이미지에 닿아 있기 때문이다. "튀어나온 눈알"에 "찬란한 저녁노을"이 빛남으로써 그 '모순의 자리'를 통하여 변증법적 위장을 수용하는 것이다. 비극과 하강의 이미지가 디오니소스적 긍정의 인식으로 상승하는 계기를 마련하고 있다. 생명의 추락이 아닌 생성은 "멎은 듯한 숨"과 "튀어나온 눈알"이 서로 충돌하여 "찬란한 저녁노을"을 맞이함으로써 실현하게 된다.

"저녁노을"은 역시 단시간에 사라질 정황이지만 한때나마 "찬란"한 빛을 발할 수 있는 "불타"는 순간을 맞이하여 상승의 계기를 가지게 된다. "멎은 듯한 숨"은 외형적인 색(色)의 정신을 드러내지만, "저녁노을"은 내면적인 공(空)의 정신을 떠안고 변화되는 삶의 꿈을 곁들이고 있는 것이다. "어둠"의 도래는 비극성의 연장을 보여주지만, "잠" 속에서도 "여러 측면을 볼 수 있는 복안"은 생명 의지로 무장하고 있어서 "어둠"과 "잠"이 품고 있는 하강의 경지로부터 항상 반전할 수 있는 계기를 만들어준다. "복안"이 지니고 있는 다양한 삶의 방식과 하강 이미지는 상승 이미지로 도약할 수 있는 강렬한 의지의 비유적 본체로 평가된다. 외연적으로 편히 "잠드"는 가상적 상승에 대한 안일한 관점이 내연적으로 "복안"에 의하여 전환되는 수많은 꿈을 의미하는 것이다. "눈알"은 "이윽고" 닥쳐오는 비극적 상황에 대처하여 다가올 상승의 역설적 이미지를 강화한다.

궁극적으로 생성과 소멸의 논리에 직면할 때 공사상(空思想)은 "눈알" 또는 "복안"으로 생성의 진경을 회복할 수 있다. 이는 도저히 "마른 나무"와 "가을"로는 생성할 수 없는 여건을 배제하고 있다 할 것이다. "기척이 없"는 잠자리는 죽은 것인데 그 잠자리의 눈이 여러 측면을 볼 수 있는 "복안"이라는 것은 역설적 이미지가 될 수밖에 없다. 죽은 것의 눈은 생명체가 없는데도 불구하고 여러 측면을 보는 복안이 되고 있기 때문이다. 그리고 "삶과 죽음"은 "하나"가 되는 경지에 도달하게 된다. "삶"은 생성의 결과이며 "죽음"은 소멸의 결과이지만 "삶과 죽음"이 "하나"가 된다는 역설적 이미지를 만날 수 있다.

이형기만이 가지는 독특한 비유적 구조는 단순한 전환의 의미가 아니라 폭력적 충돌에 의한 "하나"의 의미로 일치한다. "하나"는 "눈을 감는 것"이 "눈을 뜨는 것"이면서 또한 "눈을 뜨는 것"이 "눈을 감는 것"의 역설적 이미지로 부가된다. 존재 의미를 상실케 된다는 것은 그릇이 없는 물은 존재할 수 없고, 물이 없는 그릇 또한 존재가 불가능하다고 풀이할 수 있다. 이것은 생성이 곧 소멸이며 소멸이 곧 생성인 변증법적 의미 과정에서 불교적 모순을 표현하는 역설적 이미지로 드러난다. 다음의 시편 「등」은 "나"와 "너"의 대치 상태에서 하나가 되는 과정을 통해 상승과 하강의 역설적 이미지를 살려내고 있다.

나는 알고 있다
네가 거기
바로 거기 있는 것을 분명히 알고 있다

그러나 아무리 팔을 뻗어도
내 손은 네게 닿지 않는다
무슨 대단한 보물인가 어디

겨우 두세 번 긁어 대면 그만인

가려움의 벌레 한 마리

꼬물대는 그것조차

어쩌지 못하는 아득한 거리여

그래도 사람들은

너와 내가 한 몸이라 하는구나

그래그래 한 몸

앞뒤가 어울려 짝이 된 한 몸

뒤돌아보면

이미 나의 등 뒤에 숨어 버린 나

대면할 길 없는 他者가

한 몸이 되어 살고 있다

이승과 저승처럼

-「등」[31] 전문

　"나의 등 뒤에 숨어버린 나", "대면할 길 없는 他者"는 '나' 안에 숨어있는 또 다른 자아로 볼 수 있다. 아무리 팔을 뻗어도 또 다른 자아에 닿을 수 없다는 것은 자아의 분열 상태를 의미하는 것이다. 인간은 통합할 수 없는 서로 다른 자아로 대립하고 충돌하며 살아가는 것이다.[32] "너"는 "나"에게 전혀 무용한 존재로 해만 끼치는 부적응적 "벌

---

31) 이형기, 『보물섬의 지도』, 74-75면.

32) 문혜원, 「이형기 시의 창작 방식에 대한 연구」, 『우리말글』 27, 우리말글학회, 2003, 4, 249면.

레"에 불과한 것으로 보인다. "너"는 "나"의 등에 붙어서 "나"의 비극
을 조장하는 행위로 "너"의 상승을 도모하고 있기 때문이다.

즉 "너"의 배반은 "나"에게는 비극이 될 수밖에 없는 관계로 "등"이
란 한계점을 교묘하게 활용하고 있다. "너"로 인한 "나"는 "너"의 배반
을 바라보고 있다. "너"는 비천한 "가려움의 벌레 한 마리"로 고귀한
"나"의 "등"에서 배반을 기대하며 "나"의 모순을 부추기고 있다. "나"
는 그지없이 고귀하지만 "너"의 배반을 억제할 수 없어 "겨우 두세 번
긁어대면 그만"인 비극적 몸부림으로 다가온다. "너"는 "내"게 "대단
한 보물"도 되지 못한 채 "너"의 모순을 지켜볼 따름이다. "너"는 비록
"내 등"이지만 손이 닿지 않는 "아득한 거리"에서 배반을 즐기고 있다.

"너"와 "나"는 "짝이 된 한몸"이란 오해를 감수할 수밖에 없다. 일반
적 인식이 쏟아놓은 오해의 범위 안에서 "너"는 모순되고 "나"는 배반
하고 있기 때문이다. 이 시는 이러한 모순적 관계 설정에서 또 한 번의
모순과 배반을 통해 역설적 이미지를 드러내게 되는 것이다. 괴롭힘
을 당하는 "나"의 관계는 괴롭히는 "너"의 횡포에 의해 "앞뒤가 어울
려 짝이 된 한몸"으로 합일되는 변증법[33]적 인식을 갖게 된다. 존재에
관한 논리로 생각한 헤겔의 변증법은 정반합의 단계적 전개를 말한
다. 모순을 포함하고 있음에도 알아채지 못하는 정의 단계와 모순이
자각되어 밖으로 드러나는 반의 단계, 모순에 부딪쳐서 전개되는 합
의 단계가 있다. "사람들"은 "한몸"이 된 "너"와 "나"의 외면적 관계만
인지하고 있어서 모순과 배반의 관계에 놓인 우리를 이해하지 못하는
역설적 이미지를 드러내는 것이다. 그러나 그런 비극을 "나"의 입장에

---

33) H Gadamer, 한정석 역, 『헤겔의 변증법』, 경문사, 1993.

서 수용하게 되어 일시에 반전되는 존재 의미를 갖는다.

"뒤돌아보"는 시적 화자의 행위는 자기 성찰이라고 볼 수 있다. 시적 화자는 외면상으로 드러나는 절망에 탄식하는 것이 아니라, 성찰에 의한 자기의식의 변환을 강조하고 있다. "너"는 이미 "너"가 아닌 "나"가 되어버린 성찰의 상태는 어쩔 수 없다고 생각된다. 겉으로는 "나"와 "너"가 분리되지만 속으로는 "나"와 "너"가 일치될 수밖에 없는 숙명적인 업보를 타고난 사실로 단정되기 때문이다. 그래서 "너"는 이미 "나"의 "등 뒤에 숨어버린 나"가 되는 것이다. "너"는 전혀 대면할 길 없는 타자로서 전혀 분리될 수 없는 "나"가 되어, "너"에 대한 "나"의 배반과 모순이 아무런 계층도 만들지 못하고 합일되는 "하나"의 역설적 이미지로 공유되고 있다. 이 시에서 더욱 의미있는 대목은 마지막 행의 "이승"과 "저승"의 단서이다. "너"의 행복과 "나"의 비극이 "하나"인 "한몸"이 된 관계로, "너"의 "이승"이 "나"의 "저승"이 됨과 동시에 "나"의 "저승"이 또한 "너"의 "이승", "나"의 "이승"이 "너"의 "저승"이 되는 관계로 정리된다. 따라서 "이승"은 "저승"이 되고 동시에 "저승"은 "이승"이 되는 반전을 가져온다. 여기에서도 "너"와 "나"의 관계성에서 빚어지는 모순의 역설적 이미지가 개입된다.

「나무 위의 물고기」, 「모순의 자리」, 「가을 잠자리」, 「등」의 시편을 통해 역설적 이미지는 실존적 깨달음과 풍유성에 의해 드러나는 것을 볼 수 있다. 역설적 이미지는 새로운 눈으로 바라보는 가치를 창출하거나, 역리적 실존을 바라보게 하거나, 비극을 관통하는 실존적 성찰을 한다. 시에서 드러나는 역설적 이미지는 비극의 한계성을 통해 만나게 된다. 이형기의 시편들은 변증법적 상태에서 역설적 이미지의 형상화를 인식할 수 있으며 모순과 배반의 창조에 배어있는 역설적 이미지를 경험하게 된다. 이형기의 시에서는 소멸과 생성이라는 불교적 인식이 바탕이 되어 역설적 이미지를 형상화하고 있다.

이형기는 〈절벽〉 자서[34]에서 인간은 한 번 밖에 죽지 않는 삶의 일회성을 살고 있지만 시인은 죽은 적이 없으며 죽은 체 했을 뿐이고 은밀한 시간 속에 살아 있다고 말한다. 그의 자서에 나타난 역설적 인식에서도 알 수 있듯이, 역설적 이미지가 내포하는 의의는 시적 구조의 평면성을 넘어서고 진정성을 발휘하는 특성으로 시의 내면적 가치를 표명하는 데 있다. 이형기 시에 드러나는 실존적 자각은 내적 의미의 모순으로 이질적인 이미지를 융합시키는 역설적 이미지를 통해 드러난다. 이형기 시에 나타나는 역설적 이미지는 비유적 이미지의 대상과 대립적 매체의 모순적 충돌을 통해 진실을 내포하는 시적 가치를 상상력으로 표명한다. 이 시인이 의도하는 역설은 시적 구조의 평면성을 타기하고 존재에 대한 부정적 인식으로 재현되는 것이라고 할 수 있다. 즉 그가 의도하는 역설적 이미지는 비극의 한계성으로 형상화되어 전율적 절망감이나 역설적 진실을 기대하게 된다.

---

34) 이형기, 『절벽』, 시인의 말, 5면.

결론

이형기 시에 나타난 이미지가 보여주는 새로움은 서정성에 대한 파괴성과 혁신적인 실험 정신의 변화에서 찾을 수 있다. 그의 시에 나타난 이미지는 상상력과 실험적인 차별성으로 나타난다. 시에 있어서 실험은 언어의 새로운 조절과 적응에 관련된다. 시에서 실험은 시대의 진보에만 달린 것은 아니며 시의 소재나 매재도 달라진다고 할 수 있다. 이형기 시에 나타나는 실험적 이미지[1]는 초월이나 이성의 계기를 마련하고 그의 시가 처해있는 단계를 규정하게 한다.

이형기는 파격적 실험을 통한 다양한 시적 이미지의 변모로 시적 특성을 독자적으로 확장시켜 나간다. 한국 시단에서 우리시의 가능성을 넓히고 값진 실험을 펼쳐온 그는 자신이 처한 안정적인 위치에서 벗어나야 한다는 스스로의 실험적 요구를 받아들인다. 이형기는 시에 나타나는 이미지를 통해 심미적 관점의 진중한 태도를 보여준다.

---

1) 김종길, 『시론』, 탐구당, 1965, 119-125면.

이형기가 모색한 시적 이미지의 실험은 의도적이었다. 이형기는 시를 찾는 시인이 구름을 잡는 듯한 암중모색을 하는 것은 자신이 시인이기를 그만둘 때까지 되풀이되어야 할 작업이라고 생각하였다. 시는 본질적으로 실험이 낳은 미완성품이며 안주를 거부하는 도전이라는 것이다. 이형기는 그 실험이나 도전이 무엇을 가져오게 될 것인지는 알 수 없었지만 끝없이 변모하는 시의 이미지를 찾아 나선다.[2]

이형기는 시의 본질적 숙명인 난해성의 시[3]를 다양한 이미지를 통해 드러낸다. 이형기는 「시를 위한 팡세」에서 시인 자신도 이해할 수 없는 난해시를 썼으면 하고 시 속에 어떤 비밀 지대를 설정하겠다는 말을 한다. 그는 복수의 세계를 인정하고 정형을 파괴하는 실험 이미지를 통해 자신의 시적 특성을 만들어나간 것이다. 그의 시에 나타나는 이미지는 실험 의식에 의해 전율적으로 창조되고 있으며 언어의 상징적 기능을 강화시킨다. 시적 이미지에서 상징적 기능을 강화하는 길은 상상력을 자극하여 언어의 밀도나 탄력성을 부과하는 것이 된다. 이형기가 주장했던 것처럼 시에서 이미지는 그 시인의 시적 특성을 표출하는 도구가 되기 때문이다.

이형기는 파격적 실험과 상상력을 통한 다양한 시적 이미지의 변모로 탐미적 경지를 개척하여 시세계의 지평을 넓혀나간다. 이형기의 시에서는 초기 시부터 후기 시까지 실험적으로 변모하는 이미지와 조우할 수 있다. 시에서 드러나는 이미지가 시인의 심층의식이 투사된 객관적 상관물이라는 사실을 감안한다면, 이형기 시에 나타난 이미지

---

2) 이형기, 「시인은 말한다」, 『보물섬의 지도』, 서문당, 1985, 109-110면.
3) 이형기, 「시를 위한 팡세」, 『바람으로 만든 조약돌』, 어문각, 1986, 242면.

는 독창적이고 실험적이라는 중요한 단서를 찾아낼 수 있다. 이형기 시의 특성은 첫 시집 『적막강산』부터 마지막 시집 『절벽』에 이르기까지 정체되지 않고 변화를 시도한 역동적 이미지이다. 특히 그는 보들레르의 의식 밑바닥에 있는 귀족주의 의식으로 인간과 세계의 불화가 심화되는 난해시의 입장을 가지게 된 것이다. 그런 이유로 이형기는 후기 시의 발단이 되는 『꿈꾸는 한발』에서 자아와 세계의 불일치로 화해를 거부하게 된다. 이후부터 이형기는 보편적 서정을 탈피하고 시 세계의 실험적 상상력에 상징성이 강화되는 언어의 강도를 염두에 둔다는 사실을 알 수 있다.

이미지의 역동성은 추상명사의 원용이나 역동적 상상력을 통해 드러나며 시적 의미의 밀도와 사물의 활유화에 따른 상징성에서 비롯된다. 이형기의 시적 이미지에서 드러나는 역동성은 초기 시집부터 마지막 시집에 이르기까지 시의 개별성을 확립하고 있다. 이형기가 추상명사를 끌어들이는 시작 태도는 "추상명사를 쓰는 것은 정신이 있는 내부성을 표현하였"다는 김구용의 주장을 긍정적으로 수용하는 것이다.[4] 추상명사가 지시하는 것은 감각적 지각의 대상이 되지 못한다. 그럼에도 불구하고 이형기가 추상명사를 사용하는 이유는, 물질명사만 쓰는 시는 내부 세계가 허술해질 수 있고 의미가 희박해질 수 있다고 생각하기 때문이다. 이런 견해의 밑바닥에는 시를 농축된 의미의 구조물로 본다는 의식이 깔려 있다. 추상명사를 사용하는 시는 유연성을 잃고 의미의 부하 과중으로 난해성까지 겹친다는 단점이 있지만 개별성을 초월하는 속성이 있기 때문에 시의 의미가 심화된다. 따라

---

4) 이형기, 「시와 추상명사」, 『시와 언어』, 문학과 지성사, 1987, 363-366면.

서 추상명사 활용은 이형기 자신이 추구했던 난해성의 시와 개별성의 시를 확장시켜 나가는 데 중요한 제재가 되었음을 알 수 있다.

이형기가 시에서 활용하는 이미지가 왕성하다는 것은 정신세계의 맥락이 한 곳으로 집중된다는 것을 의미한다. 이형기의 시적 상상력은 지상적인 한계뿐만 아니라 우주와 천체를 통해서도 발휘되고 있으며 가시적인 것에서 불가시적인 초현실의 경지까지도 드나들고 있다. 그는 사물과 사물 간의 폭력적 결합이나 이미지와 이미지의 상상적 결합을 통해 새로운 세계의 전율과 꿈을 획득하기도 한다. 그의 시적 상상력은 역동적 이미지를 투사와 통합의 진지한 가치로 규명하여 시사적으로 뚜렷한 자기만의 개성적인 시세계를 개척해나가는 원동력이 된다.

이형기 시의 대표적인 특성은 다양한 이미지로 표출되는 시적 탄력성이나 이에 따르는 역동성 넘치는 감각적 이미지라 할 것이다. 그의 시에 나타나는 이미지의 감각화는 시적 상상력을 통한 관념의 감각화라 할 수 있다. 이형기 시는 대부분 평면적 구조를 뛰어넘어 독특한 관찰력으로 사물에 대한 새로운 비의를 표출하거나 연상과 유추를 통한 관념을 감각적으로 재구성하는 데서 이미지의 역동성을 드러낸다고 할 수 있다. 그가 시 전반에 도입한 역동성은 악마적 이미지의 성취에 따라 더욱 강도가 높아지고 그와 더불어 역설적 이미지도 강화된다. 이형기는 이미지를 통해 구체적 현실감을 환기시키고 미학적 효과를 나타낸다.

이형기 시에서 독립된 형태의 이미지나 상호 관계를 맺은 다양한 이미지 유형에 따른 시적 특성을 고찰할 수 있다. 이형기 시에 나타난 이미지의 유형은 크게 세 부분으로 나눌 수 있다. 먼저 초기 시『적막

강산』과『돌베개의 시』에서 정감적 변이에 따르는 감각적 이미지가
드러난다. 세 번째 시집인『꿈꾸는 한발』에서는 정서의 동일성에 의
한 악마적 이미지가 강화되고 있으며『꿈꾸는 한발』이후 마지막 시집
『절벽』까지 감정의 배리에 의한 역설적 이미지로 나아간다.

　이형기 시에 나타난 감각적 이미지, 악마적 이미지, 역설적 이미지
에서 먼저 정신적 · 심리적 · 지각적 이미지에 해당하는 감각적 이미
지를 발견할 수 있다. 이는 이형기 시의 깊은 사려와 전율적 지각으로
부터 우러나온다. 관조적 세계관을 보여주는 감각적 이미지에서는 감
각의 다변화와 초월의식, 감각적 변화와 지향성, 전통정서에 대한 대
비적 고찰로 나타난다. 이형기는 자연 현상뿐만 아니라 기계문명의
소산과 비정감적 대상에 이르기까지 감각적 이미지의 특성을 시적 구
조에 대입시켜 절망적이고 전율적인 개성을 진작시키고 있다. 이형
기는 초기 시에서 서정에 근원적 바탕을 두고 있지만 기존의 서정과
는 다른 관조의 세계를 보여준다. 이형기 시에서 서정 미학의 붕괴는
전통적 서정과 주지적 서정의 갈등을 통해 일어난다. 그는『돌베개의
시』를 상재할 때까지 목월을 비롯한 전통파 시인들의 뒤를 잇는 것으
로는 자신의 시적 인식에 대한 새로운 방향을 잡을 수 없다는 것을 인
식하게 된 것이다.

　이형기 시의 감각적 이미지에 드러나는 감각의 다변화와 초월의식
의 관점은 "낙화"의 절망적 형태로부터 "열매"가 암시하는 희망적 인
식을 실현시키는 데 초점을 맞춘다. 「낙화」의 전 근대적인 애상성이
하나의 결실로 수용되는 감각적 변화에서 초월의식이 야기되는 것을
발견하게 된다. 「낙화」의 당위성에 기대하는 염원은 「비오는 날」, 「봄
밤의 귀뚜리」에서도 초월의식으로 승화되는 것을 느낄 수 있다. 이는

「호수」와 「나무」의 기다림의 애상성으로부터 「산」, 「종전차」에서 비
유되는 탄력적 정서를 통해 감각적 이미지를 끌어내게 되는 것이다.
이형기 시에 나타난 감각적 이미지는 전통 서정의 시를 뛰어넘는 초
월적 이미지를 구축하게 된다.

　이형기는 17세 소년으로 『문예』지에 최연소 등단한 이후부터 쌓아
왔던 전통 서정의 벽을 『꿈꾸는 한발』 이후 과감하게 걷어버린다. 이
형기는 서정적 미학을 고수하는 획일화와 리얼리즘을 극복한 것이다.
이형기는 남다른 실험 정신으로 영구혁명주의자를 지속적으로 추구
하였으며 그로테스크하고 데카당스한 악마적 이미지를 상징적으로
형상화하는 데 기여한다. 그의 시는 폭력적 결합이나 자연적인 질서
에 어긋나는 부조화로 기존의 상태를 변혁시키는 상상력에 치중하게
된다. 이형기는 급진적인 변모를 꾀하고 부정적 가치와 악마적 인식
을 불러일으킨다. 이는 반자연으로서의 예술을 내세운 보들레르의 의
식에 동의한 것이다. 이형기 시에 나타난 악마적 이미지는 인간과 세
계의 불화가 심화될수록 자연을 왜곡시키고 형체를 해체하면서 새롭
게 해석된 상징의 세계로 나타난다. 그는 초기 시에 해당하는 『적막강
산』과 『돌베개의 시』에서 보여준 존재의 소멸 · 허무 · 조락 · 달관의
세계를 탈피해 후기 시에서는 보들레르와 셰스토프, 고바야시 히데오
등에 심취하면서 자신의 시관에 대한 자각을 일으키게 된다. 이형기
시세계의 급격한 변화를 몰고 온 것은 이런 자각의 결과로 볼 수 있다.

　제3시집 『꿈꾸는 한발』에 집약되어 나타나는 정서의 동일성은 악
마적 이미지이다. 1930년대 미당의 「문둥이」나 「화사」 등에서 나타난
모순과 역설의 악마적 정서가 자기 부정을 통한 존재의 전이인 것에
비해, 1950년대 이형기 시에 나타난 악마적 정서는 정제된 이미지의

상징적인 시세계를 나타낸다는 것을 알 수 있다. 그의 시에 드러나는 악마적 이미지는 철저한 자기 해체 과정을 통해 기존 세계를 파괴하고 새로운 세계를 꿈꾼다. 이형기의 시에 드러나는 악마적 이미지는 그로테스크한 언어와 전율감으로 존재에 대한 학대를 통해 드러난다.

더불어 타자적 고통은 마성의 상징인 악마적 이미지를 진작시키는 데 지대한 역할을 한다. 탐미주의의 분파인 악마주의는 퇴폐적이며 그로테스크한 정서로 반항적이고 관능적인 색채를 추구한다. 이형기는 이 시기부터 전율과 절망의 세계관에 머물며 대상에 대한 동력화의 칼날로 서정을 뛰어넘으려는 의지를 보인다. 그는 악마적 이미지에서 황폐화된 인간성과 미학적 개별성을 드러내는 그로테스크한 언어의 전율과 절망적인 존재에 대한 학대 그리고 타자적 고통을 보여준다. 대표적 시편으로 「폭포」와 「고전적 기도」, 「백치풍경」, 「장마」, 「바늘」 등을 들 수 있다. 위의 시편에 나타나는 악마적 감수성은 미학적 상상력에 의해 충격과 전율의 진수를 보여준다. 이는 과격한 비유와 폭력적 언어 결합으로 세계를 부정의 시각으로 바라보는 것이다.

「폭포」는 그로테스크한 언어와 전율감의 진수를 보여준다. 마성적 순간의 "전율"이 등판에 새겨진 "자멸"은 생명의 강렬함을 제시하여 닫힌 세계의 단순성을 깨뜨리고 역동적인 상상 세계를 환기시키고 있다. 「엑스레이 사진」은 음험한 배경을 '폐허의 풍경'으로 규정한다. 이는 인체나 현실의 '보이는 것'에서 상상적 인식의 '보는 것'으로의 순응 원리를 통해 생명체에 대한 비극의 한계성을 드러내는 것으로 풀이할 수 있다. 「동상」에서는 요한의 말씀에서 부정과 회의의 관념을 드러내고, '칼'이 의미하는 악마적 복수 이미지를 '도끼'를 통해 보여준다. 이형기에게 시인의 길은 박토와 한발과 사막과 죽음과 절망을 걸어가는 과정이다. 그는 극단적 허무의 세계 인식 속에서 시인으로서의 실존적 깨달음을 확인한다.

「썰물」에서는 '개펄'의 이미지를 악마적 정서로 설화화한 정서의 동일성을 통해 그로테스크한 상징적 이미지를 강화한다는 것을 실감할수 있다. 타자의 고통이 드러나는 「바다」는 '나'와 '바다'의 관계가 어느 편이든지 서로 타자가 되는 것이다. 「장마」는 '황제'와 '장마'의 관계성을 통해 정신적이거나 감각적인 인식의 차원에서 고독과 우울과부적응성이 규명된다고 하겠다. 「첨예한 달」에서는 고통의 심정을 상징적인 시각적 이미지로 투사시킨다. 「바늘」에서도 '바늘'은 타자적고통을 해소시키는 수단이 된다. 바늘에 찔린 심장이 살아있는 그대로 조용히 멎는 것은 그로테스크한 이미지와 존재에 대한 학대로 상징적 이미지가 만들어내는 도발적 행위가 된다고 볼 수 있다. 그로 인해 타자의 고통에 의한 악마적 정서가 더욱 명료해진다.

이형기의 시 전편에서 감정의 배리에 의한 역설적 이미지가 표출된다. 그의 시에 나타나는 역설적 이미지는 비유적 이미지의 특성을 토대로 고찰할 수 있다. 이형기 시에 나타나는 역설적 이미지는 사물의인접성과 유사성을 토대로 비유적 이미지의 대상과 대립적 매체의 모순적 충돌을 통해 새로운 이미지를 창출하기 때문이다. 역설적 가치는 표면적으로 드러나는 모순에도 불구하고 어떤 진실을 내포하는 시적 가치를 상상력으로 표명한다. 그가 의도하는 역설적 이미지는 평면성을 배척하고 존재에 대한 파괴적 인식을 비유적으로 재현한다.또한 역설적 이미지는 비극의 한계성으로 형상화되고 있다. 이형기는가상과 현실을 구별하지 않는 양식을 통해 전율적인 절망감이나 역설적 진실을 기대하는 것이다. 이형기 시에 있어서 모순과 배반 그리고 전율은 시적 창조의 방법적 도구인 좋은 '칼'이 된다.

이형기는 역설적 이미지를 통해 실존적 깨달음과 비극의 한계성을 보여주며 모순과 배반의 창조를 표출한다. 역설적 이미지는 「폐차장에서」와 「그해 겨울의 눈」, 「분수」, 「나무 위에 사는 물고기」 등의 작품에서 두드러진다. 그는 시적 진실을 찾기 위해 실존적 자각으로 시를 발견하고 실험하려는 자세를 가지고 있다. 실존적 깨달음은 위선을 뛰어넘어 세계의 진실에 닿고자 하는 자기 발견이 된다. 이형기 시에 나타난 역설적 이미지는 파괴력 넘치는 의욕을 실현시키기 위한 실존적 자각에서 표출된다. 그는 가시적 존재인 물질과 불가시적 존재인 정신이 표면상으로는 상충하지만 내면적으로는 동일하다고 보고 있다. 공사상(空思想)은 정신없는 물질이 존재할 수 없는 사상이다. 이처럼 물질 없는 정신도 생각할 수 없다는 사유에 대해 깨닫게 된다.

감정적 배리에 의한 역설적 이미지는 실존적 깨달음과 풍유성, 비극의 한계성이 드러나고, 모순과 배반의 전율에 의해 창조된다는 것을 알 수 있다. 「폐차장에서」는 실존적 깨달음과 풍유성을 드러내는 폐차장의 현상과 폐차장의 내면적 의의를 통해 역설적 이미지를 드러낸다. 「완성」에서는 '깨어진 그릇'의 풍유적 역설과 「원형의 눈」과 「죽지 않는 도시」의 비극을 통해 실존적 성찰을 느끼게 된다. 「해바라기」나 「그해 겨울의 눈」 그리고 「편자」와 「분수」의 비극의 한계성이 드러나는 변증법적 생태에서 역설적 이미지의 형상화가 나타난다. 「나무 위에 사는 물고기」와 「모순의 자리」에서 모순과 배반의 전율의 역설적 이미지가 드러난다. 그리고 「가을 잠자리」와 「등」에서는 소멸과 생성의 역설적 이미지가 표출되고 있다. 이처럼 역설적 이미지는 이형기의 공사상(空思想)을 비유적으로 보여준다. 이형기가 변혁시킨 미의식의 질서는 새로운 세계를 하나 더 만들어내기 위해 역설적 이미지를 드러낸다. 이형기는 역설적 이미지를 통해 현대 문명의 병든 상황에 당면한 현실을 보여준다. 더불어 그의 시에 나타나는 역설적 이미지는 생성과 소멸의 공사상(空思想)과 우로보로스 시학을 통해 드러나며 새로움을 압축해서 보여주는 모더니즘적 세계관과 상통한다.

그는 『죽지 않는 도시』 등의 후기 시에서 종말론적 상상력에 입각한 문명 비판이나 허무 의식을 바탕으로 하는 존재론의 타성에 젖어 서술적인 경향을 보인다. 그리고 마지막 시집 『절벽』에서는 병상에 누워 있었던 관조적 삶의 성찰에 의해 완화된 어조의 이미지를 드러내고 있다. 하지만 그의 시집 전반에 걸쳐 드러나는 역동성은 이형기 시학의 모태가 된다. 이형기 시에 나타난 이미지의 대표적인 특성이 시적 탄력성이라고 할 때, 본고에서 고찰한 세 유형의 대표적 이미지는 각 이미지 유형마다 탄력적인 밀도로 시 전반의 바탕이 되는 역동성을 구축한다는 의의를 발견할 수 있다. 그의 시에 나타나는 실험적 이미지들이 정체되지 않고 다양한 변주를 시도했다는 것 또한 이형기 시학의 힘을 도출할 수 있는 시적 특성의 근거가 될 것이다.

이형기는 '자신이 남과 어떻게 달라야 하는가'라는 태도로 자신의 개별성을 확립시키기 위한 충격적인 상상력을 키워나간다. 그 결과 그는 리얼리즘을 극복하고 자신만의 시적 세계를 형성하게 된다. 그는 '무릇 시인은 세계의 정신이 되는 용광로에 넣어 새롭게 만드는 사람'이라고 생각한다. 그래서 이형기는 자신의 시 세계를 새롭게 해석하기 위해 의도적으로 왜곡적 시각을 가지려 노력한 것이다. 이형기 시 전반에 드러나는 각각의 이미지들은 실험적인 탄력성으로 끝없이 변화를 추구해왔음을 알 수 있다. 이형기는 타자나 사회를 모방하지 않고 차별성을 강조하면서 동일성에 저항한 것이다. 그는 시로 사회적 효용성을 노릴 수 없다고 주장하며 사회의 가치관을 깨워 새로운 무엇으로 나갈 수 있는 계기를 쉬지 않고 만들어주어야 한다고 역설한다. 이형기가 보여주는 시의 이미지는 안주하지 않고 끊임없이 변화해왔다는 것을 알 수 있다. 이는 그의 시세계가 역동적이며 힘의 시학임을 입증하는 사실이다.

이형기는 자신이 구사하는 모든 이미지에 탄력적인 힘을 구사한 시인이다. 그 결과 역동적 이미지는 그의 시 전반에서 표현된다. 이형기 시의 이미지 전반에 나타난 역동성은 한국 시의 효시로도 볼 수 있을 정도의 강력한 힘을 배태하고 있다. 이형기의 시를 살펴보면 잠든 자를 흔들어 깨우는 불멸의 시 같은 이미지들이 나타난다. 이형기는 국경을 넘어설 수 있는 시의 월경성을 위해 어감에 의존하는 시는 번역이 곤란하다는 사실을 인식하게 된 것이다. 그는 어감의 희생이 있어도 살아남아야 하는 시를 쓰기 위해 시어의 힘과 탄력 구사에 전력을 다한 것이다. 이형기는 다양한 이미지의 실험적 구사를 통해 그의 시적 특성을 확장시켜 나갔으며 이는 그의 시적 세계관과도 상통한다는 사실을 확인할 수 있다.

『꿈꾸는 한발』의 표상공간

공간은 인간 삶에 있어 경험활동의 중요한 요소다. 에드워드 렐프 (EdwardRelph)[1]는 '공간'이 단순히 지각되기만 하는 것이 아니라 인간의 삶이 이루어지는 곳이라고 말한다. 오토 프리드리히 볼노(Otto Friedrich Bollnow)[2]는 공간을 인간의 상관물이라고 규정한다. 그는 인간의 구체적인 삶에 열려있는 공간을 체험공간이라고 정의하는 것이다. 이-푸 투안(Yi -Fu Tuan)은 '공간'을 움직임, 개방, 자유, 위협이며, 이런 미지의 공간이 인간의 다양한 경험을 통하여 친밀한 장소로 바뀐다고 말한다.[3] 인간의 상상력으로 자유롭게 창조된 추상적인 공간이 가치를 부여받게 됨에 따라 장소가 되는 것이다.[4] 임마누엘 칸트(Immanuel Kant)[5]에 따르면 공간은 의식의 선험성, 내적인 관념성,

1) 에드워드 렐프, 김덕현, 김현주, 심승희 역, 『장소와 장소상실』, 논형, 2005, 44면.
2) 오토 프리드리히 볼노, 이기숙 역, 『인간과 공간』, 에코리브르, 2011, 17-20면.
3) 이-푸 투안, 구동회 심승희 역, 『공간과 장소』, 대윤, 1999, 6-8면.
4) 이-푸 투안, 위의 책, 124면.
5) 앙리 르페브르, 양영란 역, 『공간의 생산』, 에코리브르, 2011, 40면.

경험적 실재성이며 초월적이어서 그 자체로는 파악될 수 없는 의식의 구조와 밀착되어 있다. 따라서 공간과 인간의 관계는 상호적이다.

문학의 시간은 외부적이고 객관적인 죽은 시간이 아니라 내면적이고 주관적이며 살아있는 체험의 시간이다.[6] 이와 마찬가지로 문학의 공간도 물리적이고 객관적인 공간이 아니라 내면적이고 주관적이며 체험된 현상학적 체험의 공간이다.[7] 문학 중에서도 시적 표상공간은 시인의 내적 세계를 반영하고 정서를 형상화하는 효과적이므로 시인이 외면할 수 없는 요소로 작용한다. 외부현실의 물리적 공간은 시인의 정서를 형상화하는 데 있어서 매우 탁월한 효과를 나타내므로 시적 표상공간을 외면할 수 없게 된다.[8] 즉 시인이 체험하는 특정장소는 시인 고유의 시적 내면공간이 되는 것이다. 이는 체험공간이라는 개별적인 장소에서 시인의 고유한 상상력과 정서가 표출되기 때문이다. 실존 공간 속에 새겨진 기억과 경험은 현대 물리적 요소들의 긴밀성을 명확하게 재구해 보여준다.[9] 시에서 표상공간은 시인의 상상력에 의해 표출되는 것으로 결국은 시인이 겪은 공간성의 체험에서 생산되는 것으로 볼 수 있다.[10]

6) 송명희, 『현대소설의 이론과 분석』, 푸른사상, 2006, 132-133면.
7) 송명희, 「이상화 시의 장소와 장소상실」, 『한국시학연구』 제23호, 한국시학연구학회, 2008, 223면.
8) 심재휘, 「김종삼 시의 공간과 장소」, 『아시아문화연구』 통권30호, 아시아문화연구학회, 2013, 195면.
9) 박선영, 「김구용 시에 나타난 근대 공간성 연구-시집 '詩'를 중심으로」, 『아시아문화연구』 제29집, 아시아문화연구학회, 2013, 191면.
10) 전영주, 「한국 근대시와 시적 표상공간으로서의 '서도' 로컬리티-1920년대 시형식의 변화와 시적 발화를 중심으로」, 『동악어문학』 제62집, 동악어문학회, 2014, 333면.

1. 시적 표상공간과 정체성

표상공간과 장소성의 관계는 앙리 르페브르에 의해서 규정된다. 앙리 르페브르(Henri Lefebvre)[11]는 시인 고유의 시적 공간을 표상공간으로 본다. 그는 표상공간을 '공간의 실천', '공간의 표상'으로도 지칭하며 사회적 공간의 구성요소를 제시한다. 실제로 공간은 인간에게 선험적인 절대적 환경으로 인식되어 왔다. 하지만 공간은 물리적이고 선험적인 것이 아니라 사회의 구성원이 삶을 살아가는 사고와 행위 등의 양식 전체를 이해하는 중요한 조건으로 이루어져 있다는 것을 알 수 있다. 이 체험공간은 시인의 상상력이 더해져 실제 장소 이상의 의미를 지니게 된다. 가스통 바슐라르(Gaston Bachelard)[12]는 이 체험공간이 표상공간이 되어 시를 읽는 독자에게 원형적 감각의 교감을 가능하게 한다고 말한다. 즉 표상공간이 되는 체험공간은 시화된 기억의 장소가 된다는 것이다. 따라서 시적 표상공간은 시인 자신이 실제로 체험한 공간의 의미와 시인의 상상력에 의해 생성되는 표상공간이 된다. 시인은 시적 표상공간에 이르러 자신을 감성 속에 가두지 않는 새로운 공간을 발견하게 되는데, 이때 시적 표상공간은 팽창(expansion)[13]의 가치를 얻게 된다는 것을 알 수 있다.

장소란 결코 그 장소를 경험하는 사람과의 관계를 고려하지 않고는 존재할 수 없다.[14] 또한 장소 정체성은 장소와 장소경험을 하는 주

---

11) 앙리 르페브르, 양영란 역, 『공간의 생산』, 에코리브르, 2011, 80면.
12) 가스통 바슐라르, 곽광수 역, 『공간의 시학』, 민음사, 1990, 105-106면.
13) 가스통 바슐라르, 위의 책, 341면.
14) 이-푸 투안, 이옥진 역, 『토포필리아』, 에코리브르, 2011, 146면.

체와의 상호작용을 통해 만들어지는 고유한 특성을 말한다. 장소 정체성은 장소경험에 영향을 주고받는다는 점에서, 체험공간이 되는 시적 표상공간과 깊은 연관이 있다. 시적 표상공간은 시인의 상상력이 투영되어 의미화되는 체험의 장이기 때문이다. 장소 정체성은 장소에 개별성을 부여하거나 다른 장소와의 차별성을 제공하며 독립된 하나의 실체로 인식하게 하는 표상공간의 토대 역할을 한다. 장소 정체성을 이루는 세 가지 요소는 물리적 환경, 인간 활동, 의미이다. 여기서 중요한 것은 장소 정체성의 요소들이 어떤 방식으로 상호 관련되느냐이다. 장소경험의 본질은 직접적이며 완전하고 무의식적인 '내부'의 경험 속에서 어떤 장소 안에 소속된다는 것이다. 장소 정체성은 내부에 깊이 들어가게 될수록 장소와 동일시되는 경향이 강해지기 때문이다.[15]

이형기 시에 대한 연구는 생존시인이며 난해한 시를 쓴다는 이유로 활발하지 않다가 2004년 작고 후 증가하고 있다. 그에 대한 연구는 크게 세 가지로 나눌 수 있다. 첫째, 시적 세계관 연구[16], 둘째, 시론 및 비평에 관한 연구[17], 셋째, 시적 방법의 특성을 다룬 연구[18]가 있다. 연구

---

15) 에드워드 렐프, 앞의 책, 110-129면.
16) 이광호, 「소실점의 시적 풍경-이형기의 시세계」, 1992.
　　김선학, 「허무와 소멸에 관한 체험적 사색」, 1998.
　　김경미, 「이형기 시 연구」, 2001.
　　윤재웅, 「허무에 이르는 길」, 2002.
　　고명수, 「절대허무를 향한 역설의 언어-이형기론」, 2003.
　　강유환, 「이형기 시의 세계인식 방법」, 2008.
　　김지연, 「이형기 시의 허무의식 연구」, 2011.
　　김동중, 「이형기 시 연구」, 2012. 등이 있다.
17) 정광수, 「허무와 상상력의 극치-'심야의 일기예보'에 부쳐」, 1991.
　　김선학, 「극복, 달관, 시의 수사학-이 달의 시」, 1997.

사를 검토해보면 기존연구사에서 시적 방법의 특성을 다룬 연구가 취약하다는 것을 알 수 있다. 특히 이형기의 시에 나타난 장소나, 시적 표상공간에 나타난 장소 정체성에 관심을 기울인 연구는 전무하다. 이 점에 착안하여 본고는 장소를 시적 제재로 삼은 이형기의 시에 주목하여 시적 표상공간에 나타난 장소 정체성의 특성을 고찰하고자 한다. 이 연구를 위해 본고에서는 장소 연구에서 중심이 되는 지리학자의 논의 중 에드워드 렐프(Edward Relph)의 장소 정체성의 내부성 이론을 수용하여 분석하고자 한다. 장소의 본질은 내부의 경험에서 실행되는 활동의 의미를 정하게 되는데, 특히 내부에 있을수록 동일시되는 장소 정체성은 더욱 강해지기 때문이다. 이형기의 시적 표상공간에 나타난 장소 정체성 연구는 이형기가 추구하는 시세계의 내면인식에 접근하는 또 하나의 주효한 방법론이 될 것이다.

2. 사타니즘적 시세계

이형기는 세계와의 화해를 거부하고 절망을 확인하기 위해 그의 시가 존재한다고 피력한다.[19] 그는 복수심을 불러일으키는 적의 존재로

　　오세영, 「'돌의 환타지아'-한국 현대시 분석적 읽기」, 1998.
　　이상호, 「시지프스의 굴레를 쓴 시인의 운명-'심야의 일기예보'」, 1999.
　　박재원, 「이형기 시인의 '꿈꾸는 한발' 시 분석」, 2003.
　　문혜원, 「이형기 시의 창작방식에 대한 연구-중기 시를 중심으로」, 2003. 등이 있다.
18) 이재훈, 「이형기 시 연구-초기시를 중심으로」, 2000.
　　곽용석, 「이형기 초기시의 이미지 연구」, 2001.
　　배옥주, 「이형기 시에 나타난 이미지 연구」, 2014. 등이 있다.
19) 이형기, 『꿈꾸는 한발』 서문

세계를 인식하고 있다. 본고에서는 이형기의 세 번째 시집『꿈꾸는 한
발』의 시적 표상공간에 나타난 장소 정체성을 통해 이형기의 사타니
즘적 시세계를 분석할 것이다. 이형기가 상재한 8권의 시집[20] 중 세 번
째 시집『꿈꾸는 한발』을 중심으로 고찰하는 이유는『꿈꾸는 한발』에
서 노골적인 악마적 정서로 자학과 분노의 감각적 세계관을 펼치고
있기 때문이다. 이형기는『꿈꾸는 한발』이후의 세계를 '전율과 충격의
창조'라 고백하고 있다. 그는 세 번째 시집 이후 보들레르를 통해 시인
은 '꿈꾸는 사람'이라는 인식을 갖게 되었으며, 영구혁명자[21]인 시인
이 통념적 미의식과 작별하기 위해 세계를 새롭게 해석하고 미의식의
질서를 변혁시킨다는 방향설정을 보여준다.[22] 따라서『꿈꾸는 한발』
의 시적 표상공간에 나타나는 장소 정체성을 분석해보면 이형기가 과
도기적 실험기에 그로테스크한 전율감으로 악마적 정서를 실현하고[23]
적대와 독의 미학으로 점철된 시세계를 운용하고 있다는 것을 확인할
수 있다.

　　장소 정체성은 장소의 본질을 파악하고 자신을 훈련시킴으로써 성
취되는 것이다. 따라서 정체성은 그 공간에 길들여진 주체가 지니게
된다. 장소 정체성에서 내부와 외부의 이원성은 가장 기초적인 장소
의 본질이다. 에드워드 렐프(Edward Relph)는 장소 정체성의 구성요
소를 외부성과 내부성, 장소에 대한 정체성의 형태와 수준, 장소에 대

---

20) 『적막강산』(1963), 『돌베개의 시』(1971), 『꿈꾸는 한발』(1975), 『풍선심장』
　　(1981), 『보물섬의 지도』(1985), 『심야의 일기예보』(1990), 『죽지 않는 도시』
　　(1994), 절벽(1998)
21) 이형기, 「불꽃 속의 싸락눈 63」, 『절벽』, 문학세계사, 1998, 108면.
22) 배옥주, 『이형기 시에 나타난 이미지 연구』, 부경대학교 박사논문, 2014, 21면.
23) 이형기, 『풍선심장』, 문학예술사, 1981, 서문

한 개인적 집단적 그리고 대중적인 이미지간의 경계 및 그러한 장소들의 정체성, 정체성이 성장하고 유지하며 변화하는 방식으로 분류하고 있다. 정체성은 내부자가 긴밀하게 연결된 완벽한 개성이다.

시인들은 장소의 외부성과 내부성을 다양한 강도로 경험한다. 하지만 시적 표상공간에서 외부와 내부의 이원성은 한눈에 알아볼 수 있을 만큼 명료한 것이 아니다. 특히 장소의 본질은 외부와 구별되는 내부의 경험 속에 있다. 이 사실은 내부자의 소속감과 동일감을 상승시키게 되고 내부의 경험이 깊어질수록 장소 정체성은 더욱 명료해진다는 것을 알게 해준다. 장소의 이미지는 수직적, 수평적으로 구조화된다. 수직적 구조는 장소를 내부자로 경험할지 외부자로 경험할지의 강도와 깊이에 따라 분류될 수 있다. 이에 비해 수평적 구조는 개인의 이미지인지 공동체나 집단의 이미지인지 전체가 합의한 이미지인지에 따라 구분된다.

장소에서의 내부성은 육체적 개입이 되는 행동적 내부성과, 감성적인 참여를 수반하는 감정이입적 내부성, 무의식적으로 빠져드는 실존적 내부성, 다른 매체를 통해 장소를 경험하는 대리적 내부성으로 분류할 수 있다. 이형기의 시적 표상공간에 나타난 장소 정체성 연구는 그가 추구하는 시세계의 내면인식에 접근하는 또 하나의 주효한 방법론이 될 것이다. 에드워드 렐프(Edward Relph)의 장소 정체성 이론 중 내부성 이론을 수용하여 분석하고자 하는 이유는 내부의 경험에서 실행되는 활동에서 동일시되는 장소 정체성이 더욱 강해지기 때문이다.

이형기의 시를 분석하기 위해 에드워드 렐프(Edward Relph)의 '내부성'을 중심으로 한 논의를 살펴보면, 어떤 장소의 안에 있다는 것은

소속감을 상승시키고 내부경험에 의한 장소 정체성의 본질을 드러낸
다는 것을 알 수 있다. 본고는 에드워드 렐프(Edward Relph)의 장소
정체성을 구성하는 내부성에서 시적 적용 원리를 추출한 후, 이형기
의 시적 표상공간에 나타난 장소 정체성을 통해 그의 내면세계 경험
과 사타니즘적 시세계를 조명해보고자 한다. 이러한 접근 방식의 시
도는 이형기의 시적 표상공간이 갖는 새로운 의미를 파악함과 동시에
이형기 시 연구를 더욱 활성화하는 방안이 될 것으로 기대한다.

　이형기의 시적 표상공간에 나타나는 장소 정체성을 에드워드 렐프
(Edward Relph)의 현상학적 내부성 공간이론을 토대로 접근하고자
한다. 이형기의 『꿈꾸는 한발』에 나타나는 「자갈밭」, 「엑스레이 사진」,
「바다」, 「폭포」네 편을 대상으로, 시인이 실제로 체험한 공간의 의미
와, 시적 상상력에 의해 작동된 문학적 공간의 의미가 내포된 표상공
간의 장소 정체성을 살펴볼 것이다. 『꿈꾸는 한발』의 시편 중 위 네 편
을 선정하여 고찰하는 이유는 다른 시편에 등장하는 장소에 비해 위
의 시들에 드러나는 장소인 '자갈밭', '엑스레이사진', '바다', '폭포'에
서 이형기 시인이 추구한 사타니즘적 내면세계가 더 명확히 드러나
있다고 판단했기 때문이다. 또한 이형기 시 연구에서 관심을 끌지 못
했던 시적 표상공간에 대한 논의라는 점에서 새로운 접근이 되지 않
을까 기대해본다. 본고는 이형기 시에 나타난 표상공간의 특징에 주
목하여 시적 표상공간에 투영되는 이형기 시의 장소 정체성을 밝히는
데 목적을 둔다. 따라서 전술한 에드워드 렐프(Edward Relph)의 내부
성 공간이론[24]은 이형기가 추구한 사타니즘적 시세계를 밝히는 중요

---

24) 에드워드 렐프(Edward Relph)는 장소 정체성에서 내부성과 외부성을 언급한 바

한 방법론이 될 것이다.

2-1. 행동적 내부성 -「자갈밭」

삽 한 자루
자갈밭 한 뙈기

땅은 갈기 위해 있는 것이 아니고
묻기 위해

꿈을 파내 정수리를 찍어버린
범행의 알리바이

불을 지르고는 저도 함께 타 죽어버린
그 완전 범행을 위해

아물어선 안 될 상처의 영구보존
그 소금 절임을 위해

오 이 삽 한 자루의 적개심
수직의 환상

있다. 그는 장소의 본질이 '외부'와 구별되는 '내부'의 경험 속에 있다고 본다. 에드워드 렐프(Edward Relph)가 객관적 외부성, 부수적 외부성, 실존적 외부성에 대비해서 제시한 네 가지 내부성은 다음과 같다. 첫째 행동적 내부성, 둘째 감정이입적 내부성, 셋째 실존적 내부성, 넷째 대리적 내부성이다.

마침내는 한 뙈기 자갈밭만 남는
그 이미지를 위해 땅은 있다
　　　　　　　－「자갈밭」[25] 전문

　자갈밭은 행동적 내부성의 장소다. 행동적 내부성은 직접적으로 경험해본 내부의 형태와 구조, 내용에 대해 다른 곳이 아닌 바로 '여기'라고 말할 수 있는 장소경험이다. 행동적 내부성이란 한 장소에 있으면서 그 장소가 특정방식으로 정렬되고 관찰 가능한 성질을 가진 사물 관점 활동의 집합으로 이루어져 있음을 인식하는 것이다. 한 장소가 사건의 배경에 지나지 않는 것으로 경험되는 부수적 외부성과는 대조적으로, 행동적 내부성은 신중하게 그 장소의 모습에 주목하게 된다. 그러한 내부성은 다른 물리적 경계로 둘러싸여 있을 때 가장 명확해진다. 행동적 내부성은 직접적 경험의 형태인데 장소경험에 수반되는 시각적 형태의 도움을 받아 강화되는 것이다. 행동적 내부성은 시각적 형태로 장소 정체성에 기여한다.

　이것은 정적인 다양한 장소들과 그 내용을 묶어주는 지속적 상호작용이 된다. 행동적 내부성의 특정장소 경험은 구성항목들과 외관의 물리적인 특성이 결합되는 방식에 의해 그 장소에 고유한 정체성을 부여한다.[26] '자갈밭'은 사건의 배경에 지나지 않는 부수적 외부성과는 대조적으로 '자갈밭'이라는 시적 표상공간에 신중하게 집중하고 있다. 내부성은 다른 물리적 경계로 둘러싸여 있을 때 가장 명확해진다는 논의에 주목해본다면, 자갈밭은 수직으로 꽂혀 적개심을 드러

25) 이형기, 『꿈꾸는 한발』, 창원사, 1975, 22-23면.
26) 에드워드 렐프, 앞의 책, 123-125면.

내는 '삽' 한 자루와 자갈의 경계에 둘러싸여 경작할 수 없는 쓸모없는 공간이 되고 있다는 것을 알 수 있다. 행동적 내부성에서 장소 정체성에 어떤 역할을 하는 것은 시각적 형태이다.[27) 이 시의 표상공간이 되는 '자갈밭'은 자갈이 쌓여 경작할 수 없는 상태이다. 또한 물리적 경계가 되는 삽은 땅을 파는 도구의 기능을 상실하고 수직으로 박혀있는 시각적 형태를 보여주고 있다. '자갈밭'이라는 내부성은 제 기능을 다하지 못하고 꽂혀있기만 하는 '삽'의 무기력한 표층적 기능을 통해 부조리한 세태에 대한 불가항력이나 무력감의 부적응 존재자를 발현시키는 사타니즘적 인식을 강하게 부각시킨다.

 행동적 내부성은 한 장소에 있으면서 그 장소가 특정방식으로 정렬되고 관찰 가능한 성질을 가진 사물이나 관점 그리고 활동의 집합으로 이루어져 있음을 인식하는 것이다.[28) '밭'이라는 표상공간은 '삽'으로 갈아서 정제해야 할 대상인데 오히려 땅을 묻어버린 자갈 때문에 삽은 무용지물이 되고 결국 밭은 경작할 수 없는 공간이 되고 만다. 이는 경작이 목적이 되는 밭이 아니라 이를 저해하는 자갈과 밭의 관계를 드러내는 것으로 볼 수 있다. 여기서는 경작하는 숙명을 가진 시적 표상공간의 밭이 오히려 자갈 때문에 경작할 수 없게 되는 모순적 숙명으로 바뀐다. 이런 불합리한 존재는 범행의 알리바이로 증명되고 있다. 수직으로 꽂혀 있는 삽 한 자루의 범행은 자갈로 덮인 경작지에서 농작물을 갈지 못하게 하는 대신 꿈의 정수리를 찍는다는 비정상적인 행위를 보여주고 있다. 삽은 자갈로 덮인 밭의 알리바이를 완벽

---

27) 에드워드 렐프, 위의 책, 124면.
28) 에드워드 렐프, 위의 책, 123면.

하게 만들어 완전범행의 부조리한 상황을 합리화 시키는 것이다. '자갈밭'이라는 한 장소에서 '삽'이라는 대상의 사물과 불을 지르거나 상처를 영구보존하기 위해 소금 절임을 하는 부조리한 활동을 통해 시인의 비극적 시세계가 확장되고 있다.

이 시의 표상공간이 되는 자갈밭에서 '자갈'은 풀 한 포기 지탱하지 못하도록 거친 반항으로 일관하며 경작이 불가능한 밭으로 만드는 역할을 자처하고 있다. 이 거친 반항은 불을 지르는 자가 함께 타버리는 완전범행으로 이루어진다. 표층적 공간들은 아물어선 안되고 영구 보존되는 상처와 아물지 않은 상처에 소금 절임을 하는 잔혹한 이미지로 완전범행을 꾀하는 행동적 내부성의 지속적 상호작용으로 볼 수 있다. 여기에서는 다양한 시적 표상공간에서 만들어지는 내용이 경작할 수 있는 땅과 경작할 수 없는 자갈밭, 갈기 위한 것과 묻기 위한 것, 자갈을 파내는 것이 아니라 꿈의 정수리를 파내는 것 등의 역리적 대비 관계로 구조화되어 있다. 이 모든 것 가운데 행동적 내부성의 핵심은 자갈밭이라는 환경을 구성하는 시각적 형태의 항목들이 분리되지 않고 잘 묶여서 장소 정체성에 중요한 역할을 한다는 사실이다.

장소와 지속적 상호작용에 의해 만들어진 요소들은 무한하게 다양한 구조로 엮여 장소 정체성에 영향을 준다는 사실을 간과할 수 없다. '삽' 한 자루는 이러한 대상들의 횡포를 척결하려 적개심을 드러내지만 아무 것도 할 수 없는 무능력자의 환상에 머물러 있다. 자갈밭의 척박한 환경을 구성하는 범행의 항목들은 서로 분리될 수 없이 서로에게 포박당하는 환경경험이 되는 것이다. 이는 구성항목들과 외관의 물리적인 특성이 결합되는 방식에서 고유한 정체성을 부여할 수 있다는 것을 보여준다. '땅'은 순리적 작용을 통해 진정성이 수용되는 세계를 암시한다. 이 시에서 이형기는 행동적 내부인으로서 순리에 역행하는 '자갈밭'이라는 모순의 특정장소를 경험하고 있다. 그는 자갈이 뒤덮인 자갈밭으로서의 경작할 수 없는 척박한 땅에서 시대와 역사를 혼란시키는 존재성을 규명하려는 사타니즘적 정서를 의도적으로 표명한 것이다.

2-2. 감정이입적 내부성 -「엑스레이 사진」

폐허의 풍경을 잡은
이 사진은 앵글이 기막히다
뼈대만 남은 고층건물
앙상한 늑골 새로
죽어서 납덩이가 된 도시를 보여준다
그 배경
담천을 가로질러 모여든
까마귀 한 떼
무엇인가를 파먹고 있다

사람의 가슴이
가슴 속에 흐르는 피가 붉다는 것은
거짓말이다
터지는 검은 먹물
그리고 폐허는 질척거린다
내일이면 함몰
다시 내일이면 늪이 될 폐허

수수께끼의 광선 엑스레이는
이처럼 오직 사실만을 증명한다
　　　　　　　-「엑스레이 사진」[29] 전문

　「엑스레이 사진」은 감정이입적 내부성의 장소다. 감정이입적 내부성은 그 장소에 모든 감각을 열어야 겪을 수 있는 장소경험이다. 이는 장소 상징에 대한 이해와 동일시되는 장소의 의미에 마음을 열고 장소의 상징을 존중하려는 흔쾌한 마음을 요구하는 것으로 볼 수 있다. 감정이입적 내부성과 행동적 내부성은 뚜렷하게 구분되지는 않는다. 하지만 감정이입적 내부성은 행동적 내부성에 비해 장소에 대한 관심이 점차 감성적이고 감정이입적인 것으로 옮겨간다는 차이점을 발견할 수 있다. 감정이입적 내부성은 단순히 어떤 장소를 바라보는(looking) 것이 아니라 그 곳의 정체성을 구성하는 본질적인 요소들을 만나고 이해하는(seeing) 것이다. 감정이입적 내부성은 경직된 사고 유형에 갇혀있지 않고 그 장소의 의미에 심정적으로 공감하여 장소의 본질을 만나는 것이다. 이런 의미들은 장소의 본질을 이해하려는 훈련을 통해 장소를 공유하는 사람들의 경험과 상징에 자연스럽게 연결된다. 따라서 감정이입적 내부성을 통해 경험된 장소 정체성은 행동적 내부성을 통해 경험된 장소 정체성보다 훨씬 깊고 유연하다.[30]
　이 시의 시적 표상공간이 되는 엑스레이 사진은 음험한 폐허의 풍경을 흑백의 앵글 속에 담아 보여주고 있다. 이는 셰스토프나 미당의 정서에 영향을 받은 이형기가 '엑스레이 사진'이라는 표상공간을 통

---

29) 이형기, 『꿈꾸는 한발』, 20-21면.
30) 에드워드 렐프, 앞의 책, 125-127면.

해 적대시하는 세계의 어두운 이미지를 강조하고자 하는 것으로 볼 수 있다. 여기서 생체조직의 양상은 황폐한 도시의 공간으로 비유되고 있다. 특히 그는 황폐한 공간을 대상으로 개탄하거나 저주스러운 언표로 접근하여 기막히다는 역설적 감탄을 함으로써 악마주의적 속성을 드러낸다. 감정이입적 내부성은 장소에 대한 관심이 외관상의 특성에 관한 것에서 점차 감성적이고 감정이입적인 것으로 옮겨간다.[31] 엑스레이 사진의 외관상의 모습은 죽어서 납덩이가 된 도시의 모습으로 전이되어 나타난다. 이는 생생하게 살아있어야 할 생체에 대한 실존적 존재감의 상실이 극대화되어 부정적 인식으로 옮아가는 것을 보여준다. 이형기는 엑스레이 사진과 납덩이가 된 도시를 동일시하여 감정이입적 내부성에서 사타니즘적 장소 정체성을 발견해내는 것이다.

　시적 표상공간의 폐허는 실제 살아있는 생체와는 정반대로 뼈대만 남은 모습으로 재현되고 있다. 생체는 살아있는 생명이 뒷받침되어야 하는 데도 불구하고 이제 무너지고 물에 쓸려가고 화마에 타버린 회색의 상태이다. 생체가 상실된 엑스레이 사진 속의 음험한 폐허는 악마적 속성이 가중되는 파괴적 시선을 드러내는 표상공간인 것이다. 이형기는 시적 표상공간인 엑스레이 사진을 통해 부정적 세계에 대한 시선으로 자신의 개별성을 실험하고 있다. 이는 장소의 의미에 마음을 열고 장소의 상징을 알고 존중하려는 감정이입적 내부성에 가 닿는 것으로 보인다. 단순히 엑스레이 사진 속의 모습을 보는 것이 아니라 폐허와 늪이 되어버린 함몰된 생체의 공간에서 그 곳의 정체성을

---

31) 에드워드 렐프, 위의 책, 125-126면.

구성하는 요소들을 만나고 이해하는 것이기도 하다. 이런 감정이입적 내부성은 경직된 사고유형에 갇혀있지 않다면 누구나 경험할 수 있을 것이다.

몸속 공간은 납덩이가 된 도시로 묘사되고 있다. 까마귀 한 떼가 무엇인가를 파먹는 장소는 공동묘지의 괴기스러운 표상공간으로 표현되며 그로테스크한 정서를 가중시킨다. 음침한 표상공간의 정서를 점층화 시키는 것은 검은 먹물이 터져 질척거리는 폐허의 모습이다. 그 폐허는 내일도 또 내일도 계속 함몰되기만 하는 절망적 현상을 일깨운다. 한 장소의 내부에 감정이입적으로 들어가려면 그 장소의 의미를 풍부한 곳으로 이해하며 그곳과 자신을 동일시해야만 가능하다. 엑스레이 사진 속의 함몰된 생체는 감정이입적 내부성을 통해 풍부한 의미의 장소로 경험되고 있다. 함몰된 생체의 표상공간에 나타난 정체성은 행동적 내부성으로 경험되는 정체성보다 훨씬 깊고 풍부한 정체성의 양상을 인식할 수 있게 한다.

인간적 생체조직의 성스러움은 공동묘지라는 섬뜩한 표상공간으로 전환되고 있다. 여기서 마성의 공포감이 급상승하게 되는 것이다. 이형기는 붉은 피가 흘러야하는 생명의식을 배제하고 스스로 '거짓말'이라는 원색적 시어로 피의 선명한 약동감을 부정하고 검은 먹물이 질척거리는 세계의 빈사상태를 강화한다. 또한 이형기는 폐허의 표상공간을 함몰이라는 종언을 통해 괴기성을 부각시키고 있다. 장소 정체성은 자동적으로 생성될 수 없다. 장소 정체성은 장소의 본질을 관찰하고 이해하도록 자신을 훈련시켜야 성취되는 것이다. 이는 엑스레이 사진이라는 객관적 상관물이 인체를 죽은 도시에 대비하여 관찰하고 이해하는 상상력의 반전으로 증명되는 것을 보면 알 수 있다.

악마적 정서는 곳곳의 공간에서 드러난다. 엑스레이 사진에 찍히는 피사체로의 몸은 뼈대만 남은 고층건물이 되거나 납덩이의 죽은 도시가 된다. 까마귀가 떼로 몰려와 파먹고 있는 공동묘지가 되고 검은 먹물이 거짓말처럼 터지는 가슴이 되며 계속 함몰되기만 할 내일의 늪이 되는 것이다. 이형기는 이런 도발적 가치지향성의 표상공간들에 발을 딛고 상상적 본질에 공감하고 있다. 그는 '엑스레이 사진'이라는 시적 표상공간을 통해 생명력의 자연스런 존재를 파괴적이고 부정적인 심상들로 제시하여 사타니즘적 전복을 꾀하고 있는 것이다. 이형기의 시적 표상공간에 나타난 시세계는 천편일률적인 시단의 획일화를 파괴하고 정서의 다양화를 시도한 것으로 볼 수 있다.

2-3. 실존적 내부성 – 「바다」

어젯밤 나는 바다를 죽였다

작살의 섬광 아래
바다는 온몸을 뒤틀면서
단말마의 소리를 질렀다
알고 보니 바다는
거대한 흡반이었다
나를 덮쳤다

모든 길은 차단되고
동시에 모든 길을 개방되었다
작살은 불꽃처럼 춤을 추었다

죽이는 자와 죽임을 당하는 자의
그 살기찬 오르가즘!

어젯밤 나는 바다를 죽였다
교미를 끝낸 或種의 곤충처럼
나도 함께 죽었다
― 「바다」[32) 전문

「바다」는 실존적 내부성의 장소이다. 실존적 내부성은 그 장소를 자각 없이 경험하더라도 의미로 차 있으면 생기는 장소경험이다. 실존적 내부성은 자신이 속한 장소라는 사실이 암묵적으로 인지될 때 생성되는 것이다. 내부성은 자기가 아는 지역이거나, 자기가 아는 사람이거나, 자신이 받아들여질 때 나타난다. 우리는 이 장소가 아닌 다른 모든 곳에서는 아무리 그곳의 상징과 의미에 개방적이라고 해도 실존적 외부인이 될 뿐 실존적 내부자가 될 수는 없다. 실존적 내부성의 특징은 장소와의 상호동일화다. 자신이 소유한 집이나 땅에 애정을 가지면 그 장소는 바로 자신보다 더 애지중지하게 되거나 자신과 같은 존재적 가치를 가지게 되는 것과 마찬가지다. 장소 개념의 토대가 되는 그 장소의 소속인 동시에 깊은 동일시가 되는 것이다. 따라서 자신과 동일시 할 수 있는 장소가 없는 사람은 그 장소에 닫혀있는 이방인이거나 뿌리가 없는 무주거자라고 할 수 있다.

실존적 내부성의 자세로 장소를 경험하는 사람은 그 장소의 일부

---

32) 이형기, 『꿈꾸는 한발』, 68-69면.

가 되며 장소 역시 그의 일부가 된다.[33] 이 시에서 '바다'와 '나'의 관계
는 어느 편이든지 서로 타자가 된다. '나'와 '바다'는 각자에게 주어진
고통을 극복하지 못하고 몸부림치는 상황에 놓여 있다. '나'는 '바다'
가 날뛰는 물결소리에 잠 못 이루며 그 고통 속에서 바다를 죽이고자
하는 살해의지를 불태운다. '바다'는 혼자 펼쳐져 있어야 하는 표상공
간으로 외로움 때문에 오히려 누군가의 간섭과 제압을 기대하는 모순
의 정황에 처해 있다. 어떤 장소의 내부에 있으며 그 곳을 완벽하게 경
험하고자 한다고 실존적으로 내부자가 되는 것은 아니다. 전술했듯이
가장 근본적인 형태의 실존적 내부성에서는 적극적인 자각 없이 장소
를 경험하더라도 여전히 그 장소가 의미로 가득 차 있을 때 실존적 정
체성이 발현되는 것이다. 표상공간의 '바다'는 단말마의 비명으로 파
도를 휘몰아치며 실존적 장소의 의미로 나를 덮쳐온다고 할 수 있다.

　대부분의 사람들이 경험하는 내부성은 어느 곳이든 거기에서 자신
이 받아들여질 때 나타난다. 시적 화자는 바다를 죽인 것에서 그치는
것이 아니라 결국은 나도 함께 죽는다. 이는 죽음에의 충동을 피하려
는 것이 아니라 오히려 죽음에의 고통을 극대화함으로써 죽음이라는
근원적인 조건으로부터 생의 충동을 건져내는 것이다.[34] 나와 바다는
두 개의 길을 만나게 되는데 그것은 차단되거나 개방되는 길이다. 결
국 바다의 실재적 의미는 시적 화자의 내면의식에 직면하게 되고 차
단되는 길은 나와 바다의 내면적 한계를 드러낼 뿐이다. '나'는 '바다'
라는 표상공간에 대한 살해의도를 실현하고 있다. 바다는 그로 인한

---

33) 에드워드 렐프, 앞의 책, 127-128면.
34) 강유환, 『이형기 시의 세계인식 방법』, 고려대학교 박사논문, 2008, 42면.

고통의 늪에서 몸부림치며 해조음을 일으켜 세우는 것이다. 이는 죽이는 자와 죽임을 당하는 자의 완전한 동일감에서 살기찬 오르가즘을 통해 파도의 이미지로 생성된다고 하겠다. 파도는 온몸을 뒤트는 시각적 표상공간으로 단말마의 소리를 내는 청각적 이미지까지 실현하고 있다. 바다가 뒤트는 현상과 단말마의 소리는 '나'로 인해 제공되는 타자인 '바다'라는 표상공간의 고통임을 암시한다. 이와 동시에 바다는 한밤 나를 잠들지 못하게 만드는 타자적 고통을 안겨주고 있다고 할 것이다.

길은 간섭하지 않을 때 서로 깊은 외로움에 빠지게 된다. 그와는 반대로 개방되는 길이 오히려 소통하며 외로움을 달래주고 감싸주는 방향을 추구한다. 실존적 내부성은 이 '바다'라는 표상공간이 바로 '나'가 속한 장소라는 사실이 암묵적으로 인지될 때 생긴다. '나'는 이 장소가 아닌 다른 모든 곳에서는 아무리 그곳의 상징과 의미에 개방적이라고 해도 실존적 외부인이 되는 것이다. 자신과 동일시 할 수 있는 장소가 없는 사람은 뿌리가 없는 무주거자가 된다. 그러나 실존적 내부성의 자세로 장소를 경험하는 사람은 그 장소의 일부가 되며 장소역시 그의 일부가 된다. 그렇게 되면 장소와 사람 사이에는 강하고 깊은 유대가 존재하게 되는 것이다.[35]

'나'의 인간적 정서가 '바다'라는 표상공간의 자연적 현상에 동참하는 것은 자연에 대한 깊은 이해와 수용적 측면이다. 이로 인해 바다가 주는 자연적 가치는 더욱 풍성해진다. 죽이고 죽임을 당하는 상황을 오르가즘으로 표현하여 인간과 자연공간의 화해를 도모하는 것이다.

---

35) 에드워드 렐프, 앞의 책, 128면.

인간인 '나'와 자연인 '바다'의 합일은 죽음으로 승화될 수 있다는 것
을 보여준다. '나'를 덮친 '바다'를 죽이고 '나'도 함께 죽음으로써 '나'
는 '바다'라는 표상공간의 일부가 되며, 바다라는 표상공간은 '나'의
일부가 된다. 이는 실존적 내부성의 특징으로 장소개념의 토대가 되
는 그 장소에의 소속인 동시에 깊고 완전한 동일시가 되는 것이다.[36]
특히 바다와 함께 죽는다는 비극성은 타자적 고통[37]의 악마적 정서를
환기시킨다. 이것은 삶에 내재된 죽음에 대한 예감을 죽음의 충동으
로까지 심화하여 끌어올리는 총체적 세계인식이다.

2-4. 대리적 내부성 -「폭포」

그대 아는가
나의 등판을
어깨에서 허리까지 길게 내리친
시퍼런 칼자욱을 아는가

疾走하는 전율과
전율 끝에 斷末魔를 꿈꾸는
벼랑의 直立
그 위에 다시 벼랑은 솟는다

그대 아는가
石炭紀의 종말을

---

36) 에드워드 렐프, 위의 책, 127면.
37) 윤대선, 『레비나스의 타자철학』, 문예출판사, 2009, 261-265면.

그 때 하늘 높이 날으던
한 마리 장수잠자리의 墜落을

나의 자랑은 自滅이다
무수한 複眼들이
그 무수한 水晶體가 한꺼번에
박살나는 盲目의 눈보라

그대 아는가
나의 등판에 폭포처럼 쏟아지는
시퍼런 빛줄기
2億年 묵은 이 칼자욱을 아는가
　　　　　　　-「폭포」[38] 전문

「폭포」는 대리적 내부성의 장소이다. 대리적 내부성은 직접 방문하지 않고도 깊이 마음에 남는 관계를 맺을 수 있는 장소경험이다. 누구나 간접적이거나 대리적인 방식으로도 얼마든지 장소를 경험할 수 있다. 우리는 영화 속의 장소를 통해 상상의 세계로 진입한다거나 그림을 통해 화가의 환상 속으로 들어갈 수도 있다. 장소 정체성은 특정 장소의 간접적인 경험이 직접 경험과 동일할 때 강해지게 되고, 예술가의 묘사력과 상상력 그리고 감정이입의 역량이 뛰어날수록 명확해진다. 즉 대리적 내부성은 특정장소에 대한 묘사가 우리가 이미 잘 알고 있는 장소에서의 경험과 일치할 때 가장 명확해지는 것이다.

---

38) 이형기, 『꿈꾸는 한발』, 16-17면.

  예술가나 시인이 장소를 묘사하는 목적의 하나는 거기에 산다는 것
이 어떤 의미를 지니며 그 장소에 대한 느낌이 어떤지를 우리에게 전
해준다. 시인이나 예술가는 스스로 경계를 설정한 매우 특별한 세계
안에서 작업에 열중하지만 굳이 이 세계를 발견해내려고 하지 않는다.
그들은 본래 그 안에서 태어난 것처럼 깊이 밀착되어 있다. 그들의 작
품을 읽고 감상하거나 들을 때 우리는 그들이 만든 새롭고 환상적인 세
계로 들어가 대리적 내부성을 느끼는 것이다. 우리들은 그림 속으로,
영화 속으로, 음악 속으로, 각각 다른 매체를 통해 접하는 가상의 세계
에서 가보지 않은 장소나 가상의 낯선 공간도 진짜처럼 가닿게 된다.

  시인에게 장소체험은 시의식을 형성하는 구체적인 매개체가 된
다.[39] 장소는 간접적이거나 대리적인 방식으로도 경험할 수 있다. 직
접 방문하지 않고도 마음에 깊이 남는 관계를 맺을 수 있는 것이다. 특
히 시인이 묘사하는 장소 중 상상 속에 존재하는 표상공간은 간접적
이지만 생생하게 그 장소에 대한 느낌을 전해주는 구실을 할 수 있다.
'폭포'는 이미 잘 알고 있는 '자연'이라는 장소에서의 경험을 표현하는
시적 표상공간이다. 이 시에서 시적 화자는 직립으로 솟은 벼랑의 '폭
포'라는 표상공간과 동일시되어 표현된다. 또한 폭포의 물줄기가 쏟
아져 내리는 상황은 2억년 묵은 칼자욱을 맞아 고통스러운 형상으로
비유되고 있다. 화자는 자신을 괴롭히는 타자의 실존적인 존재가 바
로 폭포이며 빛줄기이며 시퍼런 칼자욱이라고 보는 것이다. 이는 곧
'폭포'라는 자연적 표상공간이 석탄기의 종말에 추락하고, 자멸하고,

---

39) 김민숙, 「백석 시에 나타난 장소성 연구」, 『비평문학』 제46호, 비평문학회, 2011,
    65면.

박살나는, 맹목의 상상적 표상공간인 '나'의 모습으로 전이되어 나타난다. 폭포는 단절된 세계를 향해 악마적 정서를 표출하는 장소가 된다는 것을 알 수 있다.

이 표상공간은 쏟아져 내리는 물줄기가 산등성이와 절벽에 이르러 더 이상 상승하지 못하고 낙하해야만 하는 심각한 사태에 직면한 곳이다. 여기서 폭포의 본질과 세계가 지닌 비극적 하강의 정서를 만날 수 있다.[40] 시적 화자는 표상공간인 '폭포'에 대해 '그대 아는가'라는 의문서술형의 단도직입적인 표현을 통해 의혹을 제기하고 도발적 진술의 태도를 보여준다. 이런 구조는 시에 있어서 정서적 통일성을 획득하게 한다. 즉 '폭포'라는 시적 표상공간은 질주의 전율과 단말마의 전율을 통해 대상의 비극적 정황을 구체화시키는 것이다. 폭포에서 거센 물줄기가 쏟아져 내려오면서 나의 등판을 어깨에서 허리까지 내리친 시퍼런 칼자욱이 됨을 통해 사타니즘적 정서를 형상화 한다. 이는 이형기가 시적 표상공간을 통해 새로운 시적 세계의 변경을 도모라는 것이라고 볼 수 있다. 시인이나 화가 등의 예술가들은 때때로 자신이 스스로 경계를 설정한 후 매우 특별한 세계 안에 살면서 엄격히 작업에 열중한다. 그들은 세계를 발견해내려고 하지도 않고 그 공간에서 태어난 것처럼 즐길 줄 아는 사람들이다.[41]

화자는 보편적 표상공간이 되는 '폭포'라는 대상을 극단적이고 과장된 지향성으로 끌고 감으로써 사태의 악마성이나 공간적, 시간적 악마성을 완강하게 표명하고 있다. 폭포의 거센 물줄기는 2억 년 전

---

40) 배옥주, 앞의 논문, 84-87면.
41) 에드워드 렐프, 앞의 책, 123면.

에 있었던 석탄기의 종말부터 시작되고 있다. 벼랑은 벼랑의 직립 위에 또 솟아 대상과는 무관한 비극적 악마성을 강화하여 드러낸다. 여기서 벼랑은 폭포의 본질적인 바탕이 되는 표상공간이다. 화자는 장수잠자리의 추락과 자멸을 나의 자랑으로 삼으며 '폭포'라는 표상공간의 하강적 존재 의미를 부각시킨다. 자멸의 형상화가 되는 표상공간은 독특한 파괴적 심상을 투사하여 보여주는 것으로 생각할 수 있으며 이를 통해 이형기의 시에 대한 열망을 추측할 수 있다. 그것은 이형기가 악마적 정서를 통해 파괴를 함의한 부정적 의의를 추구한다는 사실이다. 그가 추구하는 정서는 표상공간이 되는 대상의 속성을 역리적으로 접근하는 데서 생성되는 사타니즘 인식이라는 것을 알 수 있다.

이 시에서 자멸을 위한 낙하의 형태는 맹목적으로 작용된다. 표상공간이 지닌 부질없는 존재 의미는 세계에 대한 악마적 인식으로 드러나게 되는 것이다. 시퍼런 칼자욱과 시퍼런 빛줄기의 수미상관적 구조의 대비는 칼자욱이 빛줄기로 상승되는 자세에서 존재 의미의 상승을 의도한다는 것을 알 수 있다. 이는 지속적으로 부정적인 가치관을 보여주던 화자의 심리가 긍정적 인식으로 변화하고 있다는 징조를 함의하여 보여준다. 이형기가 시적 표상공간에서 사타니즘 정서를 표출하는 것은 시인 개인의 독단적, 전횡적 오만 의식이나 예외자적 독존의식이 아니라 개별성에 의거한 미적 가치의 보편화를 추구하는 것으로 보여진다. 장소 정체성은 시인의 묘사력과 상상력 감정이입을 통해 발견해 낼 수 있다. 대리적 내부성은 특정장소에 대한 묘사가 우리가 이미 잘 알고 있는 장소에서 했던 경험과 일치할 때 가장 명확해진다. 즉 '여기'가 되는 '폭포'라는 표상공간이 어떤 곳인가를 알고 있기 때문에 '거기'가 되는 '나'의 정체성이 어떤 것인지를 파악하게 된다는 것이다.

3. 결론

이형기의 세 번째 시집 『꿈꾸는 한발』을 중심으로 선정한 네 편의 시적 표상공간에 나타난 장소 정체성을 고찰하였다. 시인들은 시적 표상공간에 대해 독특한 정서를 가지고 있다. 이는 각기 다른 시공간적 계기를 통해 장소를 경험하기 때문이다. 그들이 직간접으로 경험한 장소에 정서를 입히고 독특한 정체성을 부여하는 것은 개성·기억·감정·의도를 자기 나름의 방식대로 조합하는 것이다.[42] 선정한 네 편의 시 「자갈밭」, 「엑스레이 사진」, 「바다」, 「폭포」의 시적 표상공간은 내면세계를 드러내는 현상학적 공간이다. 이들 표상공간에 나타난 장소 정체성을 분석하여 사타니즘적 정서를 추구하는 이형기의 시 세계인식을 알 수 있다.

이형기가 상재한 8권의 시집 중 『꿈꾸는 한발』을 선정한 첫 번째 이유는 이형기 스스로 『꿈꾸는 한발』이후 '꿈꾸는 사람'이라는 인식을 갖게 되었다고 고백하고 있기 때문이다. 두 번째 이유는 세 번째 시집 『꿈꾸는 한발』에 앞서간 세대의 시적 가치관을 초월하여 질서를 변혁시키는 실험적 시세계의 변화를 도모한 악마주의적 정서가 짙게 깔려 있기 때문이다. 특히 본고에서 살펴본 네 편의 시편〈「자갈밭」, 「엑스

---

42) 에드워드 렐프, 위의 책, 130-131면.

레이 사진」, 「바다」, 「폭포」〉에 나타난 표상공간들은 에드워드 렐프가
제시한 장소 정체성의 구성요소인 '내부성'과 직접적인 관련을 맺고
있다. 본고는 장소 논의에 관한 대표적인 학자들〈이- 푸 투안(Yi-Fu
Tuan)[43], 가스통 바슐라르(Gaston Bachelard)[44], 앙리 르페브르(Henri
Lefebvre)[45], 오토 프리드리히 볼노(Otto Friedrich Bollnow)[46], 에드
워드 렐프(Edward Relph)[47]〉 중, 장소 정체성의 내부성을 예리하게
분석한 현상학적 지리학자인 에드워드 렐프(Edward Relph)의 장소
정체성 이론이 중심축이 되었다는 것을 밝힌다.

먼저 이형기 시에 나타난 표상공간인 「자갈밭」은 행동적 내부성의
장소라는 것을 알 수 있었다. 행동적 내부성이란 한 장소에 있으면서
그 장소가 특정방식으로 정렬되고 관찰 가능한 성질을 가진 사물이나
관점이나 활동의 집합으로 이루어져 왔음을 인식하는 것이다. 경작할
수 없는 자갈밭의 불능의 표상공간은 행동적 내부성의 지속적 상호작
용을 보여주었다. 행동적 내부성의 장소 가운데 핵심은 '자갈밭'이라
는 환경을 구성하는 삽이나 소금 절임 등의 시적 항목들이 분리되지
않고 잘 묶여있다는 사실이다. 이형기는 행동적 내부인으로서 '자갈
밭'이라는 모순의 특정장소를 경험하고 있다. 행동적 내부성에 나타
난 자갈밭의 장소 정체성은 부조리한 세태에 대한 불가항력이나 무력
감의 부적응 존재자를 발현시키는 사타니즘적 인식이다. 그는 자갈이
뒤덮인 자갈밭의 시적 표상공간을 통해 척박한 땅에서 시대와 역사를

---

43) 이-푸 투안, 구동회 심승희 역,『공간과 장소』, 대윤, 1999.
44) 가스통 바슐라르, 곽광수 역,『공간의 시학』, 민음사, 1990.
45) 앙리 르페브르, 양영란 역,『공간의 생산』, 에코리브르, 2011.
46) 오토 프리드리히 볼노, 이기숙 역,『인간과 공간』, 에코리브르, 2011.
47) 에드워드 렐프, 김덕현, 김현주, 심승회 역,『장소와 장소상실』, 논형, 2005.

혼란시키는 존재성을 규명하려는 의도를 표명한다.

다음으로 이형기 시에 나타난 표상공간인 「엑스레이 사진」은 감정이입적 내부성의 장소임을 알 수 있다. 감정이입적 내부성의 장소인 '엑스레이 사진'에서는 죽어서 납덩이가 된 도시의 모습으로 비유된 생체의 상실감을 표현한다. 시적 화자는 '엑스레이 사진'이라는 시적 표상공간을 통해 생명력의 자연스런 존재를 파괴적이고 부정적인 심상들로 제시하여 사타니즘적 전복을 꾀하고 있다. 이형기의 시적 표상공간에 나타난 이런 시정신은 천편일률적인 시단의 획일화를 파괴하고 정서의 다양화를 시도한다는 것을 환기할 수 있다.

이형기 시에 나타난 표상공간인 「바다」는 실존적 내부성의 장소라는 것을 알 수 있다. 어떤 장소의 내부에서 그 곳을 완벽히 경험한다고 해서 실존적으로 내부자가 되는 것은 아니지만, 근본적인 내부성은 별 자각 없이 그 장소를 경험할 때에도 여전히 그 장소가 의미로 가득차 있을 때 생긴다. 실존적 내부성의 특성은 깊고 완전한 동일시라고할 수 있다. 서로 타자가 되는 '나'와 '바다'는 각자에게 주어진 고통을 극복하지 못하고 몸부림치는 상황에 처해 있다. 대부분의 사람들이 경험하는 내부성은 어느 곳이든 거기에서 자신이 받아들여질 때 나타난다. 실존적 내부성의 장소를 경험하는 사람은 그 장소의 일부가 되며 장소 역시 그의 일부가 된다는 것을 알 수 있다. 그렇게 되면 장소와 사람 사이에는 강하고 깊은 유대가 존재하게 되는 것이다. 특히 시적 화자가 '바다'라는 표상공간과 함께 죽는다는 비극성은 타자적 고통[48]의 악마적 정서를 환기시키는 어두운 세계인식의 추구임을 발견

---

48) 윤대선, 『레비나스의 타자철학』, 문예출판사, 2009, 261-265면.

하게 된다.

이형기 시에 나타난 표상공간인 「폭포」는 대리적 내부성의 장소라는 것을 알 수 있다. 시인이 묘사하는 표상공간의 장소는 그 장소에 대한 느낌을 구체적으로 전해준다. '폭포'는 단절된 세계를 향한 악마적 정서를 표출하는 표상공간이 된다. 대리적 내부성은 특정장소에 대한 묘사가 우리가 이미 잘 알고 있는 장소에서 했던 경험과 일치할 때 가장 명확해진다. 즉 '여기'가 어떤 곳인가를 알고 있기 때문에 '거기'가 또 어떤 곳인지를 알게 된다는 것이다. 표상공간인 '폭포'는 독특한 파괴적 심상이 투사된 자멸의 형상화가 이루어지고 있다. 이를 통해 이형기의 시에 대한 열망을 추측할 수 있다. 결론적으로 이형기가 시적 표상공간의 속성을 역리적으로 접근하는 데서 독특한 사타니즘이 탄생한다는 것을 알 수 있다.

이형기는 시적 표상공간을 통해 장소 정체성의 일관적인 인식을 보여준다. 그 인식은 곧 그로테스크한 언어로 확장되는 불화와 단절의 사타니즘이라고 할 수 있는데, 이는 시인의 고백에서도 확인할 수 있다. 그는 시가 부조리에 대한 복수의 비수[49]라고 말하고, 자신은 부조리한 악의의 세계에 대항하기 위해 그로테스크한 언어로 불화와 단절의 악마주의를 드러낸다고 천명한다. 더불어 그의 세계인식은 복수심을 불러일으키는 적의 존재에 머물러 있음을 증명한다. 이형기는 시적 표상 공간에 나타난 장소 정체성을 통해 기존 질서를 파괴하려는 부단한 자기노력의 태도를 유지한다. 본고는 시적 표상공간에 나타난 장소 정체성 요소 중 내부성을 분석하여 실험적 상상력을 통해 기존

---

49) 이형기, 「절망의 비전」, 『감성의 논리』, 문학과 지성사, 1976, 207-209면.

세계관을 전복시키는 시인의 내면의식과 시세계를 고찰한다는 데 의
의를 둔다.

참/고/문/헌

1. 기본자료

가. 시집

- 이형기, 『적막강산』, 모음출판사, 1963.
  _____, 『돌베개의 시』, 문원사, 1971.
  _____, 『꿈꾸는 한발』, 창원사, 1975.
  _____, 『풍선심장』, 문학예술사, 1981.
  _____, 『보물섬의 지도』, 서문당, 1985.
  _____, 『심야의 일기예보』, 문학아카데미, 1990.
  _____, 『죽지 않는 도시』, 고려원, 1994.
  _____, 『절벽』, 문학세계사, 1998.

나. 시론 및 평론집

- 이형기, 『감성의 논리』, 문학과 지성사, 1976.
  _____, 『한국 문학의 반성』, 백미사, 1980.
  _____, 『시와 언어』, 문학과 지성사, 1987.
  _____, 『현대시 창작교실』, 문학사상사, 1991.
  _____, 『시란 무엇인가?』, 한국문연, 1993.

다. 시선집 및 산문집

- 이형기, 『그해 겨울의 눈』, 고려원, 1985.
  _____, 『바람으로 만든 조약돌』, 어문각, 1986.

_____,『내가 뽑은 나의 시 33선』,「오늘의 내 몫은 우수 한 짐」, 문학사상사, 1986.

_____,『별이 물 되어 흐르고』,「불꽃 속의 싸락눈」, 미래사, 1991.

_____,『이형기 시 99 選』, 선, 2003.

라. 수상집

• 이형기,『서서 흐르는 강물』, 휘경출판사, 1979.

_____,『존재하지 않는 나무』, 고려원, 2000.

2. 국내 논저

가. 단행본

• 권기호,『시론』, 학문사, 1983.

• 권혁웅,『시론』, 문학동네, 2010.

• 곽광수,『가스통 바슐라르』, 민음사, 1990.

• 김병택 편저,『현대시론의 새로운 이해』, 새미, 2004.

• 김영철,「서정주의와 악마주의의 변증법」,『한국현대시 연구』, 민음사, 1989.

• 김수복,「정신의 부드러운 힘」,『현실에 대한 역설적 화법』, 단국대 출판부, 1994,

• 김윤정,『김기림과 그의 세계』, 푸른사상, 2005.

• 김용직,「시와 탄력성」,『정명의 미학』, 지학사, 1986.

_____,『현대시 원론』, 학연사, 1988.

- 김용희, 「감각과 이미지」, 『정지용 시에서 은유에 의한 시각적 재현과 미적 현대성』, 한국문학회, 2003.

  _____, 『정지용 시의 미학성』, 소명출판, 2004.
- 김재근, 『이미지즘 연구』, 정음사, 1973.
- 김재홍, 『한국 현대시 형성론』, 인하대출판부, 1985.
- 김종길, 『시론』, 탐구당, 1965.

  _____, 『시에 대하여』, 민음사, 1980.
- 김준오, 『시론』, 삼지원, 2000.
- 김창수, 『이미지의 영토』, 푸른사상, 2012.
- 김학동, 조용훈, 『현대시론』, 새문사, 1998.
- 김학동 외, 『서정주 연구』, 새문사, 2005.
- 김현자, 『한국시의 감각과 미적 거리』, 문학과 지성사, 1997.
- 류순태, 『한국 현대시의 방법과 이론』, 푸른사상, 2008.
- 문덕수, 『시론』, 시문학사, 2002.
- 문혜원, 「이형기 시의 창작방식에 대한 연구」, 『한국 현대시와 전통』, 태학사, 2003.
- 박성수, 『들뢰즈』, 이룸, 2004.
- 송명희, 『현대소설의 이론과 분석』, 푸른사상, 2006.
- 신동욱, 『한국 문학과 시대의식』, 푸른사상, 2014.
- 오세영, 「돌의 환타지아, 」, 『한국현대시 분석적 읽기』, 고려대학교 출판부, 1998.

  _____, 『20세기 한국시의 표정-이형기의 들길』, 새미, 2001.

  _____, 「삶의 안과 밖〈시집 '죽지 않는 도시'를 통해 본 이형기론〉」, 『20세기 한국시인론』, 월인, 2005.

_____, 「한국 생태시의 양상」, 『우상의 눈물』, 문학동네, 2005.

_____, 『시론』, 서정시학, 2013.

• 유임하, 「한국문학과 불교문학-생성과 소멸의 시학, 혹은 시의 모더니즘」, 『역락』, 2006.

• 유종호 외, 「현대시와 자연 그리고 문화」, 『20세기 한국문학 어떻게 볼 것인가』, 민음사, 1999.

• 유종호, 최동호 편저, 『시를 어떻게 만들 것인가』, 작가 2005.

• 유평근, 진형준, 『이미지』, 살림, 2001.

• 윤대선, 『레비나스의 타자철학』, 문예출판사, 2009.

• 윤재근, 『시론』, 둥지, 1990.

• 윤재웅, 「문학비평의 규범과 탈규범-허무에 이르는 길」, 『새미』, 2003,

• 윤호병, 「엄숙주의 시학」, 『현대시의 아포리아』. 청예원, 1999.

• 이건청, 「한국 현대시인 탐구-〈세계와의 불화, 혹은 파멸의 미학-이형기의 시세계〉」, 『새미』, 2004.

• 이문열, 이남호 편, 『한국문학이란 무엇인가』, 민음사, 1995.

• 이상섭, 『문학비평용어사전』, 민음사, 2001.

• 이상호, 「시지프스의 굴레를 쓴 시인의 운명-심야의 일기예보」, 『자아추구의 시학』, 모아드림, 1999.

• 이수진, 『이미지들 너머-기호와 기호 사이』, 그린비출판사, 2013.

• 이숭원, 『초록의 시학을 위하여』, 청동거울, 2000.

• 이승훈, 「이미져리」, 『시론』, 고려원, 1979.

_____, 『한국현대시론』, 태학사, 2000.

_____, 『알기 쉬운 현대 시작법』, 현대시, 2004.

_____, 『이승훈의 알기 쉬운 현대시작법』, 북인, 2011.

• 이지엽, 『현대시 창작 강의』, 고요아침, 2005.

• 이형권, 『타자들 에움길에 서다』, 천년의 시작, 2006.

• 이혜원, 「에즈라 파운드와 김기림의 단형시」, 『현대시의 욕망 이미지』, 시와시학사, 1998.

• 임 화, 「시단의 신세대」, 『문학의 논리』, 서음사, 1989.

• 정지용 지음, 최동호 책임편집, 『정지용』, 휴몬 앤 북스, 2011.

• 정한모, 『현대시론』, 민중서관, 1973.

• 정한모, 김재홍 편저, 『한국대표시평설』, 문학세계사, 1983.

• 장영우, 「부정과 역설의 시학」, 한국문화사, 2005.

• 채수영, 『시의 이미지 구축술』, 『한국현대시인론』, 새미, 2003.

• 조상식, 『쉽게 읽는 칸트 판단력 비판』, 이학사, 2003.

• 조창환 외, 『한국현대시인론』, 국학자료원, 2010.

• 주형일, 『이미지를 어떻게 볼 것인가』, 지엔지, 2006.

• 최룡관, 『이미지 시론』, 한국학술정보, 2005.

• 최승호 외, 『시론』, 황금알, 2008.

• 최윤정(이학동외 9인), 「한국 전후 문제시인 연구 04-서정과 반서정의 변주-이형기론」, 『예림기획』, 2005.

• 최재서, 『문학원론』, 춘조사, 1957.

• 최규철, 『21세기 형이상시학과 시론』, 조선문학사, 2013.

• 최현석, 『인간의 모든 감각』, 서해문집, 2009.

• 하현식, 『깨달음의 시학』, 말씀, 2007.

_____, 「이형기론 : 절망과 전율의 창조」, 『한국시인론』, 백산출판사, 1990.

- 한계전, 『한국현대시론연구』, 일지사, 1983.
- 허윤회, 「모더니티의 개인적 자각과 실현」, 『한국의 현대시와 시론』, 소명, 2007.

나. 논문 및 평론

- 감태준, 「한국 전통서정시 연구-이동주 편」, 『한국언어문화』 26, 한국언어문화학회, 2004. 12.
- 강동우, 「탈현대 시대의 문학과 도가적 상상력」, 『인문과학연구』 36, 강원대학교 인문과학연구소, 2013. 3.
- 강유환, 「이형기 시의 세계인식 방법」, 고려대학교 박사논문, 2008.
- 간호배, 「박용래 시에 나타난 코라적 공간-'밤' 이미지를 중심으로」, 『비평문학』 48, 한국비평문학회, 2013. 6.
- 감태준, 「한국 전통시 연구-이동주편」, 『한국언어문화』 26, 한국언어문화학회, 2004. 12.
- 고명수, 「한국문학이론과 모더니즘-김기림 시론의 의의」, 『동국문학연구』 제16집, 동국대학교 동국문학연구소, 1995. 12.
    _____, 「견자의 시학」, 『시로 여는 세상』, 2002. 여름.
    _____, 「존재 패러독스를 투시한 견자」. 『문학과 창작』 제 9권 1호 통권 89호, 2003. 1.
    _____, 「절대 허무를 향한 역설의 언어-이형기론」, 『불교문예』 제9권 2호 통권23호, 2003. 여름.
    _____, 「존재의 패러독스를 투시한 見者-기획특집1, 작고문인 집중조명」, 『문예운동』 100, 문예운동사, 2008. 겨울.

• 고봉준, 「근대시에서 '감각'의 용법」, 『한국시학연구』, 한국시학회, 2010.

• 고석규, 「시적 상상력」, 현대문학, 1958, 6-11월.

• 곽광수, 「물의 이미지」, 『건축』 36(2), 대한건축학회, 1992, 4.

• 곽명숙, 「정지용 시에 나타난 여행의 감각과 의미」, 『한국현대문학연구』 37, 한국현대 문화회, 2012, 8.

• 권정우, 「박재삼 시에 나타난 슬픔 연구」, 『한국시학연구』 37, 한국시학회, 2013, 8.

• 권혁웅, 「박목월 초기시의 구조와 의의」, 『돈암어문』 12, 돈암어문학회, 1999, 8.

_____, 「시와 공동체」, 『상허학보』 33, 상허학회, 2011, 10.

• 금동철, 「1930년대 한국 모더니즘 시의 수사학적 연구」, 『우리말글』 24, 우리말글학회, 2002, 4.

_____, 이형기의 〈절벽〉에 나타난 초월의식」, 『국어국문학』 19, 동아대 국어국문학과, 2000.

• 김동중, 「이형기시의 사상적 축과 기반으로서의 윤회사상」, 『한국언어문화』 45호, 한국언어문화학회, 2011, 8.

_____, 「이형기 시에 나타난 우로보로스 시학」, 『한국언어문화』 42, 한국언어문화학회, 2010, 8.

_____, 「이형기 시 연구」, 한양대학교 박사논문, 2012.

• 김명수, 「원로시인들의 어제와 오늘-이형기 시집, 〈죽지 않는 도시, 고려원, 1994〉」, 『창작과 비평』 22(3), 1994, 9.

• 김문주, 「오규원 후기시의 자연 형상 연구」, 『한국근대문학연구』 22, 한국근대문학회, 2010, 10.

• 김민숙, 「백석 시에 나타난 장소성 연구」, 『비평문학』 통권 46호, 2011.

• 김선영, 「데카르트 철학계에서 '정념'의 지위」, 『강원대 인문과학 연구』 22, 인문과학연구소, 2009.

• 김선학, 「이미지와 시적 공간」, 『한국문학연구』 4, 동국대 한국문 학연구소, 1981. 12.

_____, 「한국 戰後詩의 一考察」, 『경주대 논문집』 5호, 동국대경 주대학, 1986, 12.

_____, 「극복, 달관, 시의 수사학-이 달의 시」, 『현대문학』 509, 현대문학사, 1997, 4.

_____, 「허무와 소멸에 관한 체험적 사색」, 『문학사상』, 1998, 12.

• 김성숙, 임부연, 「상상적 이미지 중심의 내러티브 교육활동에서 나타나는 유아들의 학습경험에 관한 연구」, 『한국영유아보육학』 68, 한국 영유아 보육학회, 2011, 9.

• 김우창, 「이미지와 원초적 공간」, 『서강인문논총』, 서강대인문과 학연구소, 2008, 12.

• 김용직, 「주지적 태도에서 사무사까지-정지용 시를 위한 한 시 각」, 『한국시학연구』 7, 한국 시학회, 2002.

• 김용희, 『한국현대시의 형상과 논리』, 국학자료원, 1997.

_____, 「전후 한국 시의 '현대성'과 그 계보적 가설」, 『한국근대 문학연구』 19, 한국근대문학회, 2009, 4.

• 김욱동, 「'아름다움의 종교' : 유미주의의 개념과 본질」, 『서강대 인문논총 』 5, 서강대학교 문과과학연구소, 1996.

- 김윤정, 「오장환 문학에서의 '상징주의'의 의미 연구」, 『한민족어문학』 52, 한민족어문학회, 2008, 6.
- 김준오, 「입사적 상상력과 꿈의 세계-이형기의 세계」, 『그해 겨울의 눈』, 고려원, 1985.

  _____, 「1950년대 시론 형성과 그 전개: 종합성과 질서 그리고 모더니즘」, 『한국현대문학연구』 2, 한국현대문학회, 1993, 2.
- 김지선, 「오규원 시에 나타난 주체의식의 변모 양상」, 『한국어문학연구』 50, 한국어문학연구학회, 2008, 2.
- 김지연, 「이형기 시에 나타난 허무의 판타지-〈돌의 환타지아〉 분석을 중심으로」, 『한국문학논총』 제50집, 한국문학회, 2008, 12.

  _____, 「이형기 시의 허무의식 연구」, 『시학과언어학』 제20호, 시학과언어학회, 2011, 2,

  _____, 「이형기의 문학에 미친 보르헤스의 영향 연구」, 『시학과언어학』 제22호, 시학과 언어학회, 2012, 2
- 김춘식, 「시적 표상공간의 장소성-백석을 중심으로」, 『한국문학연구』 제43호, 한국문학연구학회, 2012.
- 김혜련, 「비극적 모더니스트 우로보로스의 운명」, 『시와사상』 45호, 세종출판사, 2005, 여름.
- 김혜영, 「존재의 거울-이형기 시의 허무 들여다보기」, 『열린시학』 10(1), 고요아침, 2005, 3.
- 김 훈, 「한국 모더니즘 시의 분석적 연구-김광균 시의 구조」, 『어문연구』 23(4), 한국어문교육연구회, 1995, 12.
- 나민애, 「이형기 시에 나타난 몸의 변이와 생성 양상 연구」, 서울대학교 석사논문, 2004.

- 남송우, 「고석규, 그 역설의 진원지를 찾아」, 『오늘의 문예비평』 11, 오늘의 문예비평, 1993, 12

- 남정희, 「한용운 시의 역설과 그 의미」, 『국제어문』 53, 국제어문학회, 2011, 12.

- 류근조, 「이동주 시의 특질 연구」, 『국어국문학』 121, 국어국문학회, 1998, 5.

- 류순태, 「전후 모더니즘 시에 나타난 환상연구」, 『한국시학회 학술대회논문집』, 한국시학회, 2006, 5.

- 문정희, 「한용운 시에 나타난 역설과 자비의식 연구」, 『우리문학연구』 24, 우리문학회, 2008, 6.

- 문혜원, 「이형기 시의 창작 방식에 대한 연구-중기 시를 중심으로」, 『우리말글』 27, 우리말글학회, 2003, 4.

  _____, 「이형기 초기 비평의 인상 비평적 성격에 관한 연구」, 『한중인문학연구』 30, 한중인문학회, 2010.

- 목필균, 「이형기 생애와 시의 전개 과정」, 『문예운동』 통권 98, 문예운동사, 2008, 6.

- 박기현, 「프랑스 현대시의 이미지와 회화이론-보들레르와 아폴리네르를 중심으로」, 『프랑스문화예술연구』 제7집, 프랑스문화예술연구학회, 2002.

- 박세곤, 「이미지의 현상학과 공자의 시 삼백 사무사」, 『아시아문화』 28, 가천대학교 아시아문화연구소, 2012, 12.

- 박영수, 「이형기 시 연구」, 고려대학교 석사논문, 1997.

- 박선영, 「김구용 시에 나타난 근대 공간성 연구- 시집 詩를 중심으로」, 『아시아문화연구』 제29집, 아시아문화연구학회.

• 박재삼, 「이형기와 얽혀-현대시인 집중연구 5-〈이형기편〉」, 『시와시학』5, 시와시학사, 1992, 3.

• 박재원, 「존재의 허무와 존재의 미의식-이형기의 초기시를 중심으로」, 『새국어교육』제63호, 한국국어교육학회, 2002.

_____, 「이형기 시인의 『꿈꾸는 莫魃』시 분석」, 『한국문예창작』제2권 제2호 (통권 제4호), 한국문예창작학회, 2003. 12.

• 박진수, 「이미지와 상상력」, 『동서문화』19, 계명대학교 인문과학연구소, 1987, 12.

• 박철희, 「허무, 어느 영구혁명자의 꿈-다시 읽는 이형기 시편들 (현상과 사람)」, 『본질과 현상』15호, 2009, 3.

• 박현수, 「전후 초월주의의 그늘과 그 극복-박재삼론」, 『한국민족문화』35, 부산대학교 한국민족문화연구소, 2009, 11.

• 박형준, 「박용래 시의 전원의 의미와 물의 상상력」, 『한국현대문학연구』40, 한국현대문학회, 2013, 8.

• 박혜경, 「김기림의 모더니즘 수용양상에 대하여」, 『한국어문학연구』25, 한국어문학연구학회, 1990, 12.

• 박혜숙, 「백석과 박용래 시의 비교 고찰」, 『비평문학』48, 한국비평문학회, 2013, 6.

• 배옥주, 「이형기 시에 나타난 이미지 연구」, 부경대학교 박사논문, 2014.

• 서안나, 「김춘수 시에 나타난 감각에 관한 연구」, 한양대학교 박사논문, 2013.

• 서준섭, 「모더니즘의 반성과 재출발」, 『한양어문연구』13, 한양어문연구회, 1995.

• 서진영, 「1960년대 이유경 시에서 나타난 냉소주의 연구」 32(3), 『정신문화연구』, 한국학중앙연구원, 2009, 9.

_____, 「1950년대~1960년대 모더니즘 시의 이미지와 자아의식-김춘수와 문덕수의 시를 중심으로」, 『한국현대문학연구』 33, 한국현대문학회, 2011.

_____, 「정현종의 시와 시론에 나타난 연금술적 상상력의 의미」, 『어문연구』 39(4), 한국어문교육연구회, 2011, 12.

• 소필균, 「정현종의 〈무지개나라의 물방울〉에 대한 인지시학적 분석」, 『국어문학』 52, 국어문학회, 2012, 2.

_____, 「들뢰즈와 현대시」, 『시와사상』 70호, 시와사상사, 2011, 가을.

_____, 「이형기 초기시의 소멸의식 고찰」, 『문창어문논집』 44, 문창어문학회, 2007.

• 송기한, 「정현종 초기시의 환유적 성격과 그 의미 구조 연구」, 『한국문학이론과 비평』 11(1), 한국문학이론과 비평학회, 2007, 3.

• 송명희, 「이상화 시의 장소와 장소 상실」, 『한국시학연구』 통권23호, 한국시학연구학회, 2008.

• 송승환, 「전봉건과 김종삼 시의 수사학-한국 전후 문제시집을 중심으로」, 『우리문학연구』 32, 우리문학회, 2011.

• 송지선, 「신경림의 '농무'에 나타난 장소 연구」, 『국어문학』 제51호, 국어문학회, 2011.

_____, 「신경림 시에 나타난 장소 재현의 로컬리티 연구」, 『한국문학이론과 비평』 제64집, 한국문학이론과 비평학회, 2014.

• 손광은, 「이동주의 〈婚夜〉」, 『문학춘추』 51, 문학춘추사, 2005, 5.

• 손진은, 「우리시의 한 경지-최하림과 이형기의 근간시집을 중심으로」, 『오늘의문예비평』 32, 1993, 3.

• 신현락, 「물의 이미지를 통해본 박재삼의 시세계」, 『비평문학』 12, 한국비평문학회, 1998, 7.

• 심재휘, 「박재삼의 시집《춘향이 마음》에 나타난 상상력의 구조」, 『상허학보』 28, 상허학회, 2010, 2.

_____, 「김종삼 시의 공간과 장소」, 『아시아문화연구』 통권30호, 아시아문화연구학회, 2013.

• 양억관, 「김수영 시 연구-동력화된 이미지 분석을 중심으로」, 경희대학교 석사논문, 1985.

• 여태천, 「박재삼 시와 서정의 문법」, 『한국어문학연구』 52, 한국어문연구학회, 2009, 2.

• 오병남, 「예술과 창의성의 개념-칸트의 판단력 비판을 중심으로」, 『인문사회과학집 학술원 논문집』 제51-1, 대한민국학술원, 2012.

• 오규원, 「모래의 바다, 바다의 모래-이형기의 시세계」, 현대시, 1993, 6.

• 오문석, 「1950-1960년대 시에서 이미지의 문제-김수영과 김춘수의 경우」, 『국제어문학회 학술대회자료집』, 국제어문학회, 2004, 5.

• 유성호, 「서정시의 제개념: '감각', '감정(정서)', '정조'에 관하여」, 『한국현대시의 형상과 논리』, 국학자료원, 1997.

• 유순태, 「1960년대 한국모더니즘시의 창작 방법 연구」, 『한국문화』 29, 서울대학교 규장각 한국학연구원, 2002, 6.

• 유재천, 「이형기 시 연구-비극적 존재와 역설적 세계인식」, 『배달말』 통권 45호, 배달말학회, 2009, 12.

• 유혜란, 「이형기 시의 공간 인식-허무의식을 중심으로」, 고려대학교 석사논문, 2010.

• 유혜숙, 「서정주 시의 이미지 연구」, 시문학사, 1996.

• 윤재웅, 「허무에 이르는 길」, 『낙화 : 이형기 고희 시선집』, 연기사, 2002.

• 윤호병, 「한국현대시인의 시세계-리리시즘에서 모더니즘까지 〈이형기의 시세계, 시집 '절벽'(1998)에 반영된 '엄숙주의'의 시학〉」, 국학자료원, 2007.

• 이기형, 「모더니즘 시론의 한국적 수용 양상」, 『어문연구』 21(1), 한국어문교육연구회, 1994, 7.

• 이건청, 「시적 현실로서의 환경오염과 생태 파괴」, 『현대시학』, 1992, 8.

_____, 「세계와의 불화 혹은 파멸의 미학-이형기의 시세계」, 『현대시학』 제 33권 11호, 현대시학사 통권 392호, 2001.

• 이광호, 「소실점의 시적 풍경-이형기의 시 세계」, 『시와시학』 5, 시와시학사, 1992, 3.

• 이상숙, 「박재삼 시에 타나난 '마음'의 의미」, 『비평문학』 40, 한국비평문학회, 2011, 6.

• 이소영, 「1950년대 모더니즘의 이념지향성 연구」, 『국제한국학연구』 4, 명지대학교 국제한국학연구소, 2010, 12.

• 이순희, 「현대시조의 보편성과 특수성 고찰」, 『시조학논총』 38, 한국시조학회, 2013, 1.

• 이승원, 「이형기의 낙화-문학교육 특집/새교과서에 이 시를 추천한다」, 『시와시학』 15, 시와시학사, 1994. 9.

_____, 「박재삼 시의 자연과 생의 예지」, 『문학과 환경』 6(2), 문학과 환경학회, 2007. 12.

• 이승훈, 「한국 모더니즘 시사 기술의 문제점」, 『한국 언어문화』 13, 한국언어문화학회, 1995. 12.

• 이승훈, 「1930년대 한국모더니즘시 연구(2)」, 『한국언어문화』 15, 한국언어문화학회, 1997. 12.

• 이연승, 「두두물물과 현상에 관한 시적 탐구」, 『시와세계』 7, 시와세계, 2004. 9.

_____, 「고통의 심연을 넘어 사랑의 시학으로」, 『시조시학』 44, 고요아침, 2012. 9.

• 이현승, 「오장환과 김수영 시 비교 연구」, 『우리문학회』 35, 우리문학연구, 2012.

• 이형기, 「상상력의 영구혁명」, 『현대시사상』, 1991.

_____, 「문학의 기능에 대한 반성- 순수옹호 노트」, 『현대문학』, 1964. 2.

• 임곤택, 「이장희 시의 감각 연구」, 『우리문학연구』 37, 우리문학회, 2013.

• 임정연, 「임노월 문학의 악마성과 탈근대성」, 『국제어문』 50, 국제어문학회, 2010. 12.

• 장우린, 「이미지와의 조우」, 『프랑스문화예술연구』 제1집, 프랑스문화예술연구학회, 1999.

• 장동수, 「박용래 시 연구」, 『국제어문』, 국제어문학회, 2007. 4.

- 전기철, 「역사와 전통이 다시 중요하게 된 시대에 들리는 몇몇 전통적 목소리」, 『실천문학』 43, 실천문학사, 1996. 8.
- 전영주, 「한국 근대시와 시적 표상공간으로서의 '서도' 로컬리티-1920년대 시형식의 변화와 시적 발화를 중심으로」, 『동악어문학』 제62집, 동악어문학회, 2014.
- 정광수, 「허무와 상상력의 극치-이형기 시집 〈심야의 일기예보〉에 부쳐」, 『동양문학』 31호, 동양문학사, 1991.
- 정유화, 「이미지의 구조 미학과 공간현상학적 연구-박용래론」, 『어문론집』 27, 중앙어문학회, 1999. 12.
- 정봉래, 「이동주 론」, 『문학춘추』 51, 문학춘추사, 2005. 5.
- 정진경, 「1930년대 시에 나타난 후각 이미지의 사회·문화적 의미」, 부경대학교 박사논문, 2012.
- 정효구, 「초월과 맞섬」, 『시와 시학』, 1992, 봄.
- 조미라, 「애니메이션의 시적 이미지에 관한 연구」, 『만화애니메이션연구』 6, 한국만화애니메이션학회, 2012. 12.
- 조 별, 「이형기 시에 나타난 자기인식적 언술의 특징-중기 시를 중심으로」, 『돈암어문학』 25, 돈암어문학회, 2012. 12.
- 조상준, 「모더니즘을 넘어 전통의 세계로-신규호 시세계」, 『우리문학연구』 27, 우리문학회, 2009. 6.
- 조영복, 「모더니즘 시의 '현실'과 그 기호적 맥락- 김광균의 서정시의 문제를 중심으로」, 『한국현대문학연구』 6, 한국현대문학회, 1998. 12.
- _____, 「이미지의 본질과 감각 이미지 논의의 제문제」, 『어문연구』 제38권 4호, 한국어문교육연구회, 2010.

- 전기철, 「역사와 전통이 다시 들리게 된 시대에 들리는 몇몇 전통적 목소리」, 『실천문학』 43, 실천문학사, 1996, 8.
- 진순애, 「1930년대 모더니즘 문학론 연구-김기림, 최재서의 문학론을 중심으로」, 『한국시학연구』 1, 한국시학회, 1998, 11.
- 채수영, 「동일성 이미지와 시적 교감」, 『비평문학』 5, 한국 비평문학회, 1991, 10.
- 채제준, 「이형기의 시세계」, 『문예운동』 98, 문예운동사, 2008, 6
- 최규형, 「이형기 시의 '물'의 이미지 분석」, 단국대학교 석사논문, 2002.
- 최동호, 「세련된 감각과 단단한 정신」, 『오늘의 내 몫은 우수 한 짐』, 문학사상사, 1986.
- 최순열, 「이형기의 〈낙화〉-통과제의로서의 성숙의 고통과 축복/문학교육특집-교과서 수록시 이렇게 본다」, 『시와시학』 13, 시와시학사, 1994, 3.
- 최옥선, 「이형기 시 연구-시정신의 변화 과정을 중심으로」, 동국대학교 박사논문, 2013.
- 최진석, 「타자윤리학의 두 가지 길-바흐친과 레비나스」, 『한국노어노문학』 21(3), 노어노문학회, 2009.
- 하현식, 「이형기와 하현식의 기획대담」, 『현대문학』 341, 현대문학사, 1983, 5.
  _____, 「사라지는 것들의 광기와 역설-박청륭의 시집 〈낙타와 함께 가는 맨하탄〉」, 『시와사상』 창간호, 1994, 봄.
- 한경희, 「백석 기행시 연구-유랑의 여정과 장소 배회」, 『한국시학연구』 제7집, 한국시학회, 2002.

• 한계전, 「1950년대 모더니즘 시에 있어서의 '문명비판'」, 『국어국문학』 114, 국어국문학회, 1995, 5.

_____, 「50년대 모더니즘 시의 가능성」, 『한양어문연구』 13, 한양대학교 한양어문연구회, 1995, 12.

• 한명희, 「1950년대 모더니즘 시의 서정성: 김수영, 박인환 시를 중심으로」, 『한국시학연구』 16, 한국시학회, 2006, 8.

• 한영옥, 「허영자 시 연구」, 『한국시학연구』 5, 한국시학회, 2001, 10.

• 허만욱, 「백석의 시세계와 이미지 고찰」, 『어문론집』 29, 중앙어문학회, 2001, 12.

• 허혜정, 「이형기 詩論 연구」, 『어문론총』 제42호, 한국문학언어학회, 2005, 6.

_____, 「시를 쓰는 매 순간이 디데이-이형기 시인과의 대담9시와 시인을 찾아서 23)」, 『시와시학』 27, 시와시학사, 1997, 7.

• 현영민, 「에즈라 파운드의 이미지스트 시학」, 『영어영문학연구』 제47권(1), 한국현대영어영문학회, 2003, 4.

• 홍명희, 「바슐라르의 상상력의 현상학」, 『프랑스문화예술연구』 제24집, 프랑스예술문화학회, 2008, 5.

• 홍신선, 「한국시의 불교적 상상력 연구」, 『한국어문학연구』 43, 한국어문학연구학회, 2004, 8.

• 홍은택, 「영미 이미지즘 이론의 한국적 수용 양상」, 『국제어문』 27, 국제어문학회, 2003, 6.

• 홍은택, 「에즈라 파운드: 이미지즘에서 소용돌이주의로」, 『시와세계』 28, 시와세계, 2009, 12.

- 홍인숙, 「백석 시에 나타난 숭고의 양상」, 『비평문학』 45, 한국비평문학회, 2012, 9.
- 홍정운, 「한국모더니즘 시 연구-후기 모더니즘 시운동을 중심으로」, 『한국어문학연구』 10, 한국어문학연구회, 1977, 9.

3. 국외 논저 및 번역서

- Aristoteles, 천병희 역, 『시학:*Poietike*』, 문예출판사, 2002.
- C. D. Lewis, 조병화 역, 『시에 대한 희망:*A Hope for Poetry*』, 정음사, 1956.
- C. D. Lewis, 강대건 역, 『시란 무엇인가』, 탐구당, 1980.
- Cleanth Brooks, 이경수 역, 『잘 빚어진 항아리:*The Well Wrought Urn*』, 문예출판사, 1996.
- Edgar Allan Poe, 송경원 역, 「시의 원리:*The Poetic Principle*」, 『생각의 즐거움』, 하늘연못, 2004.
- Edward Relph, 김덕현 외 역, 『장소와 장소상실:*Place and placeness*』, 논형, 2005.
- Emmanuel Levinas, 서동욱 역, 『존재에서 존재자로:*Existence and Existents*』, 민음사, 2001.
- Georg Lukacs, 반성완 역, 『영혼과 형식:*Die Seele und die Formen*』, 심설당, 1988.
- Gilles Deleuze, 하태환 역, 『감각의 논리:*The Logic of Sensation*』, 민음사, 1995.
- Gaston Bachelard, 곽광수 역, 『공간의 시학:*La Po tique de*

l'Espace』, 민음사, 1990.

- Gaston Bachelard, 정영란 역, 『공기와 꿈:*L'air et les songes*』, 민음사, 1993.

- Gaston Bachelard, 정영란 역, 『대지 그리고 휴식의 몽상:*La terre et les reveries durepos*』, 문학동네, 2002.

- Henri Lefebvre, 양영란 역, 『공간의 생산:*La product:on de l'e space*』, 에코리브르, 2011.

- H Gadamer, 한정석 역, 『헤겔의 변증법:*dialectic*』, 경문사, 1993.

- I.A. Richards, 이선주 역, 『문학비평의 원리:*Principles of Literary Criticism*』, 동인, 2005.

- Immanuel Kant, 백종현 역, 『판단력 비판:*Kritik der Urteliskraft*』, 아카넷, 2009.

- Jean Paul Sartre, 정소성 역, 『존재와 무:*L'Etre et le neant,* 』, 동서문화사, 2009.

- M. Merleau-Ponty, 류의근 역, 『지각의 현상학:*Phenomenology of Perception*』, 문학과 지성사, 2002.

- Northrop Frye, 임철규 역, 『비평의 해부:*Anatomy of Criticism*』, 한길사, 2000.

- Otto Friedrich Bollnow, 이기숙 역, 『인간과 공간:*Mensch und Raum*』, 에코리브르, 2011.

- Regis Debray, 정진국 역, 『이미지의 삶과 죽음:*Vie et mort de l image*』, 글항아리, 2011.

- R. Wellek & Warren, 김병길 역, 『문학의 이론:*Theort of Literature*』, 을유문화사, 1988.

- Rosie Jackson, 서강여성문학연구회 역, 『환상성: 전복의 문학:*Fantasy:The Literature of Subversion*』, 문학동네, 2004.
- 장공양, 김일평 역, 『형상과 전형:*The Shape and Formation*』, 사계절, 1987.
- Yi-Fu Tuan, 구동회, 심승희 역, 『공간과 장소』, 대윤, 1999.
- Yi-Fu Tuan, 이옥진 역, 『토포필리아』, 에코리브르, 2011.
- Arthur Simons, 『*The Decadent Movement in Literatute*』, 「Aesthetics and Decadents of the 1890 s」: 「An Anthology pf Britisy Potery and Prose」, ed. Kari Beckson(New York: Vintage 1966).
- Alex Preminger, 『*princeton encyclopedia of Poetry&poetics*』: London, Princeton University, 1965.
- C. Day Lewis, 『*The Poetic Image*』, Publisher: Hesperides Press, 2006.
- Edgar Allan Poe, 『*The Poetic Principle*』, Portable Poe, ed. Philip Van Doren Stern(New York: Viking Press, 1945).
- G. Bachelard, 『*La Psychanalyse*』, du feu, Paris: Gallimard, 1949.
- G. Bataille, 『*Literature and Evil*』, Urizen Books New York, 1973.
- M.H. Abrams, 『*A Glossary of Literary Terms*』, Hort Rinehart and Winston, 1983.
- Stanley K. Coffman, 『*Imagism, a Chapter for the History of Modern Poetry*』, Okla., University of Oklahoma Press, 1951.
- T. Adorno, 『*Aesthetic Theory*』, tran by C. Lenhardt, Routledge & Kegan Paul, London New York, 1970.

찾/아/보/기

배옥주

부산 토박이다. 부경대학교 국어국문학과에서 「이형기 시에 나타난 이미지 연구」로 문학박사학위를 받았고 부경대학교에서 학생들을 가르치고 있다. 2008년《서정시학》시부문 신인상으로 등단했다. 시집『오후의 지퍼들』과 『The 빨강』이 있으며, 공저『김명순에게 신여성의 길을 묻다』와『여성과 문학』이 있다.《시와문화》,《두레문학》편집에 동참하고 있으며《부산작가회의》이사로 활동하고 있다. 2018년 요산문학 창작지원금 부문에 선정되었으며 모래톱문학상을 수상했다.

이형기 시 이미지와 표상공간

초 판 인 쇄 | 2018년 12월 7일
초 판 발 행 | 2018년 12월 7일

지 은 이 배옥주

책 임 편 집 윤수경

발 행 처 도서출판 지식과교양
등 록 번 호 제2010-19호
주   소 서울시 도봉구 삼양로142길 7-6(쌍문동) 백상 102호
전   화 (02) 900-4520 (대표) / 편집부 (02) 996-0041
팩   스 (02) 996-0043
전 자 우 편 kncbook@hanmail.net

ISBN 978-89-6764-134-4 93800   정가 19,000원